魔法少女育成計画
黒《ブラック》
遠藤浅蜊
Endou Asari
illustration マルイノ
Diner
good
JN148117

ミス・リール
金属でできた身体の材質を変えられるよ
テティ・グットニーギル
魔法のミトンでなんでもつかめるよ
ラッピー・ティップ
魔法のラップでなんでも保存できるよ
アーク・アーリィ
攻撃を受ければ受けるほど強くなるよ
ドリル・ドリィ
魔法のドリルでどこまでも掘り進めるよ
MAGICAL GIRL'S

カナ
質問をすれば
答えがわかるよ
メピス・フェレス
甘い言葉で
堕落させちゃうよ
クミクミ
物体を壊したり
組み立てたりできるよ
クラシカル・
リリアン
魔法の編み機で
好きなものを
編み上げるよ
雷将《らいしょう》アーデルハイト
吸収したエネルギーを
再利用できるよ
カルコロ
魔法のソロバンで
計算したり戦ったりするよ

プリンセス・ライトニング
雷の力で敵と戦うよ
プシュケ・プレインス
魔法の水鉄砲で戦うよ
ランユウィ
扉と扉を繋げることができるよ
奈落野院出《ならくのいんで》ィ子《こ》
一瞬だけどこにもいなくなるよ
サリー・レイヴン
カラスの使い魔を作り出せるよ
スノーホワイト
困っている人の心の声が聞こえるよ

魔法少女育成計画「黒《ブラック》」

Presented by Endou Asari
遠藤浅蜊
illustration マルイノ

このラノ文庫

CONTENTS

プロローグ 008

第一章 オープニングテーマは始業ベルで……025

第二章 起立！ 礼！ 着席！……052

第三章 走れ走れ転校生走れ……082

第四章 闘争中学校……109

イラスト：マルイノ
デザイン：AFTERGLOW

第五章
私のいるべき場所……143

第六章
The sweet trap……173

第七章
ハートvsハート……201

第八章
今日は帰りたくないの……235

第九章
戦争中学校……260

エピローグ
305

Go ahead!!

魔法少女学級の約束

【はじめに】

魔法少女学級は魔法少女の進歩と発展のため設置されました。愛と勇気、優しさと強さ、美しい振舞いと逞しい生命力、なにより魔法少女活動への深い理解を養い、超越者であると同時に奉仕者でもある優秀な人材の育成を目的としています。

【ルール】

規則はあなた方を縛るためのものではありません。魔法少女として成長するための指針を示したものです。魔法少女である自覚を持ち、より良い学校生活を目指しましょう。

【礼儀】

どれだけ強力な魔法の持ち主であっても礼儀知らずは相手にされません。

・元気に挨拶しましょう。

・目上の人には敬意をもって丁寧な態度を心がけましょう。
・友達とは仲良くしましょう。喧嘩をしてはいけません。

【服装】
魔法少女にとってのコスチュームとは魂にも等しいものです。
・変身していない時は指定の制服か体操着を着用しましょう。
・魔法少女に変身した後は予《あらかじ》め登録したコスチュームのみを着用しましょう。
・コスチュームの変更、武装や装飾品の追加は担任への届け出が必要になります。
・魔法の端末《マジカルフォン》は常時携帯しましょう。
・私物の情報端末及び通信機器は持ち込みが禁止されています。
・マスコットキャラクターのサポートは校外のみ許可されています。校内に同伴したり、なにかしらの手段を用いて校内から連絡をとったりしてはいけません。

【通学】
時間を守ることが良い魔法少女への第一歩となります。
・始業予鈴までに門《ゲート》を使用して登校し、定められた下校時刻には帰宅しましょう。
・病気等でやむを得ず欠席する場合は担任に連絡をしなければなりません。

・同居の家族が亡くなった場合、一定の日数を忌引《きび》きすることができます。

【授業】

学生の本分は学習です。魔法少女の皆さんも学校にいる間は学生なのです。
・通常授業中の変身は担任の指示が無い限り禁じられています。
・特殊授業中の変身解除も同様に担任の指示が無い限り禁止されています。
・通常特殊を問わず、授業中に固有の魔法を濫用してはいけません。

【施設】

学校の施設は大切に使いましょう。
・担任がB級以上と見做《みな》した怪我を負った時のみ保健室を利用することができます。
・特別に許可された授業以外では図書室を利用してはいけません。
・購買の直接的な利用は禁止されています。購買を利用したい時は注文書に必要事項を明記し提出、その後、担任を介して商品と金銭の交換を行ってください。

【梅見崎《うめみざき》中学校】

・中庭や屋上といった立ち入りが禁止されている場所に入ってはいけません。

市立梅見崎中学校様、梅見崎市様のご厚意とご尽力により、旧校舎を中心とした敷地をお借りして魔法少女学級としています。
・感謝の心を忘れないようにしましょう。
・梅見崎中学校の区画へみだりに立ち入ってはいけません。
・一般人との過剰な触れ合いから正体が露見する魔法少女が多いということを心に留め、梅見崎中学校の皆さんとは節度を守ったお付き合いを心がけましょう。

【放課後】
学校に通っているからといって魔法少女活動を休んでいいわけではありません。
・変身を解除しリラックスしていても魔法少女でなくなったわけではありません。
・一般のＳＮＳや掲示板で魔法少女や魔法の国に関わる発言をしてはいけません。
・魔法少女用ＳＮＳや動画サイトであっても魔法少女学級のことを話してはいけません。

【校歌】
1
若葉萌える魔法の園　みなぎる熱き血潮　悠久の時を超え
ああ　ああ　魔法少女　その声の届く先は

プロローグ

◇カナ

極彩色の靄《もや》が渦を描いて収束し、密度を増した色の中で膨らみ、弾《はじ》け、散っていく。はらはらと舞う残滓《ざんし》の下に薄っすらとした赤色が灯《とも》り、黄色となり、眩《まぶ》しさに耐え切れなくなった時「目覚めているのだ」という自覚を得た。

徐々に自我が形を作り、程なくして少女は自分を取り戻した。背中に大きな、固く平たい物が当たっている。冷たい。そこによりかかっているようだ。尻にも同じ感触。恐らくは床に直接座っている。

急ぐわけでもなく、殊更《ことさら》のんびりするわけでもなく、いつもこれくらいだったのではないかという速度で目を開く。女性が笑みを浮かべていた。何者だろうか。腰を屈《かが》めてこちらを見ている。首を回すと、傍《かたわ》らには鎖で縛り上げられた上にべたべたと札が張りつけられた人間大のオブジェが転がっていた。

瞬《まばた》きをする。息を吸う。唾液を飲み込む。

意識せずこなすはずの動作一つ一つに違和感がある。身体が自分のものではないかのようだ。なぜだろう。疑問があれば問うてみればいい、と自然に考え、口を開き「あ」と声を出し、発音ができていることを確認してから、笑みを浮かべた女性に向き直り、疑問を口にした。

「これは俺の身体ではないのか？」

違う。間違いなく少女の身体だ。

「長い間使っていなかった？」

原因が理解できた。動かすことが久しぶり過ぎて些細《ささい》な仕草にも違和感を覚えている。違和感を押し殺して立ち上がり、左右を見回した。

狭い部屋の中だ。飾り気のないコンクリートの壁と床。高さは身長の二倍、幅と奥行きは身長の六倍と少し。後ろを振り返る。部屋の中央に円柱状の容器が直立していた。この容器から出てきたばかり、ということだろう。床と壁、それに容器の色は一点の曇りもない白だ。材質は滑らかで僅《わず》かな柔らかさが感じられる。樹脂かなにかだろうか。部屋の出入り口は金属製の頑丈そうな扉が一つだけ、現在は女性が扉を背負う形で立ち塞《ふさ》がっている。顔立ちは平凡なはずなのに不思議と押し出しが強く、しかし目を離せばすぐに忘れてしまいそうにも思えた。スカートに踵の高い靴、そして眼鏡、という服装から受ける印象は堅苦しく、しかし笑顔は悪戯っぽい。

「……ここは？」

女性は返事をしなかった。しかし答えが頭に浮かんだ。ここは刑務所だ。

女性は深々と頭を下げ、すぐに上げた。

「吉岡《よしおか》と申します。お見知りおきください」

「吉岡」

「お具合はいかがですか」

「あまり良くはない」

「ええ、ええ。よくわかります。封印刑というやつは精神にも身体にも悪影響を与えます。名目上はただの収監でしかないのに実情は拷問に等しい。まったくもって非人道的です」

物腰、口調、共に丁寧だが、丁重さよりも滑稽さが上回っている。

吉岡は頭を振って嘆き、大袈裟《おおげさ》な身振りのせいで外れかけた眼鏡を右手中指で押さえた。ふうと息を吐《つ》き、乱れかけた黒髪をさっと整え、向き直る。表情は再び笑顔に戻っていた。

「しかし潮目が変わりました」

「『魔法の国』はそう簡単に変わらないだろう」

「色々、本当に色々とあったんですよ。ちょっとした脱獄騒動を発端に、関係者による数々の違法行為が発覚しまして。魔法少女刑務所という施設、制度そのものに対する信頼が揺らいでしまいました。そうなれば根本から変わらざるをえないでしょう。非人道的な刑罰が許される暗黒時代は終わったのです。あなた方には更生の権利が与えられる。当局の指示に従って一生懸命働き、善《よ》い魔法少女に生まれ変わったと評価されればより多くの自由を獲得することができるのです」

吉岡は嬉しそうに話しているが、少女は特に感銘を受けていない。あまり現状を嬉しく思っているわけではないようだ、と少女は自分を分析して頭を振った。やはりぼんやりしている。拷問に等しい刑罰とやらによって脳に問題でも生じたのかもしれなかった。

「こき使われるということか」

「労働奉仕とお考えください。それにですね、働けば働くほど待遇は良くなりますよ」

「記憶が曖昧《あいまい》だ」

「記憶の部分削除がなされていたという記録があります」

どうやら封印の副作用ではなかったらしいが、だからといって安心できるわけではない。右足を容器の外に出し、吉岡が後ろに下がったのを確認してから右手で身体を支え、左足も外に出した。床は容器の中よりも冷たい。裸足に染みる。

そう、裸足だった。髪を左右に分けて自分の身体を確認する。靴だけではない。下着さえもない素裸だ。コスチュームを脱いだ、もしくは脱がされた記憶も無い。

「あなたはカナと呼ばれる魔法少女でした。覚えていますか？」

「カナ」

右に頭を振り、左に頭を振り、暴れようとする髪を両手で掴《つか》んだ。いわれてみれば確かにそう呼ばれていた、という気がする。ぼんやりとした記憶の中で不特定多数の誰かが「カナ」と呼び、少女もそれに応えていた。

「そうだ。カナだ。カナと呼ばれていた」

「以前なにをして働いていたか、ということですが——」

ふと頭に名前が浮かび、カナは意識せずそれを口にした。

「カスパ……」

「大正解！　あなたはカスパ派が管轄する某部署で働いていたわけですが……ひょっとして記憶が戻ってきたり？」

「いや……戻ってはいないようだ。ただなんとなく覚えていた」

「ですよね。魔法で記憶を弄《いじ》られてるそうですからそう簡単に思い出せたりはしません。なにもかも覚えていますなんていわれたら私だって困ります」

カナという名、それにカスパ派所属という自身の背景は言葉通り「なんとなく」理解している。具体的にどのような働きを為《な》していたかまで把握できているわけではない。カナは顎に右手の人差し指と親指を当て、軽く俯《うつむ》いた。

罪を犯して刑務所に収監されたという自分の来歴が概《おおむ》ね理解できていた。頭の働きはまずまずといっていいだろう。働きが鈍くなっている、というより、意図的に記憶が削除されている。吉岡がいうことの裏付けになっているといえなくもない。

「しかし」

「しかし？」

「犯した罪の記憶を削られたまま収監されたとして、それでは反省することができなくなってしまうのではないだろうか」

吉岡は腹を抱えて笑い、傍らのオブジェがそれに合わせてふるふると震えた。どうやら中に生き物が入っているらしい。カナは自分を解放した女性がなぜ笑ったのかを考えようとはせず、彼女の動きと容姿、服装を観察した。

「魔法少女なのか？」

目の前の女性は魔法少女に変身することができる、オブジェの中身は既に変身している、と頭に浮かんだ。吉岡は少し困ったような表情を浮かべ、右手中指で眼鏡の位置を整えながら口元だけで小さく微笑んだ。

「お気付きかもしれませんが、それがあなたの魔法です。質問をし、目の前の相手に答えてもらうことができる。便利至極な魔法ではありますが、濫用《らんよう》はお勧めできません」

「どうして濫用するべきではないと？」

頭に浮かぶ「答」は相手の主観に依《よ》るため、質問された者が嘘偽りを真実だと思っていたら答えが歪《ゆが》んでしまう。知るべきではないことを知ってしまうことがある。できる限り自分で考え頭を使う癖をつけておくべきだと思う。私はプライバシーを侵害されたくない。それらの「理由」がつらつらと頭に浮かんだ。吉岡が持っている「答」を魔法によって知ったのだろう。

「俺が記憶を消されて収監されていたのは知るべきではないことを」

知ってしまったからか、と続けようとして途中で口を噤《つぐ》んだ。それを知ったところで得をするとは思えず、濫用するべからずと話していた吉岡がいい顔をするとも思えない。

吉岡は満足そうな笑みを浮かべて二度頷き、右手を広げて部屋の外へと向けた。

「まあ、諸々《もろもろ》については歩きながら」

吉岡に従い廊下に出た。無骨な鉄柵が長々と連なり、その向こうは大きな吹き抜けになっている。吹き抜けを囲む形で鉄柵と通路が続き、等間隔で頑丈そうな扉が並んでいた。カナのような囚人が一室に一人収監されているのだろう。歩きながら吹き抜けに目を向けると、判で押したように同じような階層が、一、二、三、四、五、六あった。ここは全六階層の中の四番目だ。けっこうな規模の施設だ。扉一つにつき囚人が一人いるとすれば、百や二百ではきかないかもしれない。

刑務所に収監されるなどという札付きの中の札付きがそれだけの数いるのだから、当然警備は厳重になるはずだったが、先導する吉岡ともぞもぞと移動する梱包済み魔法少女以外は誰と出会うこともなく、三人は通路を歩き、床に開いた真四角の穴から続く階段を下り、また歩き、階段を下りを繰り返した。その間、誰かに咎《とが》められるどころかすれ違うことさえない。カナは小首を傾《かし》げた。

「誰もいないようだ」

「人払いをしてありますので」

「なるほど」

おかしな人間とおかしな魔法少女を除き、人っ子一人出てこない理由はわかった。しかし刑務所という場所は公共施設であり、そこで人払いができるほどの影響力を行使するとはカナの知るカスパ派らしからぬことだ。ぼんやりとした記憶の向こう側にあるカスパ派は、力も無ければやる気も無く、厭世《えんせい》気運だけが他の派閥に勝っていた。

「随分と勝手が違っているようだ」

「そうですか」

「相当に長期間封印されていたらしい」

「そうでもありません。カスパ派が力をつけたのは割と最近のことです。まあカスパ派が力をつけたというよりオスク派とプク派がそれぞれ問題を起こして勢力を衰退させたというだけですが……結局のところ派閥の力関係は相対的なものですから」

吉岡は小さく肩を揺らした。後ろから表情を窺《うかが》い知ることはできないが、笑っているのだろう。全体が浮かれているというか、機嫌が良い。所属者の機嫌の良さこそが「カスパ派が力をつけた」という事実を証明しているのかもしれなかった。

隣を這い進む魔法少女は吉岡の笑いに合わせて上体を上げ下げした。こちらは機嫌が良いのかどうかさえ判別できない。いざという時満足に動くことさえ難しそうな縛られぶりだが、刑務所に収監された札付《ふだつ》きの中の札付きと面会しようという時に連れてこられた者が動けないわけがない。縛られていようと戦うことができる、もっといえばカナくらいは簡単に制圧してしまえる力があるのだろう。

「そちらの……縛られている魔法少女だが」

「お気になさらず。空気のようなものだと思ってください」

緊縛された魔法少女が首から上に相当するであろう部分を左右に振った。挨拶をしたのかもしれない。カナも右手を開き、肩の高さに挙げて左右に振った。行動が見えたか否かはわからない。

歩き、階段を下り、また歩く。吉岡の踵《かかと》が床を叩く高い音、緊縛された魔法少女が這って擦れる音、ぺたりぺたりと繰り返すカナの足音が無人の通路に木霊する。

「そう難しいことをして欲しいというわけではありません」

「助かる」

「ある場所に入り、ごく普通に生活していただきたいのです」

「随分と不思議な仕事だ」

「魔法少女の仕事は日常に根差してこそですよ」

最下層の行き止まりにある大扉の前で足を止め、吉岡は背中で隠すようにしながら扉脇のパネルを叩いた。金属の分厚い扉が重々しい音を立てて横にスライドし、吉岡はカナの方に向き直り、例の笑顔を浮かべて「どうぞどうぞ」と掌《てのひら》で部屋の中を指し示した。

カナの収監されていた個室、通路、階段、これまで見てきた刑務所の施設とは違い、装飾性が高い。最初の個室と変わらない大きさの部屋に、ネイビーブルーの壁紙、サイドボード、革張りのソファー、長テーブル、レース編みのテーブルクロス、その上には畳まれた衣服らしきものが置かれている。一歩部屋に足を踏み入れ、素足が柔らかな毛を踏む感触に思わず足元を見、ライムグリーンの絨毯《じゅうたん》を二度三度踏みしめてからテーブルに手を伸ばし、置いてあったものを取り上げた。

「あなたのものです。お召しになってください」

服、それに下着だ。

一揃い身にけ、横に一回転してみる。室内灯を受けてほの光る銀髪が円を描いて踊り、合わせるかのようにスカートの裾がふわりと舞い上がった。

「コスチュームではないようだが」

「ええ。制服です」

水兵服のようだ。紺を基調とした色使いといい、露出の少ないデザインといい、魔法少女のコスチュームとしては地味過ぎる。即ちカナに似合っているとは思えない。動きやすさという点においても数段劣り、拘束されているかのような束縛感さえ覚える。

「魔法少女活動に適しているとは思えない」

「まあまあ、その辺はご容赦《ようしゃ》ください。魔法で強化されていますから激しく動いたくらいじゃ破れたりもしませんし、潜入する場所に合わせて、ということで」

「どこに潜入するかはまだ聞いていない」

吉岡はソファーに腰掛けるよう手で示し、自分はカナの対面に座った。右手で髪をかき上げて耳の後ろへ流し、にっこりという音が聞こえそうな顔で笑った。ソファーの傍らで蹲《うずくま》った魔法少女が小さく身動《みじろ》ぎしたが、そちらには目を向けることさえない。

「学校ですよ。あなたには魔法少女達が集《つど》う学級に転入していただきます」

◇袋井真理子

真理子《まりこ》は忙しさの絶頂にあった。

活動が少なそうという消極的な理由で受け持った体育委員は、「春の歩こう会」が間近に迫ったことでにわかに活気づいた。熱心な生徒達は夜遅くまで学校に残ってしおりの作成に精を出し、そうなれば監督官たる真理子も残らないわけにはいかなくなる。

一応専門だからという理由で顧問になった科学部は、年に一度の科学研究発表会に向けて部員一丸フル稼働状態にある。研究に汗と青春を捧げる部員達を見て、うっかり在《あ》りし日の自分を彷彿《ほうふつ》し、そうなればもう他人事ではいられない。中でも「外来植物特有の蒸散作用と壁面緑化」は魔梨華《まりか》の魔法へ転用すれば面白い結果が得られそうであり、大変に興味をそそられた。かといってそれにばかり構えばただの依怙贔屓《えこひいき》にしかならないと他のチームも均等に手助けしたため、ひたすらに多忙が加速した。

若い人の方がわかるだろうという理由で生徒用PCの管理を任され、まあ管理だけならとウイルスやトロイの木馬、危険サイトへの接続をチェックしつつ報告書を上げ、と無難にこなしていたら「慣れている人」だと認識されたらしく、校務支援担当という名目で教師用PCの管理まで任されるようになった。気付けば真理子の肩書が情報主任になっていて、臨時採用の枠を超えていないだろうかと思った頃には要録資料の殆《ほとん》どを一任されていた。魔法少女が二人もいただけのことはあり、学校自体が相当に非常識であるといえる。

本来の担任が産休のため、学級を一つ担任していたが、そこでも揉め事が起こっていた。ソフト部キャプテン鈴木《すずき》の彼氏にソフト部万年補欠山田《やまだ》が手を出そうとしたということで、鈴木を中心としたソフト部の女子グループが山田を非難、公共の敵扱いをされた山田はクラスのライングループからも外され孤立した。面倒事に関わるのを良しとしない男子達は見ないふりをし、ソフト部グループ以外の女子達の中には気の毒そうにする者もいなくはなかったが、誰も手を差し伸べることなく、山田は今日も体育教師と組んで柔軟体操をしている。たとえ一人ぼっちになろうと自分は悪くないと折れず曲がらずの山田は魔法少女の目から見ても頑強な精神力の持ち主だったが、それがどこまで保《も》つかはわからない。慎重に、しかし可能な限りの早い解決を図《はか》るべく、真理子は聞き取りと説諭と注意喚起を繰り返していた。

義理と人情が全方向から真理子を攻め立て、働いても働いても仕事が湧いて出てくる。校内の移動は早足が基本となった。髪を乱し、額に汗を滲ませ、忙しい忙しいと足を動かす。

二段飛ばしで階段を昇り、理科準備室の前に立つ。白衣のポケットから鍵束を出し、鍵を差し込もうとしたところで「袋井《ふくろい》先生」と声をかけられた。

振り返り、見下ろした。女子生徒二名。顔に見覚えがある。真理子が受け持つクラスの生徒ではない。というより学年が違っている。前に立つ吉乃浦芳子《よしのうらよしこ》は不貞腐《ふてくさ》れたような表情ながらきつく結んだ唇から強い決意が見て取れる。後ろの春日沙里《かすがさり》は心配そうで、どちらかといえばおろおろとしているように見えた。どちらも姫河小雪《ひめかわこゆき》の友人だ。

真理子は右手で髪を撫でつけ、眼鏡の位置を整え、彼女達に向き直った。

「なにか?」

「小雪のことなんですけど。先生、なにか知っていませんか」

思わず言葉が零《こぼ》れそうになり、真理子は反射的に口を閉じた。姫河小雪――魔法少女「スノーホワイト」――は、二年に進級してから学校に殆ど顔を出していない。友達ならば心配なのも当然だろう。彼女達に話してあげたいことはあった。しかしそれを話すことはできない。

「先生、すごい苦虫噛み潰したような顔してますけど」

「うっ」

慌てて口を閉じたせいで表情が歪んでしまったらしかった。芳子の不審げな眼差しに焦りは加速し、二度の咳ばらいを挟んでようやく収まった。

初めからなにもありませんよという涼しい顔で真理子は口を開いた。

「口内炎が痛んだもので」

「本当に？」

「誓って本当です」

真理子――魔法少女「袋井魔梨華」としては、できることならスノーホワイトに付き合いたかった、手伝うだけでも楽しそうなことなんて滅多にない、合法的に暴れられる大チャンスなのに、でも義理と人情に縛られていたらしょうがない、魔法少女きっての自由人袋井魔梨華ともあろうものが情けない、でもでも生徒達の顔を思い出してしまうとやっぱりできない、と次々に思いが現れては消えていく。内心の嵐は曖気《おくび》にも出さず、瞬きを一度挟み、真理子はゆっくりと口を開いた。

「なんで私に――」

「先生、学校に来る前から小雪のこと知ってるんですよね？　どういう関係だったのかは小雪も話してくれなかったけど、でも私達が知らない小雪のこと知ってるんですよね？」

瞬きを三度挟み、真理子は表情を引き締め、決然と言い放った。

「詳しいことはしみまっせん」

噛んだ。白衣を翻《ひるがえ》して生徒二名に背中を向け「そもそも別に親しくありませんから」と続け、「やっぱり知ってますよね」と追い縋《すが》る芳子を突き放して準備室の鍵を開け、中に入った。後ろ手に扉を閉めようとして指を挟み、悲鳴を噛み殺して右手を咥《くわ》えた。

自分の都合で楽しいことから引き離されるのはどうしようもない。しかし他人の尻拭《ぬぐ》いまでさせられるというのは違うのではないだろうか。スノーホワイトがなにかをするにせよ、自分の友達のケアはスノーホワイトがすべきだ。真理子ならどうにかしてくれるだろうと丸投げされるのは道理に合わない。

真理子は白衣のポケットから魔法の端末を取り出し、手の中で半回転させ机の上に置き、姫河小雪に連絡をすべく指を走らせた。

◇スノーホワイト

コスチュームの内側でまだろくに使っていない新しい魔法の端末が震えた。どんな用件であれ、今邪魔をされては困る、とコスチュームの上から手を這わせて電源をオフにした。

木々の向こうから微《かす》かに心の声が聞こえてきた。急いで距離を詰めようとはしない。左手の親指と人差し指で丸の形を作り、後ろを走る魔法少女「うるる」にサインを送った。速度を落として、というメッセージが込められている。吐息と共に安堵《あんど》した彼女の心の声が聞こえてくる。武器の刃《ルーラ》を手前側に返し、そのまま地面に突き立てた。うるるに小さな声で「行こう」と呼びかけ、スノーホワイトは歩き出した。

枯れ葉と折れ枝を踏む音が森の中を移動していき、やがて止まった。

「あっ！　あいつ！　洞窟の中でスノーホワイトにやられてた……」

うるるは椎《しい》の木の前に立つ青い魔法少女「プリンセス・デリュージ」を指差して叫び、途中から言葉を曖昧にして最後の方はもごもごと数語を口の中で呟くに留めた。

プク・プックが遺跡を占拠した時にスノーホワイトとデリュージが戦ったことを口にしようとし、それをいってはまずいのではないかと途中で気付いた。以前のうるるならば迷うことなく全てを口に出していただろう。今の彼女は成長した。他人を気遣い、慎重に言葉を選ぶようになった。

スノーホワイトは、デリュージを囲むように立つ、アーマー・アーリィ、ブレイド・ブレンダ、キャノン・キャサリンの順に目を向けた。

黒い魔法少女三名とはプク・プックに操《あやつ》られて共闘したこともある。

ブリーフィング中だろうと休憩中だろうとプク・プックがいる時だろうと、けして兜を外そうとはしなかったアーリィが、今はバイザー部分を上げてブレンダやキャサリンにそっくりな顔を見せている。彼女もまた以前とは変わったのだろう。

スノーホワイトはきゃっきゃと楽しそうに笑って武器を振る黒い魔法少女達に笑みを返し、意識して表情を消してからデリュージに向き直った。

第一章　オープニングテーマは始業ベルで

◇テティ・グットニーギル

　自宅から最寄り駅まで三分歩き、そこから二駅間電車に揺られ、市内で一番大きな駅の西口から出て目的のビルまで一分歩き、今時エレベーターも無いボロビルの七階まで昇り、ようやく学校への門《ゲート》を潜る。これが本来正当とされている通学路だ。

　交通費は基本自前であり、そして毎朝のこととなるため手間と時間をかける気にもならず、遠山《とおやま》藤《ふじ》乃《の》はまず魔法少女「テティ・グットニーギル」に変身し、二駅分と少々を疾走、コンクリの箱ものと少々の民家とたっぷりの電柱と鉄塔と電線の上を走り、目的のビルには屋上から入る。屋上の扉が施錠されていないのは関係者による魔法少女への配慮だろうと解釈していた。門を抜ける時に感じる奇妙な浮遊感は初回こそ興奮したものの、二回目で慣れ、五回目からは飽き、今やなんの感動も無く日常的交通機関として利用している。

　階段を下りながら変身を解除し、ちょっとしたシンデレラ気分を味わいながらドアの前に立つ。開けば指定の目的地へ一瞬で到着するという「魔法の国」の「門」だ。

藤乃は門を目の前にし、まだ潜《くぐ》らない。その前に自分の頬を強めに二度叩く。円滑、融和、平穏、無難。平和的な理想や理念であるほど実現するためには強さが必要だ。魔法少女学級の級長は優しいばかりでは務まらない。たっぷりと気合を入れてから扉脇のコンソールに数字とアルファベットを入力し、門を潜る。

コンクリートから木へ。

鉄筋のビルから木造の旧校舎へと一瞬で転移し、空気が変わったと思った時には全く別の景色の中にいて中庭に続く扉を押し開けている。この時間帯に関係者以外が立ち入ることはないため、誰かに見咎められてどうこうといったアクシデントは起こり得ない。

一応は梅見崎中学に所属している——対外的には特進クラスということになっている——とはいえ、登下校からして新校舎側と隔離されていれば接触しようがない。「魔法の国」としては少しでも秘密が漏れる恐れを排除しておきたいのだろう。

踝《くるぶし》まで届く長さに切り揃えられた芝生を跨《また》ぎ越し、煉瓦《れんが》が敷き詰められた茶色の小道を通って中庭を横切り、バケツや剪定鋏《せんていばさみ》が積まれた猫車《ねこぐるま》の横に屈む背中に向けて声をかける。

「おはようございます」

「おお、おはようテティさん。今朝もいい元気だねえ」

細かな葉や土汚れのついた緑色の作業着、首に巻いた白いタオルには地方銀行のロゴ、膝に届く長さのゴム長靴は少々くたびれている、と板についた園芸家ぶりだが、その正体は魔法使いだ。抜いた雑草を鳥のように羽ばたかせて猫車の中に落としたり、手を触れることなく芝刈り機を走らせたり、といった魔法を何度か見せてもらったことがある。

「良い一日を」

屈んだままで首だけを藤乃の方へ巡らせ、魔法使いは笑った。藤乃も笑みを返し「そちらも」と続け、魔法使いは噛んで含むようにゆっくり二度頷いた。なんということのない動作や言葉の一つ一つがゆったりとしている。小学生の頃、アパートの隣室に住んでいた佐藤《さとう》さんがこんな感じのスローペースで話す人だった。顔を合わせるとお菓子を二つ三つ握らせてくれる優しいお爺さんだった。

今の藤乃はもう小学生ではない。立派な中学生であり、なにより魔法少女だ。たとえ許してくれそうな相手でも「お隣に住んでいたお爺さんを思い出します」などと失礼なことを口に出さないだけの分別はある。心の中で思って心の中で佐藤さんと呼ぶ、それだけだ。

相対しているだけで不思議と落ち着く。魔法使いとの付き合いが多いというクラスメイトは「いけ好かない奴ばかり」「魔法少女を下に見てる」「偉そうな割に役立たず」「エリート気取り」と事あるごとに愚痴っていたが、実際付き合ってみないとわからないものだ。

藤乃は「佐藤さん」に背を向けて早足で校舎へ向かった。

旧校舎という言葉が持つイメージに反し、中は案外新しい。魔法少女学級として利用されることが決まってすぐにリフォームされたのだという。廊下のリノリウムも大病院か私設図書館のように張りが良く、つい先へ先へと足が急ぎ、壁に画鋲《がびょう》で留められた「廊下は走らない」の言葉を認めて速度を緩めた。もとより急がなければならないほどの距離があるわけではない。中庭から渡り廊下を通ってトイレの前へ、そこから五秒で教室へ。

教室の前では三人の少女が額を突き合わせるようになにやら話をしていた。いずれも「三班」に属する生徒だ。藤乃の足音を耳に留めたか、三人揃ってこちらを向き、声をかけられる前に藤乃は右手を挙げて「おはよう」と笑顔で挨拶をした。

黒髪ロングの姫カットの少女――魔法少女名「プリンセス・ライトニング」が静かに「おはよう」と返した。彼女が恐ろしく整った顔――変身していないのに！――を一部分動かすだけで周囲の緊張感がぐっと高まった。赤色が濃い唇を開き、透き通るような声を出せば緊張感は頂点に達した。テティがそう感じているだけかもしれなかったが、実際に掌が汗ばんでいたりするし、下手《へた》をすると声が震える。入学したばかりの頃は異常な美しさに気圧《けお》され、挨拶をすることさえ難しかったが、ゴールデンウィーク前の遠足で一抱えもありそうなおにぎりをむしゃむしゃと頬張っているのを見て以来、多少は気が抜け、言葉の遣り取りくらいはできるようになった。

そして次の少女。頭部右サイドをツルツルに剃《そ》り上げ、そこから頬にかけて複数の動物をミックスした妖怪——「鵺《ぬえ》」のタトゥーが水墨画のようなタッチで描かれている。左サイドは剃り残した髪で円状のファイアパターンを描くというモヒカン——「奈落野院出ィ子《ならくのいんでこ》」は声を出さず頭だけ下げた。こちらはこちらで初めて見た時は驚かされた。しかし校則を思い返してみれば髪に関する規定もタトゥーに関する規定も無かった。ファッションはともかく、クラス内読書感想コンテストで皆が魔法少女関係の書籍を選ぶ中、一人大正時代の純文学を選択するという我が道を行く的な真面目さもある。

もう一人。薄く茶色がかった背中まで届くポニーテール——「ランユウィ」は「おはよう」と返したものの、表情は芳《かんば》しくない。仲間内の会話を再開したいと表情で主張している。彼女は三班の中でも特に排他的なところがあり、夜間行軍の時も絶対に班員から離れようとはせず、距離を詰めて話しかけてもろくに返事さえなかった。

彼女達を見ると小学生の時、なにかある度《たび》集まってはこそこそと話していた女の子達のグループを思い出す。「感じが悪い」と呟く女子も「気色《キショ》悪い」と指差す男子もいたが、彼女達が行為を改めることはなく、卒業するまでそのままだった。ちゃんと話せば仲良くなれそうなんだけどなあ、と思うのは、今の彼女達にも、当時の彼女達にも共通している。むしろ小学生の時に仲良くなれなかったからこそ、今もこう思うのかもしれない。

彼女達の前を通り過ぎ、教室に入る。

一般の中学に通っていた頃は、隠然《いんぜん》としたグループ分けがあった。目立つ子と地味な子、できる子とできない子、趣味や好み、部活に校外活動、見た目の良し悪し、性格性質性情、様々《さまざま》な要素を組み合わせて出来上がった序列があった。目に見えず、言葉に表されることもなかったが、確かに存在し、クラスの女子全員がはっきりと意識していた。

全く好きにはなれない風潮だった。だからといって無視すれば学生生活は送れない。

「みんな、おはよう」

「おっはよ！」

「おはようございます、テティさん」

「オアヨ」

「アヨ」

魔法少女学級は、立派な職業魔法少女を目指すという共通の目的を持って集まった意識の高い魔法少女達が学ぶ場所であるため、そういった序列や分断はないはずだ、と期待していた。しかし実際入ってみれば、なにかと班単位で行動することが多く、班の内側で閉鎖的になってしまうという思わしくない状況が続いている。級長を務めるテティとしては、班の垣根を越えて仲良くなれる、そんなクラスにしたい。

三班は他班と親しもうとはしない。挨拶や業務連絡がある程度だ。班員の一人、サリー・レイヴンだけは笑顔で対応してくれるが、他は総じて対応が塩辛い。

二班には小学校時代の同級生、だけでなく同じ試験で魔法少女になった魔法少女仲間、佐山楓子《さやまふうこ》――魔法少女名「メピス・フェレス」がいた。藤乃の転校によって疎遠になっていたが、数年越しにこの学級で奇跡的な再会を果たすことになった。入学当初はそれなりに仲良くやれていたが、トランプでの揉め事をきっかけにして話したりすることも少なくなってしまった。

幸い、テティの一班は良い子ばかりだった。入学したばかりの頃は皆それなりに固さはあったが、一ヶ月も経ているのだ。遠足、夜間行軍、班対抗合唱大会、読書感想コンテスト等々、いくつかイベントを一緒にこなしてきた。もう少し早く仲良くなっていれば、連休前にも一緒にどこかへ出かけられたかもねえ、とゴールデンウィークに揃って出かけた遊園地で話すくらいには仲良くなっている。

「テティさん聞きました？　転入生が来るんですって」

「転入生？　そういうことあるんだ」

ふくよかな身体を揺らして「ミス・リール」が口火を切った。普段は常におっとりとした微笑みを浮かべている彼女も今ばかりは眉の角度を上げて興奮している。彼女がこれだけ興奮しているのはレクリエーションのバスケットボールで誤審によるトラベリングをとられて以来だ。そして盛り上がっているのはミス・リールばかりではない。

「しかもしかも！　ただの転校生じゃないらしいんよ！」

「ただの転校生じゃないって……魔法少女ってことでしょ？」

「魔法少女学級に転校してくるのが魔法少女なのは当然じゃん！　そうじゃなくてさ！　もっとただ事じゃなくて！　こっち系よこっち系！」

日に焼けた頬を人差し指で撫で、縦方向に盛った栗色の髪を揺らし、「ラッピー・ティップ」がにやりと笑う。普段から大きな声が今日は一段と大きく、テンションも高い。間近で聞かされると鼓膜がビンビンと震える。レクリエーションの時は声の張りと大きさだけで班を引っ張ってくれるが、普段使いにするには少しばかり大きすぎる感がある。

「ケイムショ」

「え？　けいむ……なに？　刑務所？」

「アーク・アーリィ」と「ドリル・ドリィ」の姉妹が揃って腕を組み、コピーしたように同じ仕草で二度頷いた。ラッピーよりも濃い色の肌、ヘーゼルナッツを思わせるハシバミ色の瞳、ナチュラルにウェーブがかかった黒色のロングヘア、そして片言の日本語と、どこから見ても外国人だが人種はわからない。彼女達にそれを説明できるだけの語彙《ごい》がない。テスト勉強の時は毎回のように四苦八苦している。

ドリィは「ケイムショ」と繰り返し口にし、アーリィはその度に頷いた。

「手錠されたままガッコ来たって！　パねえって！」

「え、なに、刑務所ってそういう意味なの？　刑務所で看守してたとかじゃなくて？」

「マジモンのムショ帰りよ！」

「スジモノ」

「オシウリ」

「怖い人じゃなければいいですよねえ」

「いやどう考えても怖い人っしょ！　現役バリバリの反社会的勢力《はんしゃ》じゃん！」

「ああ、それで三班の人達が教室の外に出て話してたのね」

藤乃は目だけ動かし教室の隅を見た。二班の少女達も集まってなにやら話をしている。

「転校生って二班に入るんですよね？」

「人数的にはそうなるんじゃないかなあ」

「ファイブ」

「フォー」

「うちの班五人いてよかったわあ！　マジよかったわあ！　四人だったらムショ帰り入ってきたってことっしょ！　緊張感あふれる班行動とかマジ勘弁だわ！」

「そこまで邪険にしなくても」

「邪険とかじゃなくてさあ！　実際問題怖いじゃん！　マジ！」

ラッピーは、言葉では嫌がっているが、態度では嬉しがっているように見えた。元々イベントだったりお祭り騒ぎだったりを好む性質であるため、たとえ怖いことだったり危険なことだったりしても盛り上がってしまうのだろう。ミス・リールは困ったような表情を浮かべ、藤乃は言葉を濁しながら目を逸らした。二班の方をちらりと見ると、全員落ち着きなくあれやこれやと話しているようだ。

　藤乃は一班メンバーに向き直り、声の大きさを一段落とした。

「よくわからないんだけど。ちゃんとお勤め果たして釈放されたってことなんだよね」

「脱獄してくるわけにはいかないでしょうしね」

「プリズンブレイク」

「シーズンツー」

　時期外れの転校生は刑務所から出てきたばかり、そんな魔法少女を班員として迎え入れなければならない、というのは二班にとって大変な不幸だろう。動揺するのも当然だし、実質矢面に立たされたのも同然の彼女達を気の毒だと思う。

「大変ですよねえ」

　というミス・リールの言葉に「本当にね」と相槌《あいづち》を打ち、二班の方にちらと目を向けると、こちらに向かって歩いてくる人物と目が合った。

　身長百七十と少し、体格も大人と変わらない。肩まで届く長さに切り揃えた、天然物のくすんだ金色の髪、白い肌、蒼《あお》い瞳、ついでに魔法少女ネームも彼女がヨーロッパ出身であることを示している。ただしアーリィドリィ姉妹と違って日本語は流暢《りゅうちょう》だ。「雷将《らいしょう》アーデルハイト」はいかにも親しみやすい笑顔を浮かべ「おはようさん」と右手を挙げた。

ミス・リールとラッピーが挨拶を口にしながら左右に離れ、アーデルハイトは二人が作った空間にスムーズに入り込んだ。

「うーっす。話聞いとる?」

「ムショ帰りっしょ! 聞いた聞いた、超聞いた!」

アーデルハイトの問いかけにラッピーがヘッドバンキングのように激しく頷き、

「アーデルハイトさん、そちらの班はなにか聞いていませんか?」

ミス・リールは逆に質問したが、アーデルハイトは両手を開いて肩を竦《すく》めた。

「いやあ、それがなーんも情報入ってきとらへんのよ」

彼女は綺麗な標準語を話すことができる。一学期が始まった頃、視察に来た「偉い魔法使い」相手には「普段からこんな感じで話しています」という顔で完璧な敬語を使いこなして受け答えしていた。しかし平時は妙に怪しい関西弁を使い「キャラ作りの一環やね」と嘯《うそぶ》いている。

「人数的にはたぶん二班入るんやないかと思うんよ」

「まあそうなるよねえ」

「ナル」

「ナルナル」

「当分はお客さん扱いで様子見とこうって話になったんやけど。といっても突発的にメピスあたりが喧嘩売ったりするかしれへん。なんせメピスやからね」

藤乃は二班の方を見た。佐山楓子――メピス・フェレスが頭を強く振って何事かを主張し、他の二人がどうにか宥《なだ》めているようだ。変わらないなあ、と嘆息交じりに懐かしさを感じた。大きな眼鏡、一本に纏めた三つ編み、という格好は昔と比べて随分変わった。しかし中身は同じだ。一見文学少女でも、根がヤンキーだ。非常に喧嘩っ早い。

小学校の頃から男子だろうと上級生だろうと気に入らない相手なら喧嘩を売り、魔法少女になった時は偉そうな態度が気に入らないと試験官まで挑発していた。昼休みの班対抗大富豪大会が途中打ち切りになったのも、負け続けて腹を立てた彼女がテティに掴みかかって騒動になり、面倒を嫌った担任がトランプの持ち込み禁止を決定したからだ。

「まあ、問題起きた時は級長さんがフォローしてやってな。頼むわ」

「えっ」

一応はテティ・グットニーギルがクラスの級長ということになってはいる。しかし二班の問題は二班の中で解決すべき問題、つまり二班の班長であるメピス・フェレスが――というところまで思いを巡らせ、その班長が喧嘩を売るかもしれないという話をしていたのだということに気付いた。喧嘩を売った当人が問題を解決できるとは思えない。

ミス・リールを見ると力なく微笑んでいる。表情で「お気の毒様」といっていた。

ラッピーは楽しそうに笑い、両掌をこちらに向けて振っていた。

ドリィの方はといえば、なにがあったのか眦《まなじり》を吊り上げてアーリィの頭をポカポカと叩いていた。アーリィは悲しげな表情で俯き、叩かれるままになっている。

「なにをしているんですか」

「やめなって！　マジで！」

「ほらほら、喧嘩したってつまんないよ」

ミス・リール、ラッピーの二人と協力して姉妹を引き離した。この二人はセットでくっついていることを基本としているくせに気が付けば喧嘩をしていたりする。仲が良いのか悪いのか、傍目《はため》にはなんとも判断がつき難い。

ドリィを宥めながらテティは思った。誰にも問題を起こしてほしくない。転校生を含め、問題を起こす者、問題を起こしそうな者には事欠かない疲れるクラスだったが、なんだかんだで愛着があった。級長として纏めることになった初めてのクラスだからかもしれない。

◇ハルナ・ミディ・メレン

金属テーブルの上に置かれた燭台が左右一本ずつ、合計二本。絶え間なく揺れる頼りない光源に照らされた魔法使いが、椅子にかけた者と傍らに立つ者、合計二人。椅子に座った若い女性――ハルナは機嫌の悪さを隠そうともせず顔を顰《しか》め、傍らに立つ同年代の女性

——カルコロは落ち着きなく視線を動かし、意味もなくカーテンや鉢植えの観葉植物に目を向け、それが自分を守る盾であるかのように、胸に抱えた三角帽子の鍔《つば》部分をぎゅっと握り締めていた。

ガチリ、ガチリ、と、錠《じょう》が開く度に室内の息苦しさが一段ずつ増していく。二つ目、三つ目と続け様に開錠され、物々しい枷《かせ》がテーブルの上に置かれるに及び、カルコロが音を立てて唾液を嚥下《えんげ》し、ハルナは横目でそれを睨んだ。

カルコロは才能豊かな魔法使いかもしれないが、精神の方は成熟が足りず、それ故に優れた教師とはいえないところがある。小心翼々とした風見鶏《かざみどり》は、どのような学び舎にあっても生徒から侮《あなど》られる。まして相手にするのは魔法少女連中だ。

警備用ホムンクルスだけが淡々と仕事を続け、足枷《あしかせ》が手枷の上に重なり、頭部を覆っていたヘルメットが三種のねじ回しを用いて外され、全ての拘束具が取り払われた。

カルコロが再び唾液を嚥下《えんげ》し、ハルナは小さく鼻を鳴らした。

蝋燭二本という心もとない灯りを鮮やかな銀色の髪で返し「制服」のスカートからはしなやかな脚が伸びている。獄から娑婆《しゃば》へ出てきたばかりとも思えない健康的な肢体に反し、眩しそうにめた目は光彩と生気が薄い。

魔法少女は両脇を固める二体の黒い人型には一切目を向けず、ハルナ、カルコロ、またハルナと順繰りに目をやり、左右に頭を振った。短く切り揃えられた銀色の髪が揺れ、一秒たたず全く元通りの形に戻っていた。物憂《ものう》さを動作で示しただけにも見え、魔法使い二名を馬鹿にするようでもあり、髪の位置が気に入らなかっただけにも見えた。生気の無いどんよりとした瞳には感情が反映されず、なにを考えているのか、あるいは考えていないのか、推測させるだけの材料が無い。

当人の性質に依《よ》るものか、それとも読み取らせないよう表情を殺しているのか。

ハルナは先の尖った耳を一撫でし、お愛想の笑みさえ浮かべず、胸の前で指を組んだ。椅子の上で胸を反らし、テーブルの上に置いた両手を組むという行儀の悪い姿勢で相手に向き直り、姿勢にもまして好意的とは言い難い口調で話しかけた。

「名前は?」

魔法少女は僅かに目を細めるだけで答えようとはせず、ハルナの眉間により深い皺が刻まれた。カルコロは絨毯《じゅうたん》とそこに埋まった自分の爪先を見詰め、ハルナは苦々しさを隠そうとせず「名前は?」ともう一度同じことを問うた。

「カナ」

魔法少女は短く答え、カルコロが安堵ともとれる息を吐き、ハルナは不快そうに鼻を鳴らした。不快感の原因は魔法少女が八割、カルコロの弱々しい態度が二割だ。

「返事は可及的《かきゅうてき》速やかに」

「はい。こんな感じだろうか」

ハルナはわざとらしい咳ばらいを一つ挟んだ。魔法少女の問いに言葉を返さず、問い返されたことなど無かったかのように続けた。

「私はこの学校の責任者であるハルナ・ミディ・メレン。こちらはお前のクラスを担当しているカルコロ・クルンフ。魔法少女名はカルコロ」

「はじめまして、ハルナ。はじめまして、カルコロ」

「呼び捨てにするな。先生をつけろ」

「失礼。先生」

咳ばらいをもう一つ挟んで続けた。

「お前は過《あやま》ちを犯して収監された。それは消すことのできない過去である、が、罪科を雪《そそ》ごうとする権利は与えられている……これはとても幸運なことだと理解しているか？」

理解しているようには見えない表情で魔法少女は首を傾《かし》げた。ハルナはそれを見なかったかのように一切の反応をせず話し続けた。

「一昔前の刑務所というやつは、ただただ収監者を封じ込めておくための場所だった。反省する機会を与えるという大義名分ほどに実際的な意味があったかどうかは甚《はなは》だ疑問だった……収監される側から見れば」

一旦言葉を切った。傾げていたカナの首が元に戻るのを待ってから続ける。

「しかし今の刑務所は違う。反省する機会が与えられるだけでなく、どれだけ反省しているのかを行動で示す機会が与えられる。クソどもを封じるだけではクソの役にも立たたないが」

クソという言葉には特に力——吐き捨てるような強いアクセントを込めた。

「奉仕することによってクズ……罪深き者も世間と交わることができる。囚人番号で呼ばれることなく一個の魔法少女として扱ってもらえる。反吐《へど》以下のクソ犯罪者が」

やはりクソの二文字には強い力が込めた。魔法少女——「カナ」はゆっくりと首を横に振り、ハルナは怪訝《けげん》な表情で見返した。

「なにか？」

「記憶の削除が行われている。俺には自分が犯罪者であるという自覚が無い」

しばし「なにも無い時間」が流れた。ハルナ、カナ共に眉や頬を動かす程度の反応さえなくお互いに見詰め合った。カルコロはよりきつく帽子の鍔を握り締め、小さく身震いした。ハルナは頬をませて皮肉な笑みを浮かべた。

「囚人から反省の機会を奪うとは。これほど無意味なこともないな」

「同感だ」

「許可なく囀《さえず》るな」

「失礼」

ハルナは指を組みなおし、先程よりも若干前傾した——多少は見栄《みば》えのいい——姿勢で顎を引いた。

「行儀よく、大人しく、問題は起こさず、誰かの役に立つことだけを考えていろ。余計なことを話さず、普段は隅《すみ》の方でじっとして、働くべき時だけ必要な分働け。賞賛は期待せず、侮蔑《ぶべつ》を受け流し、謙虚を旨《むね》とし、いっそ卑屈でもいい、自分は奉仕するために生かされているのだと、奉仕無くしては生きる価値も持たないのだと考えるように」

ハルナは数語の呪文を呟き、左手の指先を素早く動かした。なにも無い空間から一枚の紙が現れ、机の上から数メートルの距離を滑空、カナは自分の胸に当たる寸前で紙切れを受け止めた。紙には細々とした文字が箇条書きで記されている。

「お前の設定だ。覚えておくように」

「俺の設定は、奉仕作業に従事する囚人、では？」

ハルナの眉間に深い皺が刻まれた。

「ここは獄舎ではない、学び舎だ。建前の上では若者を教化するための施設ということになっている。受刑者が更生プログラムをこなすために転校してきました、なんて表立ってアナウンスできると思うか？　できるわけがない、クソ馬鹿馬鹿しい」

ハルナは鼻を鳴らし、右手人差し指の先で机をノックした。ホムンクルス二体が両サイドから寄ってカナの腕をとり、拘束された当人はなんの感慨も無い目でハルナを見返し、ハルナは感慨よりも感情が先走る目で視線を受け止めた。

「自分が呪われた罪人であるということを忘れずに分を弁《わきま》え、かといってそれを誰にも教えず胸にしまっておけ。お前のような魔法少女は善人のふりが得意だろう」

「『設定』について知っている者は？」

「責任者である私と、そこのカルコロ、それにお前自身、それだけだ」

不意に名を出されたカルコロは気の毒なくらいに動揺し、口の中で言い訳めいた言葉をぶつぶつと呟いた。が、ハルナはそれを無視して手を振った。二体のホムンクルスに引かれて部屋を出ていくカナの背に「常に監視されていることを忘れないように」と声をかけ、扉が閉まってから首を後ろに倒し、前に曲げ、元に戻して溜息を吐いた。

「犯罪者ごときがなにを偉そうに」

それほど腹は立てていないが腹を立てているポーズはとっておく。ハルナの機嫌についてカルコロがどこで話すか知れたものではないからだ。カスパ派に振り回され、怒り狂っている責任者というのが、悪名高き簒奪者――ピティ・フレデリカに対しては最も通りが良いだろう。

カルコロが相槌を打つより早くハルナは拳で机を打ち叩き、それによってカルコロは口を噤み足元に目を落とした。絨毯と、絨毯に沈んだ自分の爪先をじっと見詰めている。

ハルナは構うことなく続けた。

「カスパ派は頓智《とんち》遊びでもしているつもりなのか。派閥だけではない、『魔法の国』の未来がかかっている事業だと理解しているのか。最優秀生徒となるであろう人材を送ると請《う》け負っておきながら囚人を寄越すなど……強力でさえあれば人格など問題にならないなどという大時代的なやり方が通じると思うのがいかにもカスパ派らしい浅慮だ」

ハルナの不平不満からたっぷり十拍を置き、カルコロがおずおずと口を開いた。

「あそこはねえ……昔からそんな感じで」

媚《こ》びを含んだ声の調子が気に入らないというのもあり、そして話すことよりもがもたないことを恐れる風なのがありありと見えるのにも腹が立ち、ハルナは苦々しく咳払いするのみでカルコロの言葉に触れようともしなかった。

◇カルコロ

二年F組に配属されて以来、カルコロの胃が痛まない日は無かった。普段の授業ではやる気の無い、または能力の無い者ばかりで、イベントとなれば悪いはしゃぎ方をして迷惑をかける者ばかり、と教師にとっては全く良い所が無い。なぜ昼休みにトランプをしてはいけないなどという規則を作らなければならないのか。どうして形の上だけでも仲良くすることができないのか。カルコロには理解できない。

生徒達は各派閥が送り込んできた幹部候補生であり、教師の権威など屁とも思わないような連中が揃っている。教師生活がスタートするという記念すべき日、教室の扉を開けるまでは「教師らしくあらねば」と殊勝な決意を胸に抱いていたが、髪型が見事なモヒカンヘア、しかも顔に彫り物まで入れている世紀末スタイルの女生徒を目にして「ああ、これは無理だな」と心が折れた。

そして上司だ。学校における唯一の上役、校長ハルナ・ミディ・メレンは間違っても無能ではない。三賢人シェヌ・オスク・バル・メルにも連なる由緒正しい家柄の出であり、専門家に匹敵する術技の腕前、他者の本質を見抜く目、躊躇せず取捨選択を断行できる苛烈さ、長く尖った耳に左右で色の違う瞳という魔法使い的な異相、それでいて顔立ちは整っているという絶妙なバランスからくる押し出しの強さ、時に調和を保ち、時に卓袱台《ちゃぶだい》をひっくり返し、万物を益に結び付ける抜群の政治力、持つもの全てを用いて異例の若さで情報局の副局長となった女傑の中の女傑だ。

尊敬に値する人物であるが、人格まで尊敬できるかといえばそんなことはない。

プク派により推し進められていた魔法少女学校設立計画は、プク・プックの引き起こした事件を機にオスク派が奪い取った。そこまでは良かった。問題はそこからだ。

プク派だけの事業ではなくなり、先に行けば行くほど自称協力者が加わっていった。オスク派内での綱引きから始まり、最終的にはカスパ派、その他有力貴族が息のかかった魔法少女を送り込むという拡張目的の行為によって、魔法少女を育成するため設立されたはずの学校は代理戦争の場に変質してしまった。

プク派から奪い取って以降、先頭に立って事業を推し進めてきたハルナにとって全く不本意な事態だったが、だからといってパワーバランスを完全に無視していいわけがない。せめて直接的に差配《さはい》しなければと総合責任者として現場に潜り込むのが彼女にできる精一杯だったのだろう。

プク派が母体となっていた時に試験運用が二度とも成功していた。当時のデータを活かし、つまりはアルファ版とベータ版を経て本格始動となった。担任もこのまま据え置く予定だったらしいが、残念なことにというか当然のようにというか、彼女の所属派閥はプク派だった。プク派所属者の大半と同じく彼女も名簿から名前を消され、とりあえず誰でもいいから魔法少女に変身できる魔法使いを探してこなければ、ということになり、犯罪学の権威を目指すべく、日夜勉学に精を出していた学生――カルコロに白羽の矢が立った。魔法少女に変身できる、ただそれだけで教育という別分野に放り出されてしまったのだ。

こうして常に不機嫌な女傑はカルコロの上司になった。

一日一日を大過なく送るだけでも才覚と準備と心配りを必要とする。女傑を満足させるだけの「大過ない一日」というのは想像するより遥かにハードルが高い。

扉をノックし、「失礼します」と声をかけてから職員室の扉を開けた。

銀色の髪の魔法少女「カナ」は長テーブルの中央に陣取り、椅子に腰掛けこちらを見ていた。形だけならカルコロの方が面接を受けているかのようだ。

「準備はできましたか？」

「できている」

なんといったものかしばし考え、一応言葉を選ぶことにした。

「お話し忘れていましたかね」

「なにを忘れていたというのだろう」

一切悪びれることのない無表情でいわれた。カルコロの方が悪いことをしているような錯覚に陥りそうになる。一つ、咳ばらいを入れて話を続けた。

「授業は一般教養と魔法少女にわかれています。一般教養は魔法少女に変身することなく受けてもらいますし、魔法少女の授業は逆に変身してから受けてもらうことになります」

「そうか」

カナは椅子を後ろへ引き、立ち上がった。

「では行こう。案内を頼む」

どうしたものかと考えた。カルコロとしては変身を解除してから授業を受けてくださいといったつもりだったが、カナは理解してくれた節が無い。理解できていないというより、理解できていないふりをしている気がしてならなかった。

要するに変身前の姿を見せたくないのだ、と考えれば平仄《ひょうそく》が合う。そもそも刑務所に収監されるような魔法少女が実年齢中学生であるということは無い。

犯罪学のエキスパートであるカルコロは知っている。中学生以下で更生不可能と判断されるような判例は未だかつて存在しないのだ。変身を解除すれば明らかに中学生でないことが露見してしまう。だから気付いていないふりで押し通そうとしている。

カルコロは顎を引き、小さく息を吐き、掌を会議室の入り口へ向けた。

「……では参りましょう」

この場はやり過ごす。怒らせることを承知でハルナに報告し、処置を検討する。この形ならばカナを押し込んできたカスパ派と揉め事を起こすことになるのはハルナということになり、カルコロが矢面に立つことはない。カルコロがここで問題を指摘した場合、最悪のルートを辿るとカルコロとカスパ派の間の問題になってしまう。

カルコロは自らを危険から遠ざける術《すべ》を心得ている。魔法少女の才能を持つ魔法使いというのは孤独な存在だ。魔法少女からは仲間と思われることはなく、権力の犬だと看做される。「魔法の国」の貴族からは便利なアイテム扱いされ、同胞といわれることはない。

危機管理は繊細かつ臨機応変に行わなければならない。ただし上司に怒鳴られる機会は増える。ただでさえ刑務所から直行させた魔法少女を押し付けられて不機嫌なところに無法を通されてはハルナも普段の倍から三倍は怒るだろう。かくしてカルコロの胃は痛む。

廊下を歩きながら後ろに目をやった。カナの制服は所々が破れている。支給品が中古と

いうことはないだろうに、どういうことだろうか。

「その服は？」

「制服だ」

「いえ、それは知っています。部分部分が破損しているようですね」

「動きやすいように調整しておいた」

「……そうですか」

出イ子《モヒカン》を見た時と同じような思いを抱いていた。これは諦めるべきであり、カルコロの関知するところではなく、事後報告だけしておけばいい。

第二章　起立！　礼！　着席！

◇クミクミ

一班の方に行っていたアーデルハイトが戻ってきた。腕を組み、首を捻《ひね》り、そして肩を竦めて見せ「なんや一班さんもよう知らんみたいやね」という姿は「オーバーアクションの外国人」というより「関西人のおじさん」が近い。メピスがおさげ髪を左右に振り、酷《ひど》く忌々《いまいま》しそうな口調で舌打ちを混ぜながら「役立たず」と呟いた。聞こえていないわけはないだろうが、アーデルハイトは涼しい顔で鼻を鳴らした。

「クラシカル・リリアン」はメピスに目をやり、そして恐る恐るアーデルハイトに目を向けた。アーデルハイトが腹を立てていないらしいことを知ると、安堵の息を吐き、今度はクミクミの方に目を向けてきた。

病的に白い引きこもりの肌、手入れの足りない伸びっ放しの髪、そして寄りかかる者特有の目。はっきりいって存在そのものが鬱陶《うっとう》しい。普通の学校で同級生になっていても絶対に友達にはなれないと断言できるタイプだ。が、二班の調整役を心の中で自称している魔法少女「クミクミ」としては跳ね除けるわけにもいかない。

クミクミ、メピス、リリアンの三人は近衛隊に所属している。

一応職業魔法少女に数えられているが、年に何度も無い式典の時だけ出番があるという閑職だ。普通に勤めていただけでは出世の余地など無い。クミクミは「無事に卒業して出世できたらいいなあ」と声に出さず思っている。

というわけで志を同じくする者同士の強い紐帯、というほどのものではないが、まあ絆といっていいものがあるにはある。しかしアーデルハイトは一時的に協力体制を敷いているというだけの間柄で、彼女の所属する外交部門といつまで仲良くしていられるかわかったものではない。怒らせて喜ばしい相手ではないのだ。

三呼吸する間、頭の中で考えを整理し、クミクミはアーデルハイトの方を向いた。

「級長だから知っていると……考えたのが、そもそも浅はかだった……かも」

「つうても他に知ってそうな子おらんからねえ」

メピスが「級長のくせに！　聞いとけよ！」と呟き、机の脚を蹴った。入学したばかりの頃は小学校時代の魔法少女仲間と再会できたことをそれなりに喜んでいる風ではあったが、今は口もきかず、それどころかテティを話題に出しただけで不機嫌になる。

クミクミとしては、五月の遠足で弁当を忘れた時、クラスメイトに呼びかけて少しずつおかずを集めてくれたのがテティとミス・リールとラッピーであったため、彼女達のことを殊更悪くいおうとは思わない。全然悪い子じゃないと思う、などとメピスにいえば怒らせるだけだとわかっているため、表立って反論はしないだけだ。

とはいえ、それを置いてもメピスの声は大きい。クミクミはメピスの方を向いた。

「メピス……声が高い」

「うっせ。あたしに指図すんじゃねっての」

普段から怒りっぽいが、今日はいつになく気が立っている。そもそもメピスは将来を嘱望されるエリートなどという柄ではない。彼女は戦士に向いているかもしれないが学生には全く不向きだ。なにかある度に腹を立てクラスの和を乱している。

ようやく大富豪のコツを掴めてきたのではないか、という時にトランプが禁止された原因となったのもメピスの癇癪だった。ジョーカーをスペードの3で返されたくらいで腹を立てていてはゲームなどできないのではないかと思う。テティの胸倉を掴み、止めようとしたラッピーを蹴倒した。昔の友達との付き合いを自ら断ったに等しい。

学校に入る前のメピスは変身前からして反社会的だった。髪の色を金に染め、眉は殆ど無いというクラシカルなヤンキーのスタイルで誰彼構わず喧嘩を売っていた。要人を守るための近衛隊にあるまじき振る舞いだが、オンオフは案外しっかりしているため馘首《かくしゅ》されるデッドラインを超えることなくどうにかやっている。

学校に入るからにはきちんとした格好をしなければと眉に毛生え薬まで塗って体裁を整え、いざ入学してみると染髪してる者、盛り髪してる者、モヒカンスタイルでタトゥーを入れてる者までいた。なんで自分ばかりが真面目ちゃんのふりしなきゃいけなかったんだとメピスはぶち切れ、以来、腹を立てている時の方が多い。

メピスといい、リリアンといい、社会性の無さはもう少しどうにかならないかと思う。一班の半分くらいでいい、善良なふりくらいはしてほしい。

「とりあえず、一班の考えと共通してたとこはあれやね。人数的に転校生がうちの班に入るんやないかいうことやね。まあこれは大変なことや思うよ」

「んなこたいわれなくてもわかってるっての。クソが」

「あとはあれやね。ムショ帰りいうんは向こうさんもご存じやったね」

「ゴミが」

メピスが怒っている時の汚い罵倒は鳴き声のようなものなので誰も気にしない。

「上からなにも聞かされてないってのはおかしいっての。クソ」

「こっちも聞いてへんよ」

「知ってるよ。もう聞いたよ。ボケ」

近衛隊から転校生に関しての情報は「刑務所から出てきたばかり」以外に下りてきていない。アーデルハイトの外交部門もノータッチ、魔王塾の情報ネットワークを駆使しても得られるものは無かったという。

「なんで転校生に関する情報がないんだってのゴミクソが」

「まあ二班入るいうんは、ただ人数的にそうなるんやないって話やからねえ。なにかの事情があれば他所の班に入るいうことだって考えられるわけや」

「なにかの事情ってなによ」

「それについては皆で考えてみるしかないね」

クミクミは腕を組み、メピスは拳を握り、アーデルハイトは天井を見上げ、リリアンは俯き、しばしの間誰も話そうとはせず、無言の時間が過ぎていき、やがてアーデルハイトが頷き、メピスが鼻を鳴らし、クミクミは腕を解き、リリアンは溜息を吐いた。

「なんかこう……建設的な意見とか出ぇへんの？」

「はあ？　言い出しっぺがナイスアイディア出すべきじゃん？　てめぇコラ」

「いや、これを言い出しっぺいうんはちゃうやろ。皆思てたことやん。なにかいいアイディア無いかなー、せめて転校生のこと知りたいなーって思てたやん」

「三班の方へなにか知らないか聞きにいくっていうのは」

「ダメでしょ、あいつらこういう時役に立ってくれたことないし、クソ」

「メピスがしょっちゅう喧嘩売っとるからねえ」

「なに？　あたしのせいにすんの？」

「仲間に喧嘩売ったりせえへんよ」

「あ、いえ、あの、ごめん、はい、すいません」

リリアンの意見に駄目を出すも、メピスアーデルハイト共に素晴らしいアイディアが出るというわけではなく、結局四人顔を突き合わせてうんうんいっているだけという現状からの脱出には程遠い。

三人の遣《や》り取りを見、考え、頭の中で組み合わせていき、クミクミは理解した。

メピスは考えるよりも先に手が出る。アーデルハイトは魔王塾卒業生、即ち戦うことの専門家だ。リリアンは自分が怒られないためにはどうすればいいかばかり考えている。クミクミは考えることそのものに人より多い時間を要してしまう。つまり二班には頭脳労働担当者が存在しない。

近衛隊の中にも、訓練プログラムの立案、経理出納、人員の采配、実働部隊の指揮といったことを得意とする知的労働担当者もいる。しかし変身前の年齢が中学生という制限を課すとメピス、リリアン、クミクミの三人しか残らない。戦うことだけが得意なタイプと、戦うことだけが得意なタイプと、戦うことだけが得意なタイプの三人組だ。これでは行き詰まってしまった時に頭を使って打開するということができない。

読書感想コンテストの総合成績は――できる限りバリエーションをつけようと集まって相談しながら書いたにも関わらず――日本語が怪しいアーリィドリィ姉妹を擁する一班さ

え振り切って最下位、トランプでもルールに反していない行為にメピスがキレて、夜間行軍では二班だけが地図を読み誤って正規ルートから逸れていた。これだけ重なってようやく気付けたのだからクミクミも班員のことを笑えない。

なるほどそういうことなんだな、と納得し、しかしこれを口にすればメピスが怒るだけという判断力はあったため黙っていた。教師が来るまで話し合った結果、最終的に出た結論は「良い人が来るといいね」だった。

◇カナ

カルコロの後を追い、カナは「F」のプレートがかかっている扉を潜った。

廊下にまで聞こえていた喧騒が一瞬で止まる。右から左まで、広くも無い一室に魔法少女が——否、変身前の少女が詰めている。視線は一点に集中、即ちカナを見ている。十四名、全員が魔法少女なのだろう。とってつけたように設《しつら》えられた大きな黒板、木とパイプを組み合わせて作られた安っぽい机、同じく安っぽい椅子、それらはカナの考える魔法少女には相応《ふさわ》しくない。しかしカナも含め全員が袖を通している「制服」と同じく、それこそが学校らしさなのだろう。

「ええと……転校生のカナさんです。仲良くね」

なぜか言葉が詰まりがちなカルコロの紹介に合わせて「よろしく」とだけ簡潔に挨拶し、指示された通り、中央後方の座席に腰掛けた。授業が始まり、直接的な視線こそなくなったものの、こちらを注視しているという感覚は痛いくらいに感じる。クラスメイト達の目は新入りを無条件に歓迎するような優しいものではなく、かといって無条件に排斥するような冷たいものでもなかった。値踏み、というのが一番近いような気もしたし、少しズレている気もする。複雑な思いを瞳に湛えていたように見えた。そしてカナは複雑な思いというものを斟酌《しんしゃく》することが苦手だった。読み取り難いから複雑と呼ばれるのだ。

授業の内容は、聞いていた通りの一般教養だった。全員が教科書を開き、真面目な顔でノートに鉛筆を走らせている。空手で教室に入ったカナには教科書もノートも鉛筆も無い。授業が始まって三十秒で気付いたカルコロが隣の生徒に「教科書を見せてあげなさい」と指示し、授業は再開した。

学業を修めるべき場所に徒手空拳で訪れるというのは学生のあるべき姿からかけ離れている。持たせなかった吉岡に責任があるといえるが、この場で他者の責を論《あげつら》うことが学生のあるべき姿でないということは魔法を使わずとも知っていた。

とりあえず隣の生徒に礼をいっておくことにした。髪を短く切り揃え、肌は浅黒く、体格は小柄であるものの全体ががっしりとしていて、顔つきは幼さを残しながらも精悍だ。エリート養成所に相応しい佇まいといえる。声を低く話しかけた。

「感謝する……名前は？」

立野玖美子《たてのくみこ》、クミクミ、という言葉が頭に浮かび、遅れて本人が小声で答えた。

「クミクミ……礼は……要らない、と思う」

少年か少女か迷う外見ではあったが、声は少女のものだった。性別を断定しかねていたこと、そして意図することなく魔法を発動させてしまったことを心の中で詫び、授業の推移に従い教科書の該当部分を追っていき、ノートと鉛筆についてはどうにもならなかったため、次こそはと心に留めておくことにした。禍福《かふく》は糾《あざな》える縄の如しというべきか、記憶が削除されているため記しておくための空白スペース部分はまずまず広い。

教科書を読み、板書《ばんしょ》をし、というだけの授業がチャイムを機に打ち切られ、半端なところで終了した。カルコロはそそくさと教室を後にし、短い休み時間に入った。

こうなるだろうという予想の通り、カナの周囲には人だかりができた。生徒達がカナを取り囲み、名乗ってから次々に質問を繰り出してくる。

「なんで変身してるの？」

「魔法少女が変身することに理由はないだろう」

なぜかどよめいた。感心されているようだが理由はわからない。

「制服破れてるみたいだけど！」

「動きやすいよう調整を加えた」

「綺麗な髪ですね」

「ありがとう」

「教科書とかノートとか忘れてきたの？」

「明日来る時は用意しておくつもりだ」

「カナさん……は、どんな魔法を使うのかしら？」

ざわめきが静まった。質問したのは先ほどプリンセス・ライトニングと名乗った、長い黒髪の少女だ。

魔法少女であれば魔法が気にならないはずはない。質問の後にざわめきが引き、全員がカナを注目し、言葉を聞き逃すまいと耳を傾けている。

カナは座ったままでライトニングの顔を見返しながら考えた。答えても問題はあるか、後で吉岡から怒られたりはしないか、といったことを心の中で判断し、頷いた。

「質問の答えを知ることができる、というのが俺の魔法だ」

一秒に少々足りないくらいの沈黙を置いて周囲がざわついた。「どういうこと」「わかりにくい」「使えるの？」「俺女《おれおんな》だ」という囁きがそこかしこで交わされ、ライトニングは薄い微笑みを浮かべて「それはつまりどういうこと？」と質問した。

「誰かに向かって質問をする」

「ええ」

「答えを待つ必要はなく、質問された者にとっての正答が俺の頭に浮かぶ」

「ああ、そういうこと」

周囲がより強くざわめいた。形の良い眉が僅かに上がり、ライトニングの表情は薄い微笑みからこころもち上方修正された、ように見えた。

「なんでも知ることができる？」

「相手が知ることでさえあれば」

「たとえば、そう……私の誕生日もわかったりするのよね？　試してもらえない？」

カナはゆっくりと首を横に振り、ライトニングは怪訝そうに首を傾げた。

「どういうことかしら？　なんでも知ることができるんでしょう？」

「プライバシーの侵害に当たる」

「本人が質問していいといっているのだけれど」

「理由はいくつかある」

「いってみて」

右手の指を広げ、親指から一本ずつ折って数えていく。

まずプライバシーの侵害に当たる。頭に浮かぶ「答え」は相手の主観に依るため、質問された者が嘘偽りを真実だと思っていたら答えが歪んでしまう。そして最も大きな理由として、知るべきではないことを知ってしまうことがある。

吉岡の受け売りではあったが、カナ自身も充分に納得させられた理由だった。ということから濫用することを自ら禁じているのだと話して聞かせると、ライトニングは頷いた。

「もっともね」

高まりかけていた熱がさっと引いていく気配を感じた。囁きが遠ざかり、ライトニングは頭を下げて身を翻し、カナに背を向けて離れていく。少女達の中の何人かも散っていき、囲いから離れ、それぞれで言葉を交わしている。

まだ残っている数人は、学校についての説明だったり、授業に関するものだったりを話してくれた。それは先程までのひりつくような緊張感を伴った好奇心からではなく、ただの親切心に依るものだ、ということは周囲の反応から理解できた。少女達のカナに対する興味は薄らいでいる。恐らくは魔法を出し惜しみしたと思われているのだろう。教科書の件と同じく、ここで「吉岡がそういったからだ」と責任を押し付けることはできない。

「おい」

声の主を見上げた。黒く長い髪を黒いコスチューム上で纏《まと》うように遊ばせた魔法少女だった。そう、魔法少女だ。白い羊の面で顔を半分隠し、背中には蝙蝠《こうもり》のような羽が見える。周囲がざわめいた。離れていった少女達もこちらに目を向けている。誰かが「なにしてんの」と半ば叫ぶように魔法少女を咎めた。聞こえているのかいないのか、魔法少女は挑発的にも見える笑顔を浮かべてカナを見下ろしている。

なにか問題が起ころうとしていることはわかった。しかしここで問題を起こして退学処分になれば、刑務所にUターンすることになる。質疑応答をしていた時と変わらない声の高さ、大きさを保ち、カナは椅子を引いて全身で魔法少女に向き直った。

「なにか」

「ムショ帰りらしいね」

「ムショとは」

「刑務所だよ、刑務所」

ざわめきが引いた。魔法少女の後ろで手を伸ばしかけていたクミクミが、苦々しい表情で伸ばそうとしていた手を額に当てた。その反応から見て彼女もまたカナがムショ、即ち刑務所から出てきた魔法少女だということを知っていたらしい。周囲の空気もまた初耳ではないということを物語っている。

職員にさえ立ち合わせることなく人払いしていたにも関わらず、結局情報が漏洩している。吉岡はすることなすことがなにかしら抜けていた。しかし今ここで吉岡を糾弾しても聞く耳を持ってくれる者はいない。カナの判断で切り抜けなければならない。

ハルナには他言を禁じるといわれていた。しかし周囲の反応を見るに確信されている。

一呼吸を挟み、それなりに重々しさをもたせて頷いた。

「その通りだ」

皆が知っているのであれば、今更嘘を吐《つ》いたところでなんの意味があるだろう。嘘を吐いて隠し事をしようとした信頼できない魔法少女と思われるよりは良い、とカナは考えた。というのが理由の六割であり、残り四割はもう面倒臭くなってきた。

少女が——テティと名乗っていた——おずおずと進み出、おずおずと口を開いた。

「楓子《ふうこ》」

「本名で呼ぶな！」

「あ、ごめん……ねえメピス、今は変身していい時間じゃ」

「こいつが先に変身してんだろうがよ！」

魔法少女——メピスが手近な椅子を蹴り倒し、大きな音にテティはびくりと震え、身を縮めた。何事かをいおうとしているようだが、口は開いても声が出てこない。テティの反応に舌打ちを一つ入れ、メピスは再びカナに向き直った。

「対等にお話したいだけじゃん？　だったらこっちも変身しないと」

血のように赤い紅が引かれた唇の両端をぐっと吊り上げ、笑みを浮かべた。翼といい、表情といい、態度といい、叙事詩や絵物語に登場する悪魔そのものに見える。

「立ちなよ」

考える前に身体が動いていた。

カナが机に手をかけて椅子を引き、立ち上がろうとする途中でメピスの足が動いた。どうやら足払いをかけようとしているらしい。脛《すね》で受ける、足の裏で止める、とんぼを切って避ける、様々な回避の手段を頭に浮かべながらカナの身体は宙を舞い、一回転半して床に叩きつけられようとするところを顔の前に構えた両手でカバーし、顔面を打ち付けることだけは回避した。が、後頭部に感じた圧力によって押し付けられ、床に額を打ち付けた。

後頭部の圧力はすぐに消え、カナはうつ伏せのまま顔だけ上げた。メピスが挑発的を通り越して侮蔑的な表情でこちらを見下ろしている。見下しているといってもいいかもしれない。カナは後頭部に感じた圧力が彼女の足だったことを遅ればせながら悟った。つまり頭を踏まれていたのだ。相当に屈辱的な姿だったことが想像される。クラスメイト達のざわめきはいつの間にか消えていた。注視されているという感覚だけがある。

目の前の魔法少女がなぜ暴力を振るったのか、その理由はわからない。だが彼女の行為によってカナは辱《はずかし》められ、ただでさえ低かった評価がより低みへ達しようとしているのではないか。ここまで考え、このままではまずいと判断した。更なる暴力の洗礼を受けるにしろ、踏みつけられておしまいにしろ、どちらにせよカナの評価が覆《くつがえ》ることはない。

カナは考えた。別に高い評価を得なければならないというわけではないが、低過ぎる評価は活動に支障をきたす。なにかしらの行為によって評価を引き上げなければならない。

カナはその場で半回転し、背を床に置いて相手を見上げた。これによってより自由な動きが可能となり、視界も広がる。メピスはカナの動きに合わせて足を上げたが、それは期待した通りの動きでしかなかった。カナは踵が下ろされる刹那《せつな》、瞬き一つすることなく相手を見詰め、人差し指を立ててメピスに向けた。

「下着の色だけ白というのは全体のバランスを欠く配色ではないだろうか」

直後に踵が落とされたため相手の反応を見ることはできなかったが、足の裏からは動揺めいたものが伝わってきたような気がした。暴力を受けながらも暴力で返すことなく言葉による精神的ダメージを与えるというカナの策は概ね成功したといっていいだろう。頑丈な額で受けたことにより物理的ダメージも最小限に留めた。

繰り返し落とされる踵を受けながら得られた成果に満足し、カナは小さく頷いた。

◇テティ・グットニーギル

チャイムが鳴り、先生が教室に入り、皆が自分の席に戻って何事も無かったかのように授業が始まる。今日の二限目は国語だ。

助詞の使い方について先生が説明している中、藤乃は一人打ちひしがれようとし、しかし打ちひしがれている暇も無かった。アーリィとドリィの学習帳をチェックしてやらなければならなかったからだ。魔法少女であることを条件に集められているため、変身前の学力はピンからキリまで幅広かったが、この二人に関してはそもそも中学生レベルの授業を受ける段階にないため、独自の学習カリキュラムに従い、より低年齢向けの学習をしている。班長である藤乃が授業中の隙を見てチェックするというシステムは、教師のやる気の無さの表れだったかもしれないが、それで文句をいおうとは思わない。問題児だと思われても良いことはない。先生のいうことを聞く真面目な良い子だと思われたい。

メピスや転校生のように自由に振舞えば、きっと気持ちが良いことだろう。さっきの揉め事もそうだ。暴力によって転校生を打ち据えたメピス、無抵抗を貫きながらもメピスに屈しなかった転校生、方向性は違えど両者とも強さを見せた。椅子を蹴られただけであたふたして対処できなかった学級委員とは比べ物にならない。

アーリィ、ドリィの学習帳をチェックし終え、椅子にかけて前を向いた。藤乃はようやく打ちひしがれる時間を手に入れた。

テティ・グットニーギルがまだ新人魔法少女ですらなく、魔法少女試験を受けている魔法少女候補生でしかなかった時、試験官として審査していた魔法少女が口を酸っぱくして「魔法少女は全く金にならない。とにかく時間ばかりが過ぎていく。若い頃の時間が貴重だったんだなあ、と気付いた時にはもう遅い」と説き「高い志を持つ候補生を正式採用するという建前になっているけれど、どちらかといえば趣味に留めておいてもいい人の方が採用しやすい。そうでないなら家がお金持ちの人」とまでいってのけた。

一緒に魔法少女になったメピス・フェレスはつまらないことをいうなと食ってかかった。テティはそんなメピスを宥めながら、内心では彼女と同程度に反発していた。

この業界じゃ成功者なんて一握りしかいない、もっと安定した道を目指すべき、と大人が説いて聞かせたところで、そうですかということを聞く良い子は少ない。声優、役者、お笑い芸人、プロスポーツ選手、棋士、歌手、漫画家、「一握り」を目指して業界入りし、憧れのスターと輝かしい舞台で共演する自分を夢想する子供の方が多いだろう。

当時世間知らずなだけの小学生でしかなかった遠山藤乃も同じだった。魔法少女が実在していたという事実を知らされ、自分自身がテティ・グットニーギルという可愛らしい魔法少女に変身し、将来に感じていた漠然とした不安が一息で吹き飛んだ。なにかの間違いで異世界に転生しないかな、と友達と冗談混じりで話していたことが、ほぼそのままの形で現実になったのだ。将来は魔法少女として生きていく、と心に決めてもなんの不思議も無い。説教めいた大人の言葉など右から左だ。

テティは試験官の前でこそ大人しくしていたものの、心の中では反骨精神が荒れ狂っていた。魔法少女になるからには絶対に魔法少女一本で食っていく。そしてゆくゆくはアニメ化を目指す。日曜朝なんて贅沢はいわないにしても、深夜の五分枠くらいにどうにか食い込み、ゆるい感じのあれこれが好きなサブカルファンの心を掴んで微ヒットし、元々予算を食うアニメではないこともあってうっかり続編まで作られてしまう。

絶対にそうなる、そうなってみせるという心の内をひた隠し、見事魔法少女として正式採用された時は全能感に満ち溢れていた。大人なんてチョロい、世間なんてこんなもの、自分は選ばれた存在、夢と目標は叶うために存在するんだ、とさえ思っていた。

思いを加速させた一因として、散々試験官に食ってかかったにも関わらず一緒に合格していたメピスの存在があった。これで合格するなら世間は甘いと勘違いもする。

そして魔法少女になってからは時間ばかりが過ぎていった。特に得られたものは無かった。「魔法の国」からお呼びがかかることもなく、テティの上申書に反応が返ってきたことさえない。「魔法の国」に関わることはどうにかぼかしてブロガー、チューバーといった活動はできないだろうか、と上に訊いたが「駄目」以外の返答は無かった。大きなミトンのウェイトレスという可愛らしい外見を活《い》かして地域のゆるキャラ的なことも、と上に訊いたが「駄目」という返事を受け取り、自分を主人公にしたオリジナル小説を完全フィクションとして小説投稿サイトで連載するのはと訊《き》いても「駄目」で終わった。

あまりおかしなことばかり訊いているとこちらの評価にも差し障《さわ》ると地域リーダーに嫌味をいわれ、テティはそれきり提案をしなくなった。

募《つの》るのは疲労ばかりだった。昼の学校が無ければ、全力で魔法少女活動ができていれば、と毎日のように思い、それでも生活を切り捨てることはできない。

母は身体が強くないにも関わらず、放っておけばどこまでも無理をする性情《たち》だった。父の浮気が原因で離婚したのは藤乃が小学四年生の時、転校してメピスともお別れになった。母は、それから金銭的に四苦八苦しながら娘を小学生、中学生と育ててくれた。人間としての藤乃のことを思ってくれている。

人間として学生生活を送っていても、魔法少女として活動していても、事あるごとに試験官の言葉が頭に浮かぶ。趣味に留めておける人、もしくは家がお金持ちの人、それが魔法少女に向いている人だといっていた。甘く評価したとしても藤乃には当てはまらない。

ある日、些細な口論から母に怒鳴り散らしてしまった時、これでは駄目だと気付いた。初めて魔法少女になってからもう四年が過ぎていた。「とにかく時間ばかりが過ぎていく」という言葉も「若い頃の時間が貴重」という言葉も正しかった。つまらないことで口論してしまうくらいには精神的余裕が無くなってきていた。

藤乃の限界は間近に迫っていたが、母は限界を通り過ぎていた。ある日、座り込むようにふらりと倒れ、病院に運ばれ、そこで亡くなった。心臓が弱り切っていたという医者の説明を茫然としながら聞いていたことをぼんやりと覚えている。怒鳴りつけたことが最後の大きな思い出になってしまったことを後悔したが時間は戻ってこない。せめて言葉にして謝罪すべきだった、なあなあで仲直りすべきではなかった、後悔は次々に浮かんできたが、やはり時間は戻ってこない。進む先は後ろにない。前しかない。

魔法少女学級は最後にして最大の希望だった。「魔法の国」から連絡があった時は、ようやく夢が実を結んだかと涙したが、まだ実は結ばず、蕾《つぼみ》ができただけだった。それでも漫然と魔法少女をするだけより遥かにマシだ。無為なだけの毎日はもううんざりだった。学費免除、生活費まで保障される。大過なく卒業すれば部門への配属が約束されているのは「各界で活躍するエリート養成所の卒業生達」の特集記事を読めば明らかだ。入学式で挨拶をした先輩魔法少女達の誇らしげな表情と少なからぬ自慢が混ざった就職先での活動の披露はテティの胸を熱くさせた。

彼女達はあくまでもテスト運用での卒業生で、正式稼働後の卒業はテティ達が初めてとなる。当局の威信をかけて設立された、なんて大仰な言葉が半分の半分くらいも正しいのであれば、きっと粗雑に扱われることはない。夢にまで見た職業魔法少女だ。誰にも邪魔はしてほしくない。先生には従うし、誰に対しても頭を低く、問題は避け、クラスには和をもたらす。カチンときたからで誰かを蹴っていては損をする。卒業してからの時間の方が遥かに長いのだから、学生生活の間は我慢我慢だ。

顔を上げた。袖を引かれている。ドリィが右手の袖を引いていた。振り返ればアーリィもこちらを見ている。そっくりの顔が二つ「どうしたの？」といわんばかりの表情で藤乃を見ていた。藤乃は二人を安心させるように笑顔を見せ、学習帳を手に取った。

打ちひしがれていられる時間は長くない。級長の仕事は少なくないのだ。

◇ブレイド・ブレンダ

数え切れないくらいの石段を駆け上がらなければやってこれない山の上の小さな神社。古びた社《やしろ》や、ヒビの入った石畳や、敷地を囲む手摺には、所々補修の跡がある。見た感じ、かなり最近修理されたらしい。

ブレイド・ブレンダ、キャノン・キャサリンの二体は横一列に揃って並んだ。両手の指をピンッと伸ばして太腿の横に置き「気をつけ」の姿勢で次の指示を待つ。二体からだいたい三歩分離れて立つ白い魔法少女──スノーホワイトは「そんなに固くならなくてもいいから」と命令した。青い魔法少女「プリンセス・デリュージ」はその後ろで腕を組んで立っている。特に悪いとも良いともいわないからスノーホワイトの言葉に従うべきだ。

二体はすぐに従った。ブレンダは胡坐《あぐら》をかいて身体を左右にぐらんぐらんと揺らし、キャサリンは寝かせた大砲を枕代わりにして横になった。スノーホワイトは二体の様子を見てしばらく考えてから「もう少しちゃんとしていてくれた方がいいかな」と命令し、二体はあまり固すぎず、かといってリラックスし過ぎてもいないくらいの塩梅《あんばい》で並んだ。

「それじゃ今から掃除を始めます」

二体は揃って首を傾げた。スノーホワイトは右手に提《さ》げたバケツを前に出し、ブレンダはそれを受け取った。中にはスポンジやブラシやプラスチックの容器が入っている。

「魔法のスポンジをもらってきました。ちゃんと人数分あるから安心してね」

キャサリンにも手渡された。二体は先程とは逆方向に向けて首を傾げた。

「神社も掃除するけど神社だけじゃないよ。ここから見下ろせる街を掃除するの」

スノーホワイトの後について手摺《てすり》の間近で下の方を見下ろした。まだ昼だから明るく人も多い。うるさく騒がしい。

「この街は色んな所に落書きがあるの。それを綺麗に消して、新しく落書きで汚そうとしている人がいたら二度とやらないようにしっかりと納得してもらって、綺麗な街にする。それが私達がやらなければならない仕事ね」

「本当の大仕事はもうちょっと先になるから今はできることをしよう」

二体は揃って振り返り、太陽の光を背負っているスノーホワイトを見返した。光の加減でスノーホワイトがどんな顔をしているのかよくわからない。

「アーリィも、ブレンダも、キャサリンも、デリュージも、私も、魔法少女なんだよ。魔法少女は困っている人のお手伝いをしてあげるのも大事な仕事の一つなんだよ」

ブレンダは自分自身を魔法少女だと思ったことはない。アーリィも、キャサリンも、きっと同じだ。スノーホワイトとも、プフレとも、うるるとも、パトリシアとも、袋井魔梨華とも、シャドウゲールとも、ブレンダ達は違っている。

デリュージはなにかいってくれないのか、とそちらを見たが、腕を組んだまま黙っている。なにかを悩んでいるようでもあるし、こちらの反応を待っているようでもある。

ブレンダとキャサリンは向かい合い、ガツンと頭を合わせ、こそこそと相談し、しばらく話し合い、決定した。スノーホワイトに向かって横に並び、揃って頷いた。

「いいね。決まり。それじゃまずはここ、神社から」

キャサリンは裏手に回り、ブレンダは石畳を磨き、スノーホワイトとデリュージは社の中に入っていった。きゅっきゅと磨く音、風の吹きつける音、葉がさらさらいう音、鳥のかわいらしい鳴き声、それにスノーホワイトとデリュージが話す声が聞こえる。

「フレデリカが学校に入れたという転校生は元囚人で間違いなさそう、ということです」

「うん。マナさんが滅茶苦茶怒ってた」

「それは……私だって。その、マナさんじゃなくても腹は立ちます」

「そうだね」

「なにかしら企んでいるとは思うんですが……なにを企んでいると思いますか？」

「わざと情報を隠していない、という気がする。なんていうか、アピール感がある」

「一応囚人の解放にあたって人払いをしていたらしいですけど」

「でも、それも含めて情報が流れてきてるんだよね。たぶん、本気で隠蔽《いんぺい》しようとすれば前歴からなにから全部違うものを持ってきて『こういう人なんです』ということもできたと思う。でもそれをしなかった。刑務所から連れてきて、そのことは学校に転校してくる前から伝わってるし、アーリィやクラスメイトも噂してたんでしょ？」

「そう聞いています」

「うん」

「はい」

「ええと……アーリィは学校で上手くやれてる？」

「親切にしてくれる人もいるし、友達も何人かできた、と。勉強は難しいけど一つずつ覚えていくことはやりがいがあるんだって案外楽しくやってるらしいです。ただ、ドリィという嫌なやつがいるっていってました」

「誰も彼もと仲良くできるってわけじゃないからね」

「ええ……そう、ですね」

「うん……」

デリュージが手に入れた「プフレの残した資料」を使ってスノーホワイトに連絡を入れてから、二人の魔法少女は一緒にいるようになったけれど、まだ少しぎこちない。プク・プックの所にいた時は、スノーホワイトはとても頼りになった。あの時みたいによろしく、といったら、悲しそうな顔をしていたけれど、でも頼もしいことはやっぱり頼もしい。

二人が仲良くしていればブレンダも嬉しいし、アーリィもキャサリンも嬉しい。

二人は「リップルを探し出すこと」だったり「フレデリカをやっつけること」だったりのために協力している。ブレンダにはなにをやろうとしているのかよくわからなかったが、一緒に頑張れることがあるのはとても良いことだ、と思う。

◇カルコロ

一般教養とは違い、魔法少女及び魔法の国に関わる授業は生徒も教師も魔法少女に変身して行われる。各派の期待を担うエリート魔法少女達がずらりと並んだ様は壮観であると同時に新任教師へ重圧を与える光景であったが、一ヶ月経過し、連休も明けてからは多少慣れた。五月病などといってはいられない。

「森の音楽家クラムベリーの犯罪は個人の資質で終わらせていいものではなく――」

慣れはした。が、それでもカルコロは緊張感をもって授業に臨んでいる。

生徒達は教師の緊張など気付きもしない。

「炎の湖フレイム・フレイミィのような模倣犯を生み出し――」

集中することなく、鉛筆を回したり窓の外に目を向けたりという不届きな者もいる。メピス・フェレスはコスチュームの付属品である羊の面をつけては外しを繰り返していた。ラッピー・ティップは憂鬱を隠そうとしない表情で時折溜息さえ吐いている。普段のうるさいくらい明るい様とは落差が酷く、つまりそれだけ授業が退屈なのだろう。

「殺意の丸鋸ソー・フラン、鉄壁リリルルゥといったフレイミィからの派生も――」

そしてカナだ。一人ノートを広げることも鉛筆を手に取ることもなく、かといって余所見や手遊びもせず、じっと黒板に顔を向けている。

カルコロは、下級とはいえ貴族の出であるため座学も座業も苦にはならない。魔法少女犯罪という授業内容も自分の専攻に即したものであり、まずまず興味をもって教えることができていた。四月の半ばくらいまでは。

「彼女には付き従う配下が大勢いました。代表的な例はメルヴィルという魔法少女で――」

森の音楽家クラムベリーが起こした事件は「魔法の国」を盛大に揺るがしたといわれている。左遷、解雇された魔法使いや魔法少女は数多く、事故死や自殺として処理された関係者の不審死も相次いだ。魔法少女に関わる体制が刷新《さっしん》される契機になった大事であり、エリート魔法少女がこの事件について学ばなければならないという理屈は理解できる。

しかしそれにしても指示された授業内容がクラムベリーの事件に偏《かたよ》り過ぎていた。

「被害者が加害者に転じた例も多々あります。カラミティ・メアリという魔法少女は――」

魔法少女犯罪であれば他にも興味深い事例は数多ある。クラムベリー事件に関しては学術的な重要性以前の問題で、最後の一件を除いて延々とクラムベリーの勝利が続くため、バッドエンドの物語を毎日話すに等しいのだ。エンターテイメント性が高く、紐解くだけで胸が高鳴る数々の犯罪があるのに、クラムベリーだけというのはストレスが溜まる。

こうしてカルコロは授業に対する意欲を失っていったが、どうやら態度に出ていたらしく、ハルナから「胃が破壊されるような叱責」を受け、それ以来授業には緊張感を持って向かうようになった。盗聴か盗撮か、なににせよハルナに見張られているらしい。であるからには怠慢は許されない。

「このように悲惨な事件を起こさないためにどうすれば良かったと思いますか？　今から用紙を配りますので、チャイムが鳴るまでに皆さんの考えを書き記してください」

◇◇◇

授業後、書かせた紙を回収して職員室という名の個室へ戻った。キャスター付きの椅子を引き、スチール製デスクの前で半回転させ、腰掛ける。さて、と扇のように紙を広げた。

一概にエリート、優等生といっても色々ある。だからこそこうした機会に性格傾向を把握しておく。多少面倒臭かろうと定期的に小イベントを催すのはそのためだ。

たとえば読書感想文一つとっても毒々しいばかりに色鮮やかな個性が垣間見えた。普段は目立つことを嫌うリリアンが、描写されていたとも思えない男性同士の恋愛事情に言及して悪目立ちしていたとか、メピスが作者のＳＮＳでの発言を引用してまで作品を叩いていたとか、クミクミが帯の発行部数と一般的な印税率から作者の収入を逆算して最後の一文で「大変羨ましい」で締めたとか、アーデルハイトがコントの台本のような受け狙い全開のものを提出し、そこまでしていたのに全く笑えなかったとか、読んでいるだけで頭痛がする読書感想文というのも滅多にあるはずではないのに、連発してくる。

果たして今回も生徒達の意見は様々だった。

管理体制の杜撰《ずさん》さを糾弾に近い強い論調で指摘しているのは奈落野院出ィ子。普段は自分の意見を出すことはないが、こういう時に使う言葉は案外強い。初見でこそファッションに絶望したが、クラスの中では相当に真面目な生徒といっていいだろう。

お役所言葉を駆使した無暗《むやみ》に小難しいものはテティ・グットニーギル。まるで上申書のようだった。その種の書類を書き慣れているのかもしれない。読書感想文でも好きな本を選んだというより周囲に合わせた感じで、内容も無難に終始していた。とにかく無難にいこうとする結果、無難にいけていないのは、まるで自分を見ているようで苦しくなる。

受験生の誰かがクラムベリーに勝てばよかった、の一言だけという、なげやりかつ好戦的なものはメピス・フェレス。彼女は喧嘩を売る機会を探しているようにさえ思える。

「がんばる」と歪んだ平仮名で書かれたアーリィの紙を読んだ時は鼻で笑い、「いっしょうけんめいやる」というドリィの紙は机の上に放って溜息を吐いた。

とにかく魔法少女のレベルが低い。ハルナの手前やる気があるふりをしなければならないのに、それさえ難しいというのはどういうことだろうか。

ひとしきり憂《う》き身を嘆き、それじゃ次はと手に取った紙にはなにも書かれていなかった。裏返し、蛍光灯に透かし、矯《た》めつ眇《すが》めつ眺めてみたが、なに一つ記されてはいない。

余計な用紙が紛れていたのかとも思ったが、なぜか気になった。他の紙をテーブルの上でとんと纏め、親指で上部分を捲って名前を確認し、その後Uターンで再確認した。クラスの中で一人だけ名前の見当たらなかった魔法少女がいる。カナだ。

カルコロは藁半紙の束をデスクの上にそっと置き、椅子の背もたれに寄り掛かった。キャスター付きの安い椅子はカルコロの体重を支えて耳障りな音を立てたが、それでも姿勢を変えることなく背を伸ばし、天井を見上げた。蛍光灯のカバー内側に埃が溜まっている。どこから入ったのか、死んだ羽虫まで落ちているようだ。

カナとは絡みたくない。しかし気付けばカナのことを考えさせられている。名前も書かずに白紙で提出、というのはどういう意味だろうか。単なる教師への反抗やサボタージュとして見るには提出者の個性が邪魔をする。

平穏で大過ない教師生活のため、カナがなにを考えているのか、もう少しだけ探ってみた方がいいかもしれない。

第二章　走れ走れ転校生走れ

◇クミクミ

　給食にはいくつかのルールがある。

　といっても大仰な話ではなく、クミクミが三年生まで通っていた小学校と同じ「可能な限り残さない」「昼休みまでに食べ終える」「アレルギーについては予め申告する」「給食当番は班毎《ごと》のローテーションによって回す」「プリン等の人気メニューが余った時は希望した者の中でジャンケンを行って取得者を選抜する」といったごく当たり前とされることばかりだ。その中の一つに「班単位で食事をする」というものがあった。

　机と椅子を動かし、お互い向かい合うように並べ、食事の邪魔にならない程度の和《なご》やかな会話を挟みながら食事をとる。今日会ったばかりの魔法少女が相手でも、親睦を深める一助にはなるだろう。新たなクラスメイトであり新たな二班のメンバーでもある転校生のカナとはちょっと話しておきたいことがある。ついでにメピスにも一言二言注意してやりたい。

と思っていたのだが、カナは話す暇も無い速度で食事を終えて教室の外に飛び出していった。魔法少女の速度は人間のそれとはかけ離れている。食べるのも速い。

カナとはろくに話すこともできなかったが、メピスに注意することはできた。ただしそちらも上手くいったとは言い難い。メピスと知り合って以来、口頭で注意したことは何度となくあったが、それが功を奏したことはクミクミの記憶にない。

「なんで……こう、カナに、ああいう暴力的なことをした？」

「あたしがなにか悪いことした？　してないよね？」

アーデルハイトはわざとらしい笑顔で肩を竦め、リリアンは聞こえないふりをしてスープを啜った。メピスは口ごもるクミクミに向けて先割れスプーンを突き付けた。

「オメーがイモ引いてっからあたしが動いてやったんだよ。あいつがどの程度できるやつなのか、我慢強いタイプなのか、それともすぐにカッとくるタイプなのか、肝の太さや圧力の強さまで色々知ることができただろ。じゃあそれでいいじゃん。なにも問題ないじゃん。あたしが動いてやったからわかったことがあったってことじゃん。クミクミはいっつもまず文句いうけどさ、ちゃんと評価すべきとこを評価しなよ」

絶対に違う。メピスは鬱憤《うっぷん》を晴らすために突っかかっただけだ。後付けの理屈で理論武装の真似事をして文句をいわれないようにしているだけだ。ということを指摘すれば、いよいよメピスは怒り狂うだろう。下着の色について触れてもやっぱり怒るだろう。

ふん、と鼻を鳴らし、メピスは眼鏡を外して手に取った。五センチ角の布切れで眼鏡を拭いている。どうやら熱弁している間に曇ったらしい。

アーデルハイトとリリアンは、あくまでもメピスとクミクミの会話ということにしたいのか、聞こえているはずなのに関わろうとはせず、昨日の野球中継について話していた。彼女達もメピスを怒らせていいことはないということを知っている。怒ってさえいなければ悪いやつではなく、根性や負けん気の強さという尊敬できる部分もある。人格に問題を抱えているのはメピスだけではないため、仲間だから仕方ないくらいの鷹揚さは必要だ。

メピスもいいたいことはいったのか、逆転のチャンスに空振り三振をした四番バッターについて偉そうな上から目線で解説を始めた。リリアンは野球のルールを知る程度、メピスはルールさえ知らなかったが、アーデルハイトがゲーム由来でプロ野球観戦を趣味としているので付き合って視聴するようになった。そういった協調性はあるのに、注意や叱責は聞く耳を持ってくれない。言い聞かせるコツのようなものがあったりするのだろうか。

給食を食べ、片付けをし、歯磨きを終えた後は昼休みになる。とはいえ自由に運動場や図書室、PCのあるコンピューター実習室が使えるというわけではない。それらは全て新校舎にあるため、旧校舎から出ることを禁じられている魔法少女達には手が届かない。唯一許されている旧校舎の体育館は一週間に三度、体育がある火水木しか使用できず、今日月曜日は錠前と鎖で封じられている。中庭は出入りできず、屋上の鍵は基本的に開けられることがない。スペードの3でジョーカーを返されたことに由来する乱闘事件以来、数少ない娯楽だったトランプは没収され、将棋やリバーシといったゲームもついでのように禁じられた。魔法少女達の遊び場はどこにも無い。

教室でだらだらと話をしたり、廊下でだらだらと話をするのが精々だ。クミクミは雑談というのが全く得意ではない。そういうと「雑談に得意も不得意もあるかいな」とアーデルハイトは笑うが、それは苦手としていない者の傲慢だ。かといって一人でいたいわけでもないので同じ班の者の話を黙って聞くことになる。

WEB掲載されているギャグ漫画の展開について話し、そこから不幸にも打ち切られてしまった短期連載作品も名作があるという話題へ転じ、クミクミは「ちょっとトイレ」と中座した。トイレは一緒に行くという中学生らしい習慣を持つ者は二班にいない。

「クミクミ」

教室を出るなり話しかけられ、慌ててそちらを見ると早々に出ていったカナがいた。クミクミは眉を顰《ひそ》め、大きく息を吸って表情を緩め、カナに向き直った。問い詰めるようなことはいうまい、と考えていたはずなのに、まず出てきた言葉は行動への問いかけだった。

「どこへ……その、行っていた？」

「新校舎の方へ様子を見に行っていた」

悪びれもせず、かといってルールを破った不良生徒のように誇らしげでもなく、事実だけを述べたという淡々とした口ぶりは、クミクミを不審がらせた。ルールを聞いていなかったにせよ、自分以外の誰もが新校舎に出入りしていないことは見ればわかったはずだ。

「新校舎への、出入りは……基本的に禁止、されている」

「そうなのか。知らなった」

「ルールについては……もう一度……いや一度より多くてもいいか……とにかく確認しておいてほしい。ええと、少なくとも……その、二班のメンバーにはルールを守ってもらわなければ困る。一人の、軽率な行動によって班全体に迷惑が――」

ここまでいいかけ、メピスの顔が脳裏に浮かび、続く言葉を飲み込んだ。二班の班長自らがルールを破っているのに、カナにだけルールを守れというのはダブルスタンダードだ。そんな思いが言葉を途切れさせたのだったが、カナは気にする様子もなく頭を下げた。

「そうか。失礼した」

煌《きら》びやかな銀色の髪がさらさらと流れ、頭の動きに合わせて戻っていく。

どう見ても魔法少女だ。

変身を解除しない。新校舎に出向く。ルールを無視しながら全く悪びれない。そして刑務所出身という経歴。ただのエリートとしてはあまりに型破りだ。並外れているというかタガが外れている。意識して目立っているのか、それとも自分が目立っていることにも気付かないほどの大間抜けなのか。学校への推薦ができるほどの権力者が寄越した魔法少女であるわけだから大間抜けで終わらせていいはずがないのに、行動の一つ一つが大間抜けのものにしか見えない。

クミクミの内心を知ってか知らずか、カナは顎先に指を当て、一歩右に寄り、こちらの肩越しに教室の中を見た。

「ここに来るまでに廊下で三班のメンバーが話しているのを見た」

「……そうか」

「二班は教室か。休み時間の間も班員同士が集まっているようだ」

「そうだな」

大富豪の一件以来、メピスは極力一班に近付けないようにしていたし、一班の方でもメピスを敬遠しているようだった。そして三班はもともと内輪だけでつるむことを好む。

「休み時間中でも班毎に行動するといった決まりがあるのならば教えて欲しい」

クミクミは右の眉だけを僅かに上げた。刑務所帰りという経歴といい、制服の着こなしといい、一人だけ変身していることといい、雑談を拒否しての早食い敢行といい、仲良くなる気もなければルールを守る気もない無法者だと思っていたが、気にしてはいるらしい。

案外メピスよりはマシなのかもしれないと評価に修正を加えた。

「班員以外と、うん、仲良くしてはいけないという……あれだ、ルールが明文化されているわけで、はない。が、なんといったか……そう、暗黙の了解……的なものは、たぶん、ある。まあ……以前、その、なんというか……色々……あったから」

うちの班長がトランプで負けそうになり暴れたせいで気まずくなったから、というのは流石にいえなかった。身内の恥を吹聴するくらいなら言葉を濁した方がマシだ。

カナは、なにを思ったのか、腕を組んで「なるほど」と頷いた。

「口にはできない事情があるということ、だな」

「いや、まあ……うん。否定はできない」

「その口にできない事情に詳しい者は誰だろう?」

二班の班員が事情について明かせば身内の恥を吹聴することになる。一班に振ったとして、クミクミが「一班なら詳しい」と教えたのが知られれば、まるで当てつけにカナを向かわせたようになり、一班と二班の仲はより拗れてしまうと予想される。

となればカルコロだ。裁定を下した理由や判定基準についての詳細についてはカルコロ以外に知る者はおらず「詳しい者」というなら最も相応しいように思える。

先生に教えてもらえばといいかけ、しかし、とクミクミは思い直す。ここで「先生なら知ってると思う」とカナの矛先をそちらに向けさせたとして、二班が新入りを使ってなにかやろうとしたと思われれば全く良いことはない。最悪の場合、卒業が危ぶまれる事態まで考えられる。ただでさえ二班の評価は低そうだというのに。

そういうことを探るべきではない、と話して聞かせようとした時にはカナの姿は消えていた。質問の答えを知ることができるという彼女の魔法を思い出し、クミクミは今日何度目かもわからない溜息を吐いた。うんざりすることばかりだったが、それでも足はトイレに向かった。

◇カルコロ

カナはさっさと給食を片付けて走っていった。どこでなにをするつもりなのかはまるでわからない。あの自由人が素直に報告してくれるとも思えない。

それでもハルナに報告だけは入れておかなければ、とさっさと米をかきこんで箸を置き、食器とトレイを給食用の長テーブルに置いた。カルコロとしては急いで食べたつもりだったが、生徒達の大半は既に食事を終えている。後はお互いに指で脇腹をつつきあっているアーリィとドリィが食べているのみで、他の者は雑談を楽しんでいるようだった。

生徒達はどこまでも気楽だ。羨ましくさえある。カルコロにはやらなければならないことが山積していた。鬱々とした思いが足にまで及んで動けなくなる前に、さっさとクラスを後にした。歩きながら指を動かして印を作り、呪文を唱える。まずは口内を清潔に、次に消化器官に強化の呪文をかけて消化吸収を助ける。これで食後すぐ速足で歩いても腹痛に苛《さいな》まれることはなくなった。

「先生」

足を速めよう、としたところで呼び止められ、振り返った。反射的に、さも嫌そうな表情を浮かべてしまう。相手が相手とはいえ、これは良くない。一息挟み、それでも教師らしさや威厳といったものを顔の上にのせて微笑み「なんでしょう」と声を返した。

カナだ。ところどころが破れた制服がなぜか似合って見える。普通なら貧乏臭いと思えてしまうようなダメージが、野性味や色気となって絶妙にバランスを取り、魅力を損なわず、増してさえいる。魔法少女だから、と一言で決めつけるにはなにかが違う気がしたが、それを言葉にして表現することがカルコロにはできなかった。

カナは三歩カルコロに寄った。息がかかる距離だ。手に汗を握る。緊張感が増す。

カナはなにを考えているのかまるでわからず、経歴は犯罪者そのもので、校内を調査探索していることを隠そうともしていないのだ。

「教えて欲しいことがある」

カルコロの顎から喉元にかけて吐息が撫でた。息一つとっても艶めかしい。

「なんでしょうか」

「各班がなにかにつけ別行動をとるのは口にできない事情があると聞いた」

遠慮も会釈もあったものではない。腹に目的を隠して笑顔で歩み寄るという貴族階級の社交術を切って捨てるような、抜身の刀剣を振りかぶって走り寄るが如くの質問だ。カルコロは反射的に足を退《ひ》こうとし、カナがそれに合わせて前に出たことで彼我の距離はかえって縮まった。息が届くどころか肌が触れ合っている。

カルコロは目を逸らした。

「誰がそんなことを」

「口にできない事情とやらをよく知っているのはカルコロだそうだな」

否定しようとしたタイミングを外された。なにかいわねばと思うが声が出ない。カナはカルコロの腕に右手をそっと当てた。こいつのパーソナルスペースはどうなっているのか、と頭は考えても、やはり声が出てこない。

「口にできない事情とは」

ふと頭に浮かんだのは派閥のことだった。この学校は事実上派閥争いの延長線上にある。少しでも揉め事が起こらないよう、班は派閥ベースで分けた。しかしそれを生徒に、ましてやこの怪しい魔法少女に、いえるわけがなかった。

「いえる……わけがない、でしょう……生徒に漏らすべき情報じゃない」

途切れ途切れではあったが、どうにか声を絞り出した。カルコロに拒否され、それに対して一切顔色を変えず、カナは身を捩《よじ》り、下側から絡みつくように顔を近づけた。

額に流れた汗が眉で止まった。背を濡らす汗によって布地がべったり張り付いている。

脇の下から滑り落ちた汗がブラのバンドで止まり、染み込んだ。

「俺は知りたい。できれば魔法を使いたくはない。先程はついうっかりして意図することなく魔法を使ってしまったが、そういうことは無しでいきたいと考えている」

「私は……私はいわない……あなたが知っていい情報じゃない」

「つまり、俺にはいえないがカルコロは知っていると」

「それは……」

「さて、誰だろう？」

カナは目を細め、小さく頷いた。そんな僅かな所作《しょさ》によって銀色の髪がさらさらと動き、カルコロのローブを撫でた。カルコロは音を立てて唾液を飲み込んだ。

「ちょっと……」

「理解した。校長は今どこにいるだろうか？」

カルコロの返事を聞くより前にカナが表情を曇らせた。

「失礼。質問してはいけないとわかってはいるのだが、ついつい口から出てしまう」

隙間無く絡みついていた蛇が獲物から離れるように、するり、と退がり、カナは指先を伸ばして両手を太腿に当て、頭を下げた。

「ありがとう。感謝する」

あっと思った時には姿を消していた。

カルコロは大きく息を吸い、吐き出し、両膝に手をついて身体を支え、周囲を見回した。誰もいない。見られていたということはなさそうだ。醜態だった。なにがどう醜態だったかはいい表しづらくあったが、それでも間違いなく醜態だったことはわかる。

全身が汗に濡れている。動悸も激しい。ものを考える余裕を取り戻すにしてもある程度の時間を要するということはわかっていた。ならばすべきことは一つだ。

カルコロは変身し、魔法少女の姿をとった。肌に張り付く布の感触は消え、鼓動は落ち着きを取り戻し、深く息を吐き、長く吸い、眼鏡に指を当てて位置を整えた。

平常心を取り戻し、考える準備はできた。いったいあれはなんだったのか。魔法少女に変身していない状態で魔法少女と相対する、というのは緊張を強いられる。肌と肌が触れ合う距離、相手は刑務所から出てきたばかり、それを抜きにしても得体が知れない、といった諸条件はより緊張を加速させただろう。しかしそれだけの理由だろうか。

眼鏡のつるに当てていた指を外し、傍らの計算機《そろばん》に指の腹を押し付け、石を弾いた。

カルコロの魔法は「高い計算能力を与えてくれる魔法の計算機」だが、先程の状況を計算しようというのではない。冷静になろう、凪《なぎ》のように心を落ち着けよう、といった時、自然と計算機に手が伸びる。そしてある程度の効果は得られる。多少なりとも冷えてきた頭は「やはりおかしい」という結論を導き出しつつあった。

今までに無いことだった。精神的な圧力は異常だったといっていい。殺されると思ったとか、そこまでいかずとも明確な害意を感じたとか、そういう言葉にできる身の危険ではない、感じたことのないなにか「大きなもの」があって、カナという魔法少女がそこにいるというだけで圧迫感があった。

感じたことのないなにか、ということには全く心当たりが無かった。カナの魔法ではない。魔法少女としての強さとも違う。ならばなにか。答えが出ない。なぜならカルコロは知らないものだからだ。知らないという結論から先に進むことはできない。

ドアの開く音が後ろから聞こえて振り返った。トイレから出てきたばかりのクミクミが不思議そう、というより不審げな表情を浮かべた。

「先生……なにかありましたか？」

そういえば自分が変身していたことを思い出し、計算機から外した手を口元に持っていき、多少なりとも威厳が籠もるようにと重々しく咳払いし「なんでもありません」と自分に言い聞かせるように呟き「気にする必要はありません」と続けた。

教師のいうことを聞いてくれる生徒ではある。クミクミは表情を消し、頭を下げ、教室に戻っていった。カルコロは今からでも校長室に向かわねば、と思ったが、変身したままでいけばなぜ変身しているのかと咎められる。かといって変身を解除すれば汗みずくだ。着替えとシャワーが必要だ。それを済ませてから校長室に向かう。遅れた言い訳は「カナの足が速過ぎた」にしよう、と決めた。

◇ハルナ・ミディ・メレン

魔法少女学級の管理責任者は、あくまでも管理責任者でしかなく、正式名称は「校長」ではない。対外的に正式稼働を謳《うた》っているとはいえ、維持管理しているのは学級単位でしかなく、学校長という正式な役職が拝命されたわけではないのだ。

しかしそれでも責任者であるハルナは校長と呼ばれるし、いちいち訂正はしない。なんとなく校長であるように振舞ってはいたが、それでもやはり校長ではないのだ。だからハルナのために用意された部屋にも「校長室」といったプレートがかかっているわけではない。なぜなら校長がいる部屋ではないのだから。

呼び名を与えるとしたら「執務室」がいいところだろうが、態々《わざわざ》プレートをかけて周知しなければならない名前ではない。情報局の役儀に比べれば職責も仕事量も吹けば飛ぶほどのものでしかなく、ハルナが不在でいることの方が遥かに多い。生徒達の大多数が「よくわからない謎の部屋」としか認識していないだろう。

部屋の役割としては応接室としての意味が大きく、対外的にみっともないことにならないよう、校長室らしい体裁だけはしっかりと整えてある。絨毯の毛は柔らか過ぎて足が沈むため歩き難く、銀の燭台と蜂蜜色の蝋《ろう》は明かりとして使うには心もとない。火災報知器とスプリンクラーを見えないよう隠しているのは旧校舎の中でもここだけだ。権威主義に則《のっと》って実質をとらず見栄えをとるというデザインはハルナの趣味から大きく外れるものだったが、普段使いの部屋でないと思えば我慢できなくもなかった。

部屋のデザインはプク派の仕事だ。文句をいうにも彼らは既に叩き出されている。優秀な魔法少女を育成するための施設とシステムを作り、接収できる理由を作ってくれた彼らに文句をいうのも不義理というものだろう。

程よい明るさの下でペンを走らせているとドアをノックする音が響いた。ハルナは顔を上げて入口の方に向けた。黒く重厚そうな木製のドアはノックの音から動こうとしない。ドアの向こうにいる何者かはハルナの許可を待っているのだろう。

相手によって態度を変えるということを見苦しいと考える魔法使いはたまにいる。しかしハルナは全くそうは思わない。臨機応変に動けない者が言い訳めいて「相手によって態度を変えるのはいかがなものか」とぼやいているに過ぎない。

目下の者に侮られるほど優しくはなく、嫌われたくない者に嫌われるほど冷たくはない、抑揚を抑えた低い声で「どうぞ」と入室を促した。

部屋の中に入ってきたのは転校してきたばかりの魔法少女だった。ハルナは抑揚にまで気を使って配慮したことを悔い、声を出すまえに舌打ちを一つ入れた。

「なんの用だ」

「朝会った時とは服装が違っている。動きやすそうだな」

「フォーマルなローブは肩がこる。机仕事に向いていない。効率が落ちる。で、それがどうした？　そんな下らないことを話すために来たというのならば」

「教えてほしいことがある」

「犯罪者に教えたいことなどなにも無い」

「囚人と犯罪者は別物だ」

「そういった自己弁護の小理屈を捻り回すために来たのであれば」

「そうではない。教えてほしいことがある」

異例の若さと呼ばれるような年齢で大役を任せられる者には僻《ひが》みやっかみがついて回る。そういった性根《しょうね》のさもしい手合いに対しては、まず睨みつけてやる。ハルナの場合、大抵はそれで解決する。

しかしカナという魔法少女に対しては効果的な解決法になっていなかった。ゴーゴンの凝視と囁かれることさえあるハルナの視線に対しても怯むことがない。快不快を示す反応が一切ないため、こちらの意図が理解できていない可能性さえあった。

ハルナは眉間にかかった力を緩めた。カナを睨みつけても無駄な皺が増えるだけだ。

「……教えてほしいこととはなんだ。いってみろ」

「生徒達が休み時間でも班毎に行動するのは口にできない事情があるからだという。俺はその口にできない事情がなんであるかを知りたいと思っている」

——後援者の派閥、か。

ピンときたが、だからといって相手の意図まで読めるわけではない。

相手の顔を見返したが、読み取れる情報は皆無だった。なにを考えているのかわからないということは今日出会ってから一貫している。だからといってこの魔法少女を好きになれるかとなると話は別で、むしろ負の方向へ働きかけているといっていいだろう。

発作的に出かかった罵り文句を飲み込み、改めてカナを見た。涼しい顔をしている。胆力があるとか、空気が読めないとか、そういう次元の問題ではないように思える。こういうことを積み重ねたせいで収監されていたのではないか、という考えが頭に過った。

「なぜお前がそれを知る必要がある」

「俺は記憶が封じられている」

「それはもう聞いた」

「しかし完全に記憶が封じられているというわけではない。話すこともできるし考えることもできる。ある程度の知識も有しているようだ。考えれば思い浮かぶくらいのものでしかないが、想像していた以上に物知りなのではないかと思う」

話しながらカナは一歩前に出、デスクを避けて横から回り込もうとしたため、ハルナは椅子から腰を浮かし「そこまでだ」と大きくはないが鋭い声で制止した。

「なぜ近寄ろうとする」

「生徒と教師の触れ合いは重要だと誰かがいっていた」

「囚人風情が粋がるな。それ以上近寄れば攻撃と見做す」

「気を悪くしないでほしい。仲良くなるためにはどうすべきか考え、その結果やろうとしたことだ。悪気があったわけではない」

カナは真顔のまま両手を挙げて元居た位置に戻り、スカートの上に手を下げた。

「つまりはそういうことだ、ハルナ……先生。仲良くなるためにはどうすべきか」

「話が見えてこないな」

「俺はクラスメイトと仲良くなりたい。しかし一人だけ暗黙の了解を知らないというのはまずいのではないだろうか。まるで部外者だ。知っておけばクラスの一員としておかしなことが無くなる。少なくとも一つは無くなる」

ハルナはカナの顔をまじまじと見詰めた。くそ真面目な、といっていいくらいの真顔だ。ふざけている様子ではない。正気を失っているようにも見えない。真剣に話しているのであれば正気を疑わざるを得ないが、それにしても意図が読めなかった。

「つまり、お前は、クラスメイトと仲良くなるため、暗黙の了解を知っておきたいと」

自分の中で情報を確認しながら、一つ一つ言葉を区切って口にした。カナは逡巡《しゅんじゅん》することなく「そうだ」と頷いた。銀色の髪がさらさらと流れ、蝋燭の芯が燃える音に重なった。

カナはカスパ派から送り込まれた潜入工作員だろうというハルナの考えは今もって変化していない。魔法少女にとってはスポンサーの意向がなにより大きい、というのはショービジネスの世界に限ったことではなく、工作員が善良なだけの魔法少女という仮面で顔を隠して学校に通っているのはいかにもありそうに思える。しかしカナはどうだろうか。仮面は彼女の目的を隠せているだろうか。収監中の囚人という肩書はどうしたって悪目立《わるめだ》ちする。学校に入ってからは探ることを隠そうともしていない。潜入工作員としてはあまりにもお粗末が過ぎる。

情報局の副局長という立場上、ハルナが知ることはけして少なくない。ピティ・フレデリカという魔法少女がなんらかの手段を用いてラツムカナホノメノカミに取り入り、カスパ派を牛耳っている。やる気も無ければ能力も無いカスパ派とはいえ、短期間で支配するのは並々ならぬことだ。伝え聞くフレデリカという人物は相当に頭が切れる。

そのフレデリカが態々刑務所から引き出してまで使っている魔法少女がただの馬鹿、というのはあり得ることだろうか。刑務所に入る前のカナの前歴、罪状は徹底的に隠蔽されている。刑務所という施設の性格から仕方ないことだと考えていたが、果たしてそれで終わらせていいものだろうか。カナの探索活動はあまりにもあからさまだ。

噛み合っていない。アンバランスだ。なにかがおかしい。

――むしろここは……泳がせて利用すべき、か。

「よし」

太腿《ふともも》を叩き、ハルナは卓上のメモ帳を手に取り、一枚破った。メモ用紙の上にペンを走らせ、数語の呪文と共に指を動かし、魔法をかけた。カナが首を傾げた。

「見覚えのある術式だ。契約か」

ハルナは小さく顎を引いた。間違ってはいない。ごく簡易的な契約の魔法だ。魔法使いとしての才能がより劣った相手に使うための魔法であり、上役が部下を縛る際に多用される。用途は限られてくるが、それだけ消耗は少なく使いやすい。

呪文と印から推測できるということは、魔法使いとしての教育を受けているか、もしくは魔法使いと付き合いのある魔法少女か。どちらにせよ重要な情報ではあるが、それをこちらに教えるメリットは見えてこない。混乱させようとしているだけなのか、それともなにか意図があるのか、もしくは本当にただの馬鹿でしかないのか。

「ここで知ったということを他所《よそ》で話すな。誰に教わったかということも含めて、だ」

「了解した。契約だな」

「お前のクラスの班だが、後援者の派閥別に構成されている。他班の魔法少女は競うべき相手でしかなく、情報漏洩等のリスクも含めれば馴れ合う必要などない」

「なるほど、そういう理由だったたか」

二つ折りの紙をデスクの上に置き、カナの方へ滑らせた。縁から落ちる寸前、魔法少女のしなやかな指が横合いから紙を掻っ攫《さら》い、片手で器用に開いた。一班がオスク派、二班がカスパ派、三班がそれ以外の貴族とプク派の寄せ集め、という構成になっている。

カナは紙の上で視線を二度往復させ、手にした時とは逆方向に紙を放った。二つ折りの紙がデスクの上、カナに近いともハルナに近いともいえない半端な位置で静止した。

「覚えた。処分しておいてくれ」

ハルナはメモ用紙をくしゃくしゃに握り潰してから足元の屑籠に放り入れた。客観的に見て真面目だと思われる表情でカナに向き直った。

「用事は終わったか？」

「だいたい終わった」

「ならばさっさと出ていけ。生徒が長居をしていい場所ではない」

カナは一歩後ろへ下がり、両手の指先を太腿の上で伸ばして頭を下げた。

「ありがとう」

それでは失礼するといった時にはドアが開閉する音が響き、姿が消えていた。

ハルナはデスクの上に肘を立て、親指で顎を支えた。企んでいることはわからずとも、なにか企んでいるらしいということが把握できていれば現状は良しとすべきだろう。カナの動きがあからさまなままであれば目的はすぐに知れる。カナが目的だけは知られないように動くならば、それなりの対応をとることができるようになる。

カスパ派がなにを望もうと、ここは情報局の庭だ。なにより魔法少女を教化するための施設はハルナの宿願といっていい。好きにさせる理由はない。

ハルナは右の二の腕に手を当てて数度揉み、次は右肩に手を回して揉み解した。強張っている。緊張によるものだ。探り合いと呼べるようなものではなかった。敵対的な意思が見えていたというわけでもない。立場上魔法少女の相手には慣れている。にも関わらずハルナの肉体は緊張している。左の二の腕、左肩と順に解し、最後に長い耳を揉んだ。

ストレス耐性無しにはやってられない情報局副局長に圧を加えるくらいの魔法少女ではあったらしい。相手がただの馬鹿にしか見えずとも、それを真っ正直に受け取っていてはこちらこそただの馬鹿扱いされることだろう。

◇テティ・グットニーギル

中学生ともなれば、雑談の話題にも注意を払わなければならない。昨日のキューティーヒーラーがどうだったなどと話を振れば「中学生にもなって日朝アニメ見てるの？」もしくは「へえ、オタクってやつだったんだ」と笑われるに決まっている。

その点、魔法少女学級は素晴らしい。キューティーヒーラーを筆頭に、魔法少女アニメを視聴していても幼稚とかガキっぽいと笑われることはない。変身バンクだの追加戦士だので盛り上がっていても気持ち悪いオタク扱いされることはない。研究熱心で意識が高い魔法少女と褒められてもいいくらいだ。

月曜日の昼休み、一班の魔法少女達は前日に放送していたキューティーヒーラーの話題で盛り上がった。ミス・リールは伏線と思しき主人公の母の動きについて語り、ラッピーはマスコットキャラクターをイケメンに変身させるというアイディアの素晴らしさを話す。アーリィとドリィは片言の日本語で相槌を打ち、時折母国語と思しき獣の鳴き声のような言葉でなにかしら遣り取りし、たまに喧嘩まで発展するため、その時は他三名が宥めながら引き離し、あるいは間に入る。

途中、ドリィがスカートの前を押さえてぴょんぴょんと跳び、トイレに行きたいのだと察したテティが一緒に行こうと促し、じゃあ私もと他の皆も揃ってトイレに出向く。用を足す者あり、待ちながら雑談の続きを楽しむ者あり、鏡に向かって髪形を整える者あり、全員の用事が終わったところでじゃあ戻ろうかとぞろぞろ再移動する。

廊下に出て少し歩き、テティはすぐに足を止めた。まるでそれが「あるべき姿」のように破れた制服を着こなしている魔法少女が腰に手を当て仁王立ちで待ち構えていた。

メピスとやり合っていたばかりだ。給食の時間に仲直りするのかと思っていたらそんなこともなかった。同じ班でやりにくかろう、と他の班員に同情していたが、まさかこっちに絡んでくるとは思っておらず、どうにも当惑が隠せない。

ミス・リールが困ったような表情を浮かべ、ラッピーは構わず前に進もうとしたアーリィとドリィの襟首を掴んで押し留めた。テティは戸惑いながら班員の前に進み出た。

「……なにか？」

「俺は情報局に関する知識が多少あるようだ」

「はい？」

「局長の名は……そう、アルグ・ヴェ・レンツだったはず」

カナの目はテティに向けられている。つまりテティに向かって話している。だがテティには彼女がなにをいおうとしているのか全く理解できない。アルグ云々は意味のわからない外国語の羅列《られつ》としか思えず、情報局もそこの局長も知識の外にある。

気を悪くしないでほしい、と願いながら、愛想笑いを浮かべて首を傾げた。

「ごめん。なにをいっているのか、ちょっと意味がわからなくて」

カナは目を細め、顎先に手を当て、しばし考え、やがて頷いた。

「なるほど。自分の所属を喧伝《けんでん》するような情報局の局員は存在しない、か」

「え？　それってどういう」

「情報局の性質を考慮しなければならなかったな。どうも俺は考えが足らない。これも記憶を奪われたせいだろう。その割に妙なことは覚えているが」

カナはテティから視線を外し、今度はミス・リールに向き直った。

「管理部門の長はラギ・ヴェ・ネントだ。これは間違っていないはずだ。偏屈で魔法少女嫌いの老人が魔法少女養成所に絡んでくるとは宗旨替えをしたようだな」

ミス・リールは困ったような顔で首を傾げた。傾げた角度はテティより若干浅い。

「ええっと……管理……部門？　っていうところがあるんですか？」

カナは目を見開き、右手を頭に被せ、くしゃくしゃと髪をかき回した。

「ミス・リールは魔法少女管理部門から推薦されて魔法少女学校に入学した。つまりラギ・ヴェ・ネントと知り合いでないわけがない」

「ああ、そういう話だったんですね。ごめんなさい、私のことを推薦してくれた人のこと知らないんです。御礼はいっておくべきかなと思うんですけど、誰に推薦されたとか教えてもらえる機会もなくて」

ドリィとアーリィを押さえるばかりだったラッピーが「はーい！」と手を挙げた。

「知ってる知ってる！　ラギなんとかって爺さん！　魔法少女管理部門の偉い人！」

カナが真顔のまま首を傾げた。テティは「首を傾げている人ばっかりだ」と思った。

「なぜラッピーがラギ・ヴェ・ネントを知っているのか。ラッピーは人事部門から推薦を受けているのではなかったか。管理部門のラギ・ヴェ・ネントとは関係がない」

「いや！　そういうんじゃなくてさ！　管理部門のエクストリーム情報窃盗ってのが一時

すごく流行《はや》ってってね！　めっちゃ守りが固い管理部門のセキュリティ掻い潜《くぐ》ってどうでもいい情報パクってこようチャレンジ的なやつ！　スノーホワイトっていう魔法少女が成功させたって話でさ！　彼女それから有名になって！　で、それにあやかろうって子がいっぱいいてね！　あたしはしてないよ？　いやマジ、ホント、訴えられて困るようなことはしないからね？　ただ流行ってたのを知ってるだけで」

カナはラッピーの言葉を最後まで聞くことなくドリィの方へ向き直った。

「実験場については……よく覚えていない。申し訳ない」

「アヤマルナヨ」

次いでアーリィの方へ向き直った。

「監査部門は……逮捕された時の思い出がなにかしらあって然《しか》るべきだと思うが、記憶が削除されているせいか思い出せない。申し訳ない」

アーリィは首を横に振った。例の鳴き声のような言葉を口にしているが、意味はわからない。ドリィと同じく「気にするな」程度のことを話しているのだろう。

ミス・リールが傾げていた首を元の角度に戻し、ふるん、と頬が揺れた。

「カナさんは……ええと、なにをしようと？」

「クラスメイトがどこから推薦されたか知ることができた。情報元は教えられない」

「ええ」

「ならば推薦者についての話題を振って盛り上がれば仲良くなることもできるのでは、と」

「ええ……それはどうかなあ」

なんといっていいものか迷い、テティは横目でラッピーを見た。ラッピーはしばしの間天井を見上げ、よしと頷き、「仲良くなるのにそんなの必要ないって！」と笑った。ミス・リールも「仲良くなりましょう」とカナの手をとってぎゅっと握り、アーリィとドリィはきゃっきゃと笑ってカナの肩や背をぱんぱんと叩いた。

テティはよくわからないままに空気に合わせなければと考え、カナの肩を抱いて「友達になろうよ」と背中を撫でた。よくわからないまま周囲に合わせただけの空々《そらぞら》しい言葉だったが、それでもカナは真剣な表情で「ありがとう」と頭を下げ「今後ともよろしく」と続けた。逆に申し訳ない気持ちになった。

いったいなにをしているんだろう、と思いながらテティは笑い、ミス・リールは喜び、ラッピーははしゃぎ、アーリィとドリィはスキップで周囲を回った。

第四章　闘争中学校

◇カナ

授業の予定が変更された。

「体育館を使ってレクリエーションをします」

皆の前に立つ「大きな計算機を抱えた魔法少女」の一言に「髪の先が尻尾のように尖った悪魔風魔法少女」が拳を突き上げて歓声をあげ「鎧の魔法少女」と「削岩機を構えた魔法少女」の二人がきゃっきゃと喜び、他の魔法少女達もそこまでわかりやすくはないにせよ喜んでいるようだった。

計算機を持つ魔法少女がカルコロ、悪魔がメピス、鎧がアーリィで削岩機がドリィだ。名前と容姿を頭の中で合わせていき、どうやら間違っていないようだと確かめた。そしてアクセサリーやシールがごてごてと付けられているツルハシを目印に、喜ぶ風でもなくただそこに立っているという魔法少女に近付き、斜め後方四十五度から声をかけた。

「クミクミ。レクリエーションをするとのことだが」

クミクミは話しかけられることへの心の準備ができていなかったのだろう。身を捩って振り返るという仕草には若干のたじろぎめいたものが感じられた。すぐに姿勢を正してカナに向き直り、一度はしゃいでる者達へ目を向けてから話し始めた。

「体育の授業、と……似たようなもの、だ」

「しかし彼女達は喜んでいるようだ」

「体育でやるランニングやマラソン、体操に比べるとゲーム性や競技性がより高く……そう、遊びに近い」

「授業と似たようなもの、ということは上手くやれば評価されるな」

「評価される……必要が、あるのか？」

「先程の課題提出は鉛筆が無い故に白紙で提出せざるを得なかった。低評価を受けることは確実であるため別口で高評価を得てバランスをとる必要が出てくる」

クミクミはしばし目を細め、やがてゆっくりと首を横に振った。

「いってくれれば……鉛筆を貸した」

「教科書とは違い二人で共用するというわけにもいかないだろう」

「二本以上……持っている」

「そうだったのか」

「次は……貸す」

たどたどしく話す、というより、話しながら言葉を選んでいるらしかった。より正しい言葉を選ぼうとしてくれている、というのはそれだけ誠実であるといえる。

「しかし班長ではない」

「なにが……？」

「失礼、思ったことが口に出た。レクリエーションは頻繁にあることなのだろうか」

「あまり……四月に、ええと、三度、五月に入ってからは、初めて、だ」

クミクミはどこか遠くを見る目でしばし考え、頷くように顎を引いた。金属質に光る帽子が頭の動きに合わせて前後し、僅かに額の露出度が上がる。

「体育の授業とは違って……全員、魔法少女に変身して行う」

「ほう」

「班の……対抗戦だ」

「ほほう。ならば俺とクミクミは仲間ということになるわけだな」

クミクミはなにかを口にしようとし、しかしなにも話すことなく黙って頷いた。魔法少女に変身した時と変身を解除している時で別人かと思うほど外に向けた性格を一変させる者も多いが「無駄口は叩かない」というクミクミの在り様は変わっていない。

「サブリーダーにこそ相応しい資質なのかもな」

「だから……なにが」

「失礼、気にしないで欲しい」

それでも気になるようではあったが、これ以上カナが話す気はないと察したらしく、軍装風の魔法少女《アーデルハイト》の肩に手を置くメピスに対し「調子に乗り過ぎないよう」といったことを注意してうるさがられていた。たとえ嫌がられようとしっかり班長に進言するあたりまさにサブリーダーだな、とカナは思い、今度は口に出さなかった。

カルコロに従い、魔法少女達は揃って廊下を歩き体育館へ向かう。揃って、といっても整然と列を組んで行進するわけではなく、魔法少女達が小さな塊をいくつか作りながらなにかしらの会話を交わして歩く。

「ボール！」

「魔法少女に変身してる時は化粧落とさなくていいから楽だわー！　はっはー！」

「一応校則でメイク禁止になってなかったっけ……」

「この学級はけっこうその辺緩いですからね」

「ありがたい話よ！　マジで！」

「メイク！」

一班の魔法少女達は変身前と変わらずのんびり話している。大きなミトンが特徴的な女給風のテティ、金属製の貴婦人像にしか見えないミス・リール、透明素材を多用し露出度の高いラッピー、巨大削岩機を肩にのせたドリィと重鎧で身を固めたアーリィは部分部分共通しているパーツがあった。ミス・リールは表情固定で瞬き一つせず、アーリィは口をきくことなく仕草のみで意思表示をしているという変身前との相違点があったものの、ミス・リールの口調は柔らかいままで、アーリィの仕草は変わらずに滑稽だ。

「まとめてぶっ潰してやる」

「メピス……やり過ぎるなよ……」

「やる気あるのはええことや思うよ」

「怪我をしない程度に頑張りましょう」

一方二班の魔法少女達は、攻撃的なメピスは悪魔風、それを窘《たしな》めるクミクミは大きなツルハシを持ち、軍装風のアーデルハイトがフォローするというところまでは変身前と大差ないが、クラシカル・リリアンが大きく変化していた。見るからに自信が無さそうで他者を窺うように視線を動かし続けていた変身前に対し、超然とした態度とほんのり浮かべたアルカイックスマイルからは強固な自我と自信が垣間見える。宗教に縋りそうな人物が、宗教を起こしそうな人物に変化している。魔法少女という大きな力を得て自信をつけるタイプは少なくないため、その線かもしれない。

「メピスがちらちらこっち見てるけど……挑発してるんすかね」

「あいつの喧嘩ってば安くないからねえ。買うだけ損するよねえ」

「買うか買わないかは出ィ子に一任しておくわね」

そして三班。金魚を思わせるランユウィ、カラスをモチーフにしているサリー・レイヴン、打楽器を背負った戦士風のプリンセス・ライトニング、この三名は口調も態度も変わらない。水鉄砲を持ったプシュケ・プレインスは暗い表情で呪いの言葉を呟いている。やはり変化は見られない。鼻から上をフードで覆い隠した奈落野院出ィ子は、口元以外見えていなかったものの楽しそうに笑みを浮かべていた。変身前は表情のバリエーションに乏しかったが、楽しさを笑顔で表現する程度のことができるようになっている。ただし口数が少ないという点は変化していない。

変身前と変身後も変わらず名前を把握できていることに満足し、カナは歩きながら頷いた。各人大なり小なり変化はあれど、班単位の行動を通しているからには日常生活に支障をきたすような類《たぐい》のものではない、ということだ。

班単位の行動に考えを移した時、ふと自分の立ち位置に気が付いた。先を歩くカルコロを除き、クラスが班単位で固まって移動している。カナは魔法少女達の様子を観察することに夢中だったため、自分だけが一人離れて歩いていることを失念していた。なににしても周囲との協調無しでは生活に支障をきたす。皆と仲良くするということは、皆と行動の軸足を揃えるということでもある。

カナは歩調を速め、最後尾から一班を追い越し二班の後ろについた。メピスが後ろ髪から伸びた尻尾をぴくりと震わせ、振り返った。眉間に皺を寄せカナを見ている。

「おい転校生。足引っ張んなよ」

「面白い場所に尻尾が生えている」

「聞いてんの？」

アーデルハイトがするりと割って入り「まあまあ」とメピスの肩を叩いた。

「そこまで勝ちにこだわるほどのもんでもないやん」

「負けてナメられんのが嫌なんだって」

メピスが鼻を鳴らし、彼女の反応を見なかったかのようにリリアンがにっこりと微笑んだ。

「動機がなんであれ一生懸命競技に取り組むという姿勢は尊いものです」

表情だけでなく出てくる言葉まで宗教がかっている、と感じたがカナは口にしなかった。

メピスはなんというだろうか、とそちらにちらと目をやると、特に感想もなく三班の方を睨みつけている。鼻息を荒げるメピスに、クミクミが小声で呼びかけた。

「メピス。ルール違反は……するなよ」

「わかってるよ。いちいちいわなくていいよ、そういうの」

「皆がルールを守ってこそ楽しく遊ぶことができますからね」

リリアンの言葉はやはり宗教がかって聞こえる。好戦的なメピスであれば、こういう平和的な発言に反感を覚えるのではないか。ふとそちらを見ると、リリアンの発言には触れず「あいつらが先にルール破ったらこっちも手ェ出して」といいかけ、最後まで言い切る前に「……許されない」「あかんて」「やめましょうね」と三者三様に止められていた。

メピスがリリアンに反論しないことも含め、班内での統制が効いている、とカナは感じた。班単位の行動が主で、イベントでも班対抗とくれば、班の中で争っている場合ではないのかもしれない。他の班も外から見る分には仲が良い。カナもいつかは二班に馴染んでスムーズに遣り取りできるようになるのだろうか。どうにもそんな自分は想像できないが、目下の目標とするには悪くないと心に留めておくことにした。

そうこうするうちに体育館へ到着した。カルコロが厚い金属扉の錠前をガチャつかせ、大きな扉を左右に開いた。体育館という名前から体を育《はぐく》む場所なのだろうが、カナはその呼び名に覚えが無い。

床も壁も板張りだ。天井は鉄骨が露出している。教室四つ分くらいが収まる空間は、魔法少女が動き回る場所としては少々狭い。うねりの入った溝が刻まれている白い球、細かな突起に覆われているオレンジ色の球が籠に入れられ纏められていた。球を入れると思しき網の付いた輪と付属の板が壁から伸びた鉄棒に支えられ、床には大きく文様が描かれている。

カナはしゃがみ、床に手を当て文様を撫でた。見覚えが無い。

「新しく開発された術式だろうか」

「いや、なにをいうとんねん」

顔を上げるとアーデルハイトが不思議そうな表情でカナを見ていた。

「ならばこれはいったい」

「コートラインやん」

「コートライン。聞いたことのない言葉だ」

「えっ、マジで経験ないん？　ツッコミ待ちで無しに？　ネタでいうとるんやないの？　バスケとかバレーとかフットサルとかバドミントンとかなんでもあるやん」

カナは目を眇めた。バスケ、フットサル、バドミントンといった単語群に聞き覚えはなかったが、唯一バレーだけは耳にしたことがあった気がした。

「そうか、ビーチバレーだ」

「いやビーチどこにあんねん」

カルコロが計算機をカシャカシャと振って注目を集め、集合と命じた。生徒達はわらわらと集まり、班毎に纏まって教師の前に座る。カナもクミクミの後ろに腰を下ろした。

「今日は模擬戦を行います。四月にやった模擬戦よりも実戦に近い形式をとりますよ」

またカナが経験していないイベントの話が飛び出した。魔法少女達は静まり、時を置かずざわめいた。喜んでいるという反応ではない。むしろ戸惑っているようだ。

「といってもレクリエーションは今日が初めてという人もいますね」

幾人かがカナに目をやり、すぐに教師の方へ向き直った。

「クラスメイトを傷つけてはいけません。用具や体育館を傷つけたり壊したりしてもいけません。ホムンクルスの攻撃がクリーンヒットしてしまった人もアウト。受けるなり止めるなりした時はセーフ。ここまでは前回と共通しているルールです。次は前回との相違点を。前回は一班《ひとはん》ずつホムンクルスとの組手をしてもらいましたが、今回は体育館の中で全員一斉に戦ってもらいます。五分が経過して終了の合図が出るか、ホムンクルスが全滅するまで頑張ってください。班員が倒したホムンクルスの数を合計し、最も多く倒した班が優勝です。反則をした人は退場です。壇上に上がって模擬戦が終わるまで見学してもらいますからね。ではルールをきちんと守って戦いましょう」

カルコロがカシャンと計算機を鳴らし、それを合図に、壇上の幔幕裏《まんまくうら》から黒い人影がぞろぞろと現れた。

◇テティ・グットニーギル

「球技かと思ってたのに！　いやあ！　まさか模擬戦とはね！」

「ドリィにはポイントゲッターをやってもらうとして……あ、他班の子に攻撃が当たったりしないように、そこだけは注意してね」

「マカセロ」

「全員でホムンクルスにかかるよりかは役割をかっちり分けたほうがいいと思う。アーリィとミス・リールは守備重視。ホムンクルスが他班に取られないようガードを」

「頑張ります」

「ラッピーは攻撃に回ってもらって、私も今回は攻撃役で。2−3のシフトは流石に攻撃の手が少なすぎてポイント稼げなくなりそうだし」

各班分かれてゲーム開始前のブリーフィングタイム。テティは真剣にポジションの説明をしていた。実戦に近い形での模擬戦という形式が気になる。これはただのレクリエーションではないのではないか、生徒の評価に関わってくるような重要イベントなのではないか、という思いが頭に浮かんでから消えることなくこびりついていた。

普段通り事務的な説明をしただけに見えたカルコロだが、言葉の運びと表情に若干ではあるが屈託《くったく》があった気がした。転校生がやってきたばかりというタイミングも気になる。カナはまだ学校生活にも不慣れなはずで、いつも通りをいつも通りにやるのがカナにとっては最もやりやすいだろう。そこを滅多にやらないレクリエーションで、しかも模擬戦ときている。実力を見定めようとしていると考えるのが自然ではないだろうか。

テティは気付かれないようこっそりと担任を盗み見た。カルコロは一班に目を向け、二班に向け、三班に向け、二班に向け、時計を見てからまた二班を見た。二班に目を向ける頻度が他よりも多い。目つきはどこか暗い。あれは、なにかを値踏みしようとしている者の目だ。噂話に目がなく、町内のスピーカーといわれていたご近所の主婦木下《きのした》さんがあんな感じの目で他人を見ていることが多かった。

——やっぱり転校生を気にしてる。

球技に比べて模擬戦はわかりやすい。わかりやすく身体能力が見えるし、わかりやすく魔法を使う。誤魔化しの介在する余地が少ない。

「ちょっとうちの班は不利っぽいね！　こりゃきついわ！」

「球技だったら大抵テティさんが活躍できるんですけどね」

「面白いことできりゃいいんだけどね！　テティなんか思いついたっぽい？」

急に話を振られたせいで思わず咳き込み、声質を調整し、改めてラッピーに向き直った。

「なんで……こう、思いつくとかそういう話に？」

「コートの方見てたからなにか考えがあるのかと思ってさ！」

「いやいやそういうことじゃなくて……ほら、実戦に近い模擬戦ってことになるとさ、それだけで査定の対象になるんじゃないかって思っただけ」

「じゃあ頑張るしかないじゃん！　実はあたしもいくつかアイディアあってさ！」

「どんなアイディアなんです？」

「まずはあたしのラップを使うのよ！　他にね、まあ色々とね！」

「その、作戦の相談ならもう少し声を落とした方が……」

仲間達と笑い合いながら、目の端でカルコロを見た。また二班の方を見ている。テティは視線を動かし、二班を視界に入れた。メピスが怒鳴り気味に話をしている。カナの方は聞いているのか聞いていないのかよくわからない。メピスも大変だ、と他人事ながら同情した。

◇ランユウィ

「なんで今模擬戦なんすかね？」

ランユウィの言葉にライトニングとサリーが顔を向け、ライトニングは表情を変えることなく、サリーはなんとなく気の毒そうな表情を浮かべた。

「転校生の身体能力をチェックしたいんじゃないかねえ。球技と比べるとモロにフィジカル関わってくるから」

「ほら、また転校生の方見てる。カルコロ、すっごく意識してるでしょあれ」

二人の反応を見て、遅まきながら気付いた。彼女達にとっては「なぜ模擬戦なのか？」は既に考えるべきことではなく、カルコロがカナの身体能力を見極めるためにやらせることであり、それは共通認識として更に前へ進もう、となっていた。ランユウィだけがそこに至らず、明々白々《めいめいはくはく》なことをわざわざ口にし、サリーには気の毒なやつだと思われた。ライトニングには口をきく木か石程度にしか思われていないのではないかと思う。

しかしそのことでいちいちへこんでいては本当に気の毒なやつになってしまうため、ランユウィはあえて楽しそうな声で「ああ、そっすねえ」と手を打った。

「どうするかねえ。転校生の身体能力知っておきたいのはこっちも同じだけどねえ」

「カルコロの望むようにしてやるのはちょっと業腹だけど仕方ないわね」

ライトニングのいう「ゴウハラ」という言葉の意味がわからなかったが、ここで質問をして会話を途切れさせせないだけの分別はあった。

「転校生、新校舎の方にも足を向けていたんでしょ？」

湿度の高い目つきを他班の方へ向けながら呪いの文句を並べ立てるという行為を一旦中断し、プシュケがライトニングの方へ向き直った。

「死ね……あいつ、死ね……余計なことをする、なにか調べてる」

ライトニングは口元に丸めた手を当て、声を出すことなく口を開いた。他班に聞こえないよう話し合おうということだ。唇を読むことは三班の班員なら皆できる。

ちょっと気を入れてやってみよう、とライトニングが唇を動かし、プシュケがなんでそんなことをと鬱陶しそうに応じる。転校生の力を見たいからとライトニングが伝え、それにメピスの悔しがる顔が見たいからと続けて蠱惑的な笑みを浮かべた。

ランユウィはライトニングの笑顔に見惚れながらもいくつか意見を出し、三班はいかにして効率よくホムンクルスを倒すか、どのように他班を上回るか、戦略を話し合った。やがてカルコロから招集がかかり、出ィ子が歯を見せて笑った。

◇カルコロ

生徒たちのブリーフィングを見守りながら、カルコロは昼休みの出来事を反芻していた。カナの行状についてハルナに説明すべく校長室に向かったが、そこで逆にカナの驚くべき行動を聞かされることになった。生徒達を推薦した後援者を知るため校長——情報局副局長の女傑に話を聞こうとするなど正気の沙汰ではない。

さらに、ハルナはカナのいうままに教えてやったのだという。どちらも並外れている。カルコロの考えられるラインを悠々と超えてきている。ハルナに関しては「こういう人だからこそ異例の出世ってやつができるんだろう」と思うし、カナに関しては「こいつはこういうノリで突っ走って逮捕からの収監コースに入ったんだろう」と思う。どちらにしても自分の人生に関わってきてほしいタイプではなかったが、不本意でも関わってしまった以上、被害がこちらに及ばないよう付き合っていくしかない。

ハルナ曰く、カナは泳がせるべし、とのことだった。なにが目的で入学したのかを把握したいというのと、彼女の実力を知っておきたいということ。実力に関しては、身体能力が知れるようなレクリエーションを開催し、観察しておけと命じられた。

そんな簡単にいくかよと思っても反論は許されない。

球技よりは模擬戦、それも実戦的なやつの方が純粋な身体能力はわかるかな、くらいの軽い気持ちで模擬戦に決定し、まあ精々頑張ってねと思っていたらなぜか一班も三班もいつになく熱心に相談している。

酷く不穏な雰囲気を感じつつ、今更撤回はできない。なにか起こったとしても、せめてしっかり記録しておけるようにと体育館内に配置された防犯カメラをチェックした。

◇クミクミ

いかにして模擬戦で勝利をするか、という話し合いにはならなかった。ホムンクルスと戦ったことがない、正確にはその記憶が無いという班員が一名いたため、他の二班メンバーが総出になって模擬戦の基本ルールと訓練用ホムンクルスの性質について叩きこみ、ようやく覚えてくれたという時にはもう開始時間になっていた。カルコロが笛を吹いた。

「開始しますので集まってください」

一班が入り口側右、二班が入り口側左、三班が壇上前中央、ホムンクルスの群れ数十体が体育館中央で背中を合わせて円陣を描く。目も鼻も口も無く、全身が黒くのっぺりとしている。それ以外は辛うじて手と足がわかる程度という簡素な作りだ。演習用の個体は特に簡素に作られ、倒した者がメンタルを病まないようにしているという話を聞いたことがある。しかし、実際戦ってみると、簡素なのは予算の問題ではないのか、と思う。

カルコロが開始の笛を吹いた。

ホムンクルスはいくつかの群れに分かれて動き出し、同時に魔法少女達も行動を開始した。三班がライトニングを先頭にして一本の矢のようにホムンクルスへ襲いかかり、一班からアーリィがそれを遮《さえぎ》るような角度で走った。二班はメピスだけが三班へ向かい、それ以外のメンバーでホムンクルスへ走る。

「いっくよー！」

ラッピーとテティの二人がラップにくるまったドリィをぶんぶんと振り回し、スリングのように投げつけた。遠心力により加速をつけたドリィがホムンクルスの群れに叩きつけられる。一体がドリルの穂先にかかり上半身を削り取られ、体液をぶちまけた。ドリィは奇声を発しながら耳障りな音を立てて回転するドリルを振り回し、二体目を撃破。ホムンクルスは機敏な動きで陣形を再構築、お互いにカバーし合うようにドリルとの距離をとる。

クミクミは眉根を寄せた。ドリィに一番槍を奪われたことは悔しいが、それについては一班の連携を褒めるべきだ。問題はそこではない。ホムンクルスの動きだ。

以前の模擬戦では知性を感じさせる要素が一切無く、ただカルコロの合図に従ってこちらに襲いかかってはやられていくというサンドバッグでしかなかった。だが今回はドリィの動きに合わせて集団的な連携を見せて戦っている。殴りかかったり、蹴りつけたり、といった行動も味方の邪魔をするようにはせず、敵の背後を狙う。性能が向上しているのであれば、以前と同じ戦い方はできない。

遅れてホムンクルスの群れに打ちかかったクミクミはツルハシを振り下ろした。ホムンクルスが後ろへ退いたことで空振りし、しかしツルハシに組紐をかけていたリリアンが勢いよく跳び、クミクミを越して蹴りつける。ホムンクルスの顔を両足で踏みつけ、後方へ蹴り飛ばした。知能はともかく耐久力に関しては前回と大差がないようだ。

そうこうしているうちにアーリィとメピスの妨害を突破した三班メンバー、ライトニング、サリー、プシュケがホムンクルスへ到達した。ぼやぼやしていたらポイントを取られてしまう。アーデルハイトがホムンクルスを斬りつけ、一体が切り裂かれたものの傷が浅い。すかさず他の個体がフォローに入り、アーデルハイトに追撃をさせない。だが、それによって三体のホムンクルスが一ヶ所に集まった。リリアンがぐるぐるに巻かれた大きな糸玉を下手投げで軽く放り、クミクミがツルハシで思い切り振り抜く。細かな立方体になった糸玉が散弾のようにホムンクルスを打ち、怯んだ隙にアーデルハイトが迅雷のような踏み込みから凄まじい速度で三連撃、黒い身体をずたずたに切り裂いた。

ボロボロになりながらも逃げようとする一体の前にクミクミが立ちはだかり、掬い上げるようにツルハシを振り上げ、ホムンクルスを突き刺す。クミクミのツルハシは無生物を立方体に分解するが、生物に対しては魔法の効果が無く、直接的な武器と化す。

突き刺したホムンクルスを放り投げた。ホムンクルスは天井付近まで高々と舞い上がり、床に落ちてべしゃりと潰れた。周囲に黒い体液が飛び散り、クミクミにも跳ねたが、匂いも毒性も無く、すぐに消えてしまう。

さあ次は、とツルハシを構えたところで、カルコロが笛を吹いた。

「はい、ストップ。皆さんそのまま待機していてください」

見ればプリンセス・ライトニングが手を挙げている。なにが起きたのかと周囲がざわつく中、ライトニングはカルコロの方に近付いて二言三言言葉を交わし、先程ホムンクルスが墜落した所まで揃って歩き、床を指差してまた言葉を交わした。カルコロはソロバン玉を弾きながら床に顔を近付け、頷いた。

「ライトニングさんの指摘を認めます。クミクミさん、退場」

「えっ……なぜ」

「ホムンクルスが落下した衝撃で体育館の床がへこんでいました」

やり過ぎた。思えば高々と放り投げる必要は全く無かった。メピスに罵声を浴びせられながらクミクミは肩を落として壇上に登り、一人体育座りで見学と相成った。

「それでは再開」

カルコロが笛を吹き、即座にソロバン玉を弾き始めた。どうやら各班のポイントを計算しているらしい。クミクミは下界へ目を向けた。ホムンクルスの群れとは少し離れ、二人の魔法少女が対峙している。メピスと出ィ子だ。出ィ子一人の邪魔をするくらいなら三班全体の頭を抑えてほしかったが、彼女にいわせればタイマンこそが最高なのだろう。

「もうちょっと頑張りなよ、出ィ子」

メピスは凄みのある笑みを出ィ子へ向け、出ィ子はにぃっと口角を上げそれに答えた。二人の魔法少女は向かい合ったまま睨み合う。肩がぶつかりそうな距離で向かい合っていても接触はしない。クラスメイトへの攻撃は反則というカルコロからの説明は皆が覚えている。メピスと出ィ子がほぼ同タイミングで走った。メピスが口を動かし、出ィ子の頬が引き攣るように歪んだ。メピスが出ィ子に向けて何事かを囁いているのだ。

悪魔の言葉は魂を堕落させる。メピスが「そんなに頑張る必要はない、たかだかレクリエーション程度じゃないか」などと囁けば、そうだよなと自分を納得させ、つい怠けようとしてしまう。メピスの魔法を知っているうえ、精神的に屈強な魔法少女であれば「ささやかな邪魔」程度にしかならないが、集中力を研ぎ澄まして行わなければならない読み合いの最中に「ささやかな邪魔」をされれば、ささやかならぬ結果をもたらす。

出ィ子はスライディング気味にメピスの脇を滑り抜けようとし、それより速くメピスの手が伸びた。攻撃と見做されない絶妙な手の出し方だ。出ィ子はにぃっと笑い、胸のメダルが変形、有機物のようにぐにゃりと歪み、中央部分に大きな眼を開いた。

一つ目のメダルが開眼した瞬間、出ィ子が姿を消した。メピスは舌打ちを入れて身を翻す。後方へ走り出し、遅れて出ィ子が出現、メピスの前を走っている。出ィ子の魔法だ。彼女は一瞬だけどこからも消え失せてしまう。レクリエーションの鬼ごっこではこの魔法によって好き放題にされてしまった。

そして、あの時誰よりも怒っていたのはメピスだった。思い出が想起されたのか、怒鳴りながら出ィ子の背を追いかけている。どう見てもあしらわれているようにしか見えない。三班の方針として出ィ子にメピスの相手をさせているのではないか。

クミクミは両手をメガホンのように口元へ当て、壇上から叫んだ。

「メピス！　出ィ子はいい！　ホムンクルスへ！」

メピスは「ふざけんな」と叫び、クミクミの指示は全く聞かず、付かず離れずの距離で出ィ子と並走しながらメインの戦場から徐々に離れていった。どう考えてもいいようにやられていたが、本人だけが気付いていない。

そしてメインの戦場では濃い霧が視界を塞いでいる。三班のプシュケが使った魔法だ。霧の中がどうなっているのか、目を凝らしてみても見通せない。ぼんやりとした人影は見えるが、ホムンクルスか魔法少女かさえ定かではない。あれでは三班の班員でさえまともに動くことも難しいのではないか。いったいどうするつもりなのか。なにかが動く音、ぶつかる音、それらは聞こえてくるもなにをしているのかわからない。隣で弾かれていたソロバン玉の音も次第に静まっていく。審判としてもカウントしようがないのだろう。

と、霧の中で誰かが声をあげた。

「審判！」

霧が晴れていく。戦いの手を止める魔法少女達とホムンクルスの中で、きょろきょろと周囲を見回す者がいる。彼女——ドリィは落ちていたドリルに目を止め、嬉しそうに拾い上げた。そんなドリィを指差し、ライトニングがよく通る綺麗な声で告げた。

「ドリィが落としたドリルで床に傷がつきました」

ドリィがキィキィと喚いた。「オトサレタ」という言葉が時折混ざる。つまり自分が落としたのではなく、誰かに落とされたと主張しているのだろう。ライトニングは嫌味たらしく肩を竦めてみせるばかりで証拠は無い。なにせ霧の中を見通せた者など一人もいないのだから。近寄れば見えたかもしれないし、ドリィの主張が正しいなら近寄って武器を落とさせた者がいたのだろうが、それを見ている者がいないのであれば主張は通らない。

「待った！」

待ったがかかる。ラッピーだ。

ドリィの傍らにいた彼女はその場で屈み、足元に手を伸ばして指先で摘み上げた。透明なラップがピリピリと剥がれていく。周囲一帯を魔法のラップによってカバーしていたらしい。カルコロが近寄り、床をチェック、両手で大きな丸を作った。

「セーフ！　傷無し！」

一班の魔法少女達が快哉を叫び、ドリィがラッピーに抱き着いた。ライトニングは興味を無くしたかのようにドリィの方から顔を背け、今度はアーデルハイトを指差した。

「審判、じゃあああっちで」

「いや待てって！　誰かが刀叩き落したんやて！」

抱えるようにして軍刀を持っているが、どうやら一度落としたものを拾い上げたらしい。

霧の中での暴力行為を主張するアーデルハイトに対し、そんなことはしていないと三班メンバーは真っ向から反論、カメラに証拠は残されていないと強弁した。実際、霧によって全てが覆われていたため暴行の現場は当事者以外誰も抑えていない。

カルコロの下した裁定は、今後プシュケは魔法を使用しないということにし、アーデルハイトの反則は認めるという中立のようないい加減のようなものだった。メピスを見ると人を殺しかねない表情で三班を見ていた。

「メピス！　クールに！」

「怒ったらあかんて！　注文通りやで！」

アーデルハイトと並んで叫びながら一班の方に目を向けた。三班の行為は反則ギリギリどころか反則そのものだったが、一班は一班で隙が無い。ラッピーの行動は完全に三班のやり口、視界を塞いでの反則行為を見越したものだった。思えば一班も三班も模擬戦開始前の相談はじっくりとやっているようだった。カナへの説明をするだけで時間が無くなってしまった二班は作戦を練ることができなかった。

そういえばカナはなにをやっているのか、と見れば、特に構えるでもなくホムンクルスの前に立っている。

なにをしていたのかはカルコロの笛が鳴ると共に判明した。ホムンクルスに向かって何事かを話しかけている。彼女の魔法は質問により答えを教えてもらうとかそんなものだったはずだ。ホムンクルスに質問をして弱点でも聞き出そうというのだろうか。

「カナ！　戦え！」

「悠長なことしとってもあかんて！」

カナはこちらに顔を向け、何事かをいおうとし、ホムンクルスの蹴りを側頭部に受けて転び、床に背をつけてくるくると回転しながら滑っていった。

なんだかんだでホムンクルスの攻撃力は馬鹿にできない。四月の模擬戦では、まだ不慣れだったこともあり、クミクミも何度か痛い目を見た。

メピスは出ィ子と追いかけっこをしている。フェイント、織り交ぜる魔法、視線誘導、体移動、歩法、お互い数々の高度なテクニックを使用している。ただし戦力として計算できないという点においてはカナとなんら変わらない。

闇色に輝くカラスが天井すれすれまで上昇、そこから急降下し、リリアンの足元へ向かった。サリー・レイヴンの操る魔法のカラスだ。

体当たりではなく、ただただ邪魔をするため足元で羽ばたき、そのせいでリリアンの足が覚束ない。たった一人残った二班戦力として戦わなければならないのに、カラスに邪魔されながらではホムンクルスどころではないだろう。

「サリーのあれインチキやん」

「カルコロは……笛を吹かない……か」

「ポートボールの時とかも酷いもんやったわ。分身ならなにしてもええいうんかい」

カラスに妨害させながらサリー自身はホムンクルスへの攻撃に加わり、ライトニングとの挟撃で一体撃破、背中を見せることでホムンクルスの攻撃を誘い、自分の身体で視界を塞ぎつつ肩越しにライトニングから攻撃させることで更に一体撃破、ふらふらと近寄ってきた個体を裏拳で殴り飛ばし、笛が鳴った。

「サリー・レイヴンさん、反則です」

あっと思って見れば、サリーに殴られたホムンクルスがホムンクルスではない。ホムンクルスのように全身を黒くしたミス・リールだ。ミス・リールはテティの手を借りて立ち上がり、掌に握っていた黒い欠片を摘み、アーリィに渡した。アーリィは小さく欠けていた鎧の肩パーツ部分に欠片をはめ込んだ。

ミス・リールは手に握った鉱物によって体の材質を変化させる。アーリィの鎧の欠片を握り、全身を真っ黒にし、ホムンクルスの攻撃に紛れつつサリーに近付いて攻撃を受けた。そういえばアーリィの鎧は質感からしてなんとなくホムンクルスに似ている。

照れたような表情で壇上にやってきたサリーに、アーデルハイトが笑いかけた。

「やってもうたなあ、サリー」

「やられたねえ。もうちょっと頑張って稼ぎたいとこだったんだけどねえ」

「なんや三班やる気やん。気ィ張ってんのはうちらだけか思てたわ」

「いやいや姫さんのご所望でねえ。なんでか柄にもなく張り切っちゃっていてねえ」

姫さん、つまりプリンセスライトニングがそうしたいからやっているのだといっている。ではなぜライトニングがそうしたいのか、と訊いても答えてはくれないだろう。

サリーは脱落、カラスの介入もできなくなり、戦場が広くなった。

三班のアタッカーはライトニングとプシュケ。しかしプシュケは下手に水鉄砲を使うとホムンクルス以外も巻き込んでしまううえ、霧による視界封じが禁止されたため、蹴ったり殴ったりで戦うしかない。ラップを振るってガードするラッピー、動く度にキラキラ光る目に悪いボディーであわよくば攻撃を受けようとするミス・リールの二人が妨害に回ったこともあってとてもやりづらそうにしている。

一班のアタッカーはドリィとテティ。ドリィが突っ込んでホムンクルスを散らし、逃げたところでテティがホムンクルスを掴み、掴んだ箇所をむしりとる。腕を掴めば腕を千切り、頭を掴めば頭を潰すと絵的に大変えげつない。本人は作業的に淡々とやっていた。ランユウィが一班の妨害に入ろうとするも、アーリィが鉄壁のガードで寄せ付けない。

二班のアタッカーは現状リリアンだけだ。罠を作って足をかける、鞭で絡めとる、盾で攻撃を防ぎ、即座に盾を解いて網に変化させ捕獲する、と七色のリリアン編みでホムンクルスを翻弄《ほんろう》しているが、彼女は攻撃力が足りず、ホムンクルスを一撃で倒せない。

「メピス！　お前が必要だ！」

「メピース！　出ィ子なんか放りぃや！」

メピスは吠えた。怒りを隠そうとしていない。対峙した出ィ子は右へ避け、メピスの突進を回避した。メピスは速度を落とすことなくホムンクルスの群れへ襲いかかった。クミクミとしてはサリーと連携して戦って欲しかったが、今それを叫んだところでメピスの耳に入るかどうか大変怪しい。怒りのあまり顔も目も赤い。

メピスの蹴りを受けようとしたホムンクルスが吹き飛び、それをリリアンが盾で受け止め、走り寄ったメピスがジャブ二発から腰の入ったストレートで頭を潰した。

メピスがわかっていなくてもリリアンはわかってくれている。上手い感じでフォローしてくれれば、トップは難しくとも、なんとか二位なら狙えるかもしれない。

ここまでの展開で一切見えなかった希望の光がようやく灯った、という時にミス・リールがこちらへ回ってきた。二班の戦力が強化されたのだから、一班が邪魔にくるのは道理といえば道理だが、メピスは当然の権利といわんばかりに怒鳴り、威嚇するようにミス・リールに向かって歯をむいた。

「メピス！　冷静に！　ミス・リールを攻撃するなよ！」

「退場は二人だけで充分やからね！」

メピスは怒りを噛み潰すような表情でホムンクルスを殴りつけた。ミス・リールに接触しないよう気を遣っているため、先程までのようにさっさと叩き潰すまではいかない。

三班のアタッカー陣は妨害者が一人減り、出ィ子が戻ってきたおかげで勢いを取り戻した。出ィ子が消失、ホムンクルスの背後をとり、ライトニング、プシュケと前後から挟み込む。テンポよく潰していく。

妨害の無い一班の方は依然順調だ。接触イコール死であるテティと荒らし能力の極めて高いドリィの組み合わせはホムンクルスがどれだけいようとものともしない。

ミス・リールが三班の方へ顔を向けた。トップ争いには加わりそうもない二班を妨害するより、三班の妨害に戻った方がいい、と考えたのかもしれない。それは二班にとって大変有難い考えではあったが、メピスにとっては「お前らを相手にする価値は無い」というに等しい侮辱である、ということを付き合いの長いクミクミは知っていた。

メピスが吠えた。ミス・リールは慌ててメピスの方へ振り返ろうとする。凄まじい初速だ。二歩目でミス・リールの首の回転とは逆サイドへメピスが踏み出そうとしたところで光が走った。

バチバチという破裂するような音、それに目を開けているのも難しい強烈な光だ。隣で観戦していたサリーが苦しそうな声を出し、アーデルハイトが「なんやねん」と毒づいた。壇上から見ていてさえここまで強い光だったのだから間近で浴びせられればたまったものではないだろう。クミクミの細めていた目が次第に開かれていき、状況を認めた。メピスが両目を押さえて蹲っている。後ろから近付いたホムンクルスが腕を振り下ろし、横合いから跳び込んだテティがメピスを突き飛ばしてホムンクルスの爪を掴み、握り潰した。

カルコロが笛を吹いた。

「テティ・グットニーギルさん、メピス・フェレスさんへの攻撃による反則です」

テティが一言「あっ」と呟き、肩を落とした。咄嗟に動いてしまったのだろう。テティならば、反則であることも忘れてメピスを庇う、というのも「いかにもやりそうだ」と思える。そして同様に、メピスの行動も予想がつく。

立ち上がり、メピスはテティの肩に手をのせた。

「助けたつもり？」

「いや、あのね。身体が動いたっていうかね」

メピスがテティの鼻づらに頭頂部を叩きこみ、喧嘩を止めるべくクミクミは駆け出した。

◇ピティ・フレデリカ

天井から下げられたシャンデリアの上ではガラス細工の魔法少女達が踊っていた。本来の意味での走馬燈をモチーフとした特注品で、魔法少女達も一人一人個別に発注、一流の職人に作らせた。ギターをかき鳴らして音符を浴びせるパンクロッカーのような魔法少女、水着の上から白衣を羽織った眼鏡の魔法少女、槍のような長刀のような武器を構えた学生服風コスチュームの魔法少女、玉乗りをしながらジャグリングをするピエロを思わせる魔法少女、他にも様々な魔法少女が現れては消えていく。

金にあかせたシャンデリアに比べて、照らされる室内の方はいたってシンプルだった。向かい合うソファー、大テーブル、市松《いちまつ》模様の絨毯くらいしかない。

小さなソファーの方には占い師風の魔法少女「ピティ・フレデリカ」が膝を崩しリラックスした様子で腰掛け、部屋の隅には鎖と札で拘束された魔法少女が蹲っている。ピクリとも動かず、生きているか死んでいるかを外から推測することさえ難しい。

フレデリカは柔らかな手触りの台座を取り出し、テーブルの上に置いた。魔法のかけられた絹を用いて職人が織り上げた最高級の一品と聞いている。台座の上に水晶玉を置く。安定感抜群で座りが良く、クッションの良さによってしっかりと支えている。金に糸目をつけず自分の目で選んだ物の満足度はいつだって高いのだ。

フレデリカは右手で水晶玉を撫でた。指一本一本に髪が巻き付けてある。

水晶玉に映像が投影された。大きな鍋の前、右手に小皿を持つ魔法少女が顔を顰めている。青いネクタイが鍋の火に煽られひらひらと揺れていた。パナースは今日も趣味に精を出しているようだ。果たしてどのようなラーメンができるのだろうか。

「味の纏まりが悪い。キノコの種類を増やし過ぎたせいか散漫になっている」

どうやらスープ作りが上手くいかなかったようだ。匂いと味を楽しむことができないのはフレデリカの魔法の数多い欠点の一つだった。美味しそうなものを前にして生殺しはごめんだと映像を切り替える。

校舎裏らしき場所で魔法少女達がたむろしている。例の学校に通っているカスパ派の——近衛隊の子達、それプラスアーデルハイトがなにやら話をしているようだ。

「オメーらほんっと役立たないのな」

「いや……メピス……今回は、人のこと……いえない、だろう……」

「ああ？」

「役立たずいうなら私も早々に脱落したしクミクミもそうやね。カナも、まあ、役には立っとらんわな。メピスかて出ィ子にのせられて本筋関係無いとこでずっと走っとったやん。今回ちゃんと自分の仕事したいうたらリリアンくらいちゃうん？」

「出ィ子っつー大戦力を戦場から引き離してたんだろうがよ！　それを仕事してないってのはどういう話さ。おかしいじゃん、仕事しまくってたっつーの」

「そこで仕事しとったとしてもテティ相手に乱闘騒ぎ起こして退場処分食らったんはアウトやないかな」

「それはテティが悪いだろ！　あのクソアマ！」

せっかくの中学生魔法少女達がつまらない喧嘩をするなどもったいない話だ。見ているだけで気が滅入るので映像を切り替えた。

応接室らしきソファーのある部屋で魔法使いと魔法少女が向かい合っている。魔法使いの方はカスパ派のエージェント、魔法少女の方は魔王塾の古株だ。双方とも腹黒い。

「魔法少女を必要としているのです」

ソファーの上で寛ぐ、を通り越し、ほとんど寝ていた魔法少女は僅かに姿勢を正し、紺の背広に灰色のネクタイで三角帽子というハロウィンパーティーから抜け出してきたかのような男の言葉に耳を傾けている。

「『魔王塾』の卒業生で手が空いている方を紹介していただきたい」

「またあ？　エイミーともな子を紹介したでしょ。それにアーデルハイトだって」

「いやいや感謝していますよ。紹介していただいた皆さんは本当に素晴らしい魔法少女でした。それはそれとしてまた人手が足りなくなってしまいまして」

「年中バイト集めてるコンビニみたいなことというなあ」

「ブラックという点に関しては……まあ、私が文句をいっても始まりません。それは置いておくとして、とにかく人数が欲しいのです」

「集められるだけ集めたらすっごい人数になっちゃうよ。金庫空にしてどうすんのさ」

「カスパ派の金蔵を空にしても良い、とのことです」

魔法少女が完全に起き上がった。

「なにするつもり？　クーデターでも起こす気ぃ？　ちょっとお勧めできないよ？」

「クーデターよりは難易度は低いのでご安心を」

「へええ！」

魔法少女は笑った。歯を見せて笑う顔から品性の下劣さが透けてみえるようだった。フレデリカは好ましく思った。

魔法少女学校にいるのは各勢力から送り込まれたプロ魔法少女だけではない。善良で真っ当な学生魔法少女もいる。その中に殺し合いを愛する外道を投入すれば、フレデリカでさえ目を覆いたくなるような痛ましい事態が発生するだろう。スノーホワイトがそれを防ごうとした時、いったいなにをするのか。それとも防げずに無力さを嘆くしかないのか。

身体を張って二人に相対し、力及ばず倒れてしまうのか。違うだろう。フレデリカの予想など簡単に超えてくれるはずだ。きっとそうなる。想像するだけで顔が綻ぶ。

スノーホワイトのことを考え、身体が動いた。映像を切り替える。

水晶玉にはなにも映っていない。ただの水晶玉としてそこにあるだけだ。一分待ち、二分待ち、三分待ってもなにも起こらず、フレデリカは魔法を解除した。

スノーホワイトが映らない。薬指に結んだこの髪は、間違いなくスノーホワイトのもののはずだ。なにかしらの対策を施していると考えていいだろう。今の彼女であれば協力する魔法使いもいるはずだ。魔法使いの魔法によってフレデリカの水晶玉を跳ね除けているか、それとも別の手を使っているか。

フレデリカは肩を揺らして笑い、縛られた魔法少女が嫌がるように身動ぎした。

第五章　私のいるべき場所

◇カルコロ

メピスとテティの乱闘は見なかったことにしたかった。しかし、他の生徒も騒ぎ、止めようとし、ここまで騒動になってしまっては流石に目を瞑ってやり過ごすこともできない。

二人を引き剥がし、一応の仲裁をということで握手をさせてお互い頭を下げさせた。喧嘩というよりはテティの方が一方的に攻撃されていただけだが、彼女は不満を漏らすこともなく粛々《しゅくしゅく》と指示に従った。逆に加害者であるメピスの方が不満たらたら、「なんであたしが」「クソ」「ボケ」と毒づくことしきりで、とにかく謝ろうとしない。謝るまで授業は終わらないという伝家の宝刀でようやく形ばかりの謝罪をさせたが、嫌だけど仕方ないから渋々やるという思いが顔からも仕草からもぷんぷんに溢れていた。

教室に戻って六時限目「現代魔法少女犯罪史」の授業が始まってからもクラス全体の雰囲気はピリついたままで、メピスは不機嫌そうに顔を顰めているし、テティは申し訳なさそうな目でちらちらとメピスの方を見る。これでは落ち着いて授業を受けることもできないだろう。

「森の音楽家クラムベリーに触発され、彼女の没後に事件を起こした魔法少女もいます。ガトリングパラコとハルバードエミリンの二人は強盗を繰り返しながら旅を続け――っと失礼、ガトリングパラコとハルバードエミミンでしたね」

教師の方でもこれでは落ち着いた授業など無理だ。事件を完全終結させるためにはけじめをつけさせる必要がある、と判断した。

メピスには原稿用紙二枚分の反省文を書いてから帰るようにと命じた。人を殺しそうな表情でこちらを睨んだが、気圧されることなく、少なくとも気圧されているようには見えないよう背筋を伸ばしてもう一度命じ、メピスは班員達に引きずられるようにして自分の席へと戻っていった。

テティの方はほぼ被害者でしかないため口頭注意だけでいい。

テティよりもカナだ。こちらは職員室に連れていき、模擬戦中、なぜホムンクルスを一切攻撃しなかったのかと訊ねた。カナは表情の無いまま、態度だけは従順に応えた。

「ホムンクルスが相手であればプライバシーに配慮する必要はない。つまり俺の魔法を十全に使うことができると考えた。ホムンクルスの弱点を聞き出すべく俺は彼らに質問した。その結果、大いに得るものがあったといっていいだろう。ホムンクルスの大きな弱点は合計三つ。管理者権限を持つ者に逆らうことができない。強い光、特に日光に曝されると動きが鈍くなってしまう。仲間への攻撃は絶対に避けるよう本能に植え付けられている。最後の本能云々はホムンクルスの知能が低い故の措置だろう。教育によって仲間への攻撃をさせないようにするよりは本能に働きかけて同士討ちを防ぐというある種の合理的な設定により統制を図っている。しかし俺の言葉を理解する知性が与えられていたのを見るに、本能ではなく後付けの教育でも良かったのではないかと思わなくもない。恐らくはコスト面の問題だとは思うが」

馬鹿にしているのか、それとも本気でいっているのか、とにかく正気を失っているのか、カルコロにはわからなかった。ただただ強烈な圧を感じた。怠《なま》けていたわけではないならよろしい、と送り出した。

彼女の物言いから察するに変身前はかなり年嵩《としかさ》で、なおかつ魔法使いであったりはしないだろうか、と指先でペンを回しながら思いついた。体育館ではカナの動きをそれとなく見張っていた。体育館の床を指して「このような術式を見たことがない」といっていた。いかにも世間の常識に疎い魔法使いが口にしそうな言葉ではある。

珍しいことにハルナは未だ校長室で書き仕事をしている。カナの言動にプラスして「あくまでも推測である」という但し書きを付けた上でカルコロはハルナに報告をした。

そして一笑に付された。

「くだらんことを考える」

「いえ、その、はい、申し訳ありません。愚考は愚考と流していただければ」

「そうだ。愚考は愚考でいい。考えることにも意味はある。百に一つも正解があれば、そしてそれを拾い上げることができる上役がいれば、愚考に意味が出てくる」

怒ってはいないらしいことに気付き、内心ほっとしながら上目遣いで上司を見た。タイミングを合わせたのか、それとも偶然か、ハルナはカルコロの目前に人差し指を突きつけ、カルコロは仰《の》け反《ぞ》り、尻餅をつくのをなんとか堪《こら》えた。

「レクリエーションを見ていてなにか思うところはなかったか？」

「それは……あの」

「カナだけではない。他の生徒についてもだ。いつもと違う様子は無かったか」

ハルナの言葉、態度、前のめりの姿勢、それらが「彼女は既に答えを得ている」ことを示している。つまりカルコロはハルナの答え合わせに付き合わなければならない。全く見当外れなことを口にすれば叱責され、評価が下がる。

「そうですね。ええ、そうですね……まずカナが混ざっていました。彼女の働きが良かったとはいえず……」

「そんなことを態々あげつらう必要は無い」

「は、失礼しました……ええとカナ以外ですね……そう、ラフプレーに走る者もいて……」

ハルナが右目を眇めた。求めていた回答ではない。カルコロの背筋に冷たい汗が落ちる。

「いや、そういう面もありましたが、もっとこう……そう、積極性が……こう、増していたというか、勝負に対する熱意が……増していた、のではないかと。メピス・フェレスが競技に熱中するのは元よりですが、一班と三班……特に三班はより強い形でゲームに魔法を絡めるようになったという印象を受けました。前回はもっとこうプリミティブといいますか、身体能力の高さ、魔法の使い勝手、この辺が勝敗に直結していましたが、三班は出し惜しみせず魔法を見せるようになり、一班はゲームに関わりが薄いように見える魔法であっても工夫を凝らして使っていく、というように」

ハルナは腰を引き、深く椅子に掛けなおし、指を組み、両手を机の上に置いた。

「より貪欲に勝利を求めるようになっている」

「そういう言い方もできる、と思われます」

ハルナは心底から忌々しそうに顔を歪めた。顔立ちそのものが端正な分、立場も合わせると恐ろしげな表情がより恐ろしく感じる。怒りの矛先がカルコロに向いていないということはわかっているが、だからといっていつまでも向かないとは限らない。

カルコロは肩を震わせ身を縮めた。

ハルナは椅子を引き、指を組んだまま手を膝の上に下ろした。

「よくないことを考えている輩がいるらしい……この学校に狙いを定めている」

「えっ、はい」

「転校生をよく見ておけ。報告は密に」

彼女を見ていると心の健康が損なわれるのです、といい返す権利をカルコロは持たない。それこそが我が意であるとばかりに素早く頷く以外の選択肢は存在しない。

部屋から出るなり溜息が出た。カナの転入から始まり、昼休み、レクリエーションと心が休まる時の無い長い一日だった。思い返すとまた溜息が出た。

◇テティ・グットニーギル

一日が終わろうとしていた。とにかく疲れた。

メピスは居残りで反省文、カナは模擬戦中の怠慢を見咎められたとかで職員室に連行されていき、とにかく大変だったとミス・リールやラッピーと零し合った。

「そういえば、あれ、返した？」

藤乃は小声で訊ね、ミス・リールは輪をかけた小声で「返しそびれました」と応えた。

模擬戦が始まる直前、一班の方へこそっと近寄ってきたプリンセス・ライトニングが「どうぞ」とコスチュームの短剣をミス・リールに手渡した。意味がわからず「どういうこと？」と問うとまるで予め準備しておいたらしいノートの切れ端を押し付けられた。

ノートの切れ端……手紙にはこのようなことが書かれていた。

「普通にやれば強い子揃ってる二班が有利だから協力しない？　あからさまに二班だけ邪魔するんじゃなくて、どっち邪魔するか迷った時に二班の方をってくらいでいいから。この剣はその証として貸してあげる。いい感じに役立ててくれると嬉しいな」

ドリィとアーリィはきゃっきゃと喜んでいたものの、それ以外のメンバーは概ね困惑した。二チーム合同で一チームを狙い撃ちにするというのはフェアプレーの精神に反している。

一班は円陣を組んで相談した。

「どうしよう」

「今更返すのもちょいアレかなって！　じゃあ、まあ、しゃあないし使っちゃう？」

「でも気が引けますよね……メピスさん、絶対勝つぞって感じだもの」

「つーかさ、それ実際どう使う？　まさか刃物使うわけにいかねーっしょ！」

使うべきか使わざるべきか、という話し合いが、いつしかどのように使うかという話し合いに転じ、ミス・リールがこっそり握って自身の材質をライトニングの短剣に変化させ、瞬間的に稲光を発することで目晦《めくら》ましをする、という案が出た。こうなると使ってみたい、という気持ちが湧いてくる。とりあえず多数決で決めようということになり、賛成がドリイ、アーリィ、ラッピーの三名。反対がミス・リール、テティの二名でライトニングの短剣は使用するということになった。
テティはゲーム中絶えず後ろめたさを抱えていた。多数決になれば使用することになるだろうというのはわかっていた。ラッピーが使うに吝《やぶさ》かではないという態度を見せ、ドリィとアーリィは素直に戦力強化を喜んでいた。ミス・リールは気が進まないようだったが、テティがそちらに一票を投じたところで三対二で使用派が勝つことは目に見えている。

勝ちたいという気持ちはあった。二班を競うべき相手と考え、一班を対等な相手と見ていないライトニングにもむっときた。確かに模擬戦では一歩譲るところはあるかもしれないが、きちんと作戦を立てれば一班でも立派に戦えるはずだ。ミス・リールがライトニングの剣をこっそり持って魔法を使う、というやり方を思いついた時は「やった！」と内心快哉を叫び、思いついたアイディアはなんとしても使いたくなった。

ただ建前の上では使うべきではないと思っていた。だから多数決という決定法を採用し、自分は反対しておきつつ班全体の意志として使用を決めた。素直に使おうというより余程悪辣《あくらつ》だ。キューティーヒーラーやひよこちゃんなら絶対にやらないことだ。

気のいい班員達も班長の覚悟まで思いが及ぶことはなく、今日は大変な一日だったねで終わってしまった。

生徒は通学用の「門」が一人ずつ違うため、帰り道が一緒ということもなく学校でお別れになる。しかし藤乃は帰る気にもなれず、かといって殺気立ったメピスが原稿用紙に鉛筆を走らせている教室に残る気にもなれず、無駄にゆっくり廊下を歩き、行きたくもないトイレに入り、渡り廊下から体育館の前に出てしばし佇んだ。

悩んだところで帰る家は一つしかない。溜息を吐き、中庭の門へ向かおうとしたところで呼び止められた。カルコロだった。

「テティさん、ちょっと訊ねたいことがあるんですけどいいですか？」

「はい……なんでしょうか」

「今日のレクリエーションなんですけどね」

どくんと心臓が跳ねた。今思い悩んでいたことを突然口に出され、心に波が立つ。

「一班は、こう、以前に比べて色々と工夫をされていたようですね」

色々と工夫、というどうとでもとれそうな言葉が藤乃の胸を刺す。なんと返事をすべきか考えている間にもカルコロの話は続く。

「ラッピーさんの床に敷いたラップ、それにミス・リールさんがやった最後の――」

鼓動は静まらない。カルコロはわかっていて言葉で責めようとしているのか、それとも純粋に褒めているのか。この教師が生徒を褒めるようなことは滅多にない。ましてや放課後に呼び止めてまで話を振ることなど他の生徒からも聞いたことがない。

改めてカルコロの顔を見た。表情から考えていることを推し量ることができない。なにを考えているかわからない。落ち着け、と自分に言い聞かせる。

「ミス・リールさんが強烈に光ったでしょう。あれはいったいなにをしたんですか？」

表情からは全く悪意が窺えない。純粋な疑問として訊ねているのだろうか。それにしても藤乃の心を鋭く抉ってくる。もう一度浅く息を吸い、胸に手を当てた。心の内側から声が聞こえる。これはチャンスだ。カルコロが知っているにせよ、知らないにせよ、ここで罪を告白すれば、それ即ち懺悔《ざんげ》だ。天啓のような閃きに心臓が一際大きく跳ねた。

「プリンセス・ライトニングから借りた短剣を使いました」

声は上擦っていない。ごく自然に話すことができた。ああ、話してしまった、と思い、同時に胸の内側に爽やかな春風が吹き込むような解放感があった。

「ミス・リールに持たせて、タイミングを合わせて短剣の性質をコピーさせました」

カルコロが眉を上げ、口をすぼめた。驚いている。

藤乃は深く息を吐いた。ついに告白してしまった。ライトニングに罪を着せるような言い方にならないよう気を付け、あくまでも自分の意志でやったように話した。実際、選択したのは間違いなくテティだ。罪をかぶるとすれば、ライトニングでもなければ一班の班員達でもない。テティ以外にない。

カルコロの表情が徐々に戻り、目を瞑って深く二度、頷いた。

「他班との協調ですか」

「はい……そうです」

「三班にはどういうメリットがあったのでしょうか」

　メリットという言葉に思考が停止した。なにも考えることができず、それでもとにかく話さなければと口が開き、出てきたのはライトニングの受け売りだった。

「純粋な強さでは二班がトップです。その二班を沈めることができるのだから、その、三班も……ええと、得です。二班が最下位なら二位以上にはなれますし」

　カルコロは顎に指を当て「競争意識がある」と呟き、その後はぎゅっと口を引き結んで言葉にすることはなく、しばし何事かを考えているようだった。

「あの、先生」

「ああ、失礼。呼び止めてすいませんでした。ええ……ああ、そうですね。三班との協力があったとは予想外でした。流石情報局の魔法少女というところですね」

　それではさようならと去っていくカルコロの背を呆然と見送った。罪の告白をしたつもりだったのに、相手は罪を罪と認識しておらず、どちらかというと褒められてしまった。

　藤乃はきつく目を瞑った。倫理観が揺らいでいる。なぜこんなことになってしまったのか。情報局の魔法少女といわれたが、情報局がなにかも知らない情報局の魔法少女などいるものだろうか。カナといいカルコロといい、なにをいいたいのか理解できない。

蹌踉《そうろう》とした足取りで中庭へ向かった。扉を押して中に入る。門へ至るまでの煉瓦《れんが》の道の傍らに、作業服の背中があった。藤乃は大きく息を吸い、背中の主が振り返った。

「おや。テティさん」

草取りをしていたらしい魔法使いの隣にしゃがみ、止めようとするのに「お願いだからやらせてください」と頼み込み、雑草を握っては抜き、握っては抜き、した。

「あのですね」

肩にかけた白タオルで額の汗を拭う魔法使いに対し、藤乃は意を決して質問した。

「情報局というものをご存じですか？」

「それは、まあ知っているけど……テティさん、どうして情報局を？」

「複数の人にですね、あなたは情報局の魔法少女だといわれるんです。でも私は情報局がなにかさえ知らないんです。私が知らないのに、他の人からは情報局の魔法少女だと思われているらしいんですけど、情報局ってなんなんでしょう」

「ははあ」

魔法使いは顔を上げ、つられて藤乃も空を見た。夕日で赤く染まった空を背景に、カラスが数羽横切っていく。魔法使いはしばしそのまま天を見上げ、顎先につっと汗が垂れ落ち、軍手の甲で拭き取った。土汚れが顎に線を描き、まるで髭のようだ。軍手が往復し、土汚れも拭い取られた。魔法使いは藤乃に向き直った。いつもはおっとりと微笑んでいる表情が、ぎゅっと引き締まっている。真剣な面持ちだ。自然、藤乃の表情も引き締まる。

「魔法の国には色んな部署がある、ということは知っているかな」

「はい、それは……具体的にはちょっとわかりませんけど」

「情報局というのは部署の一つだよ。色んな所の情報を集める、という仕事をしている」

魔法使いはふっと息を吐き、長くなるかもしれないからちょっと座ろうかとベンチを指した。魔法少女と魔法使いは隣り合ってベンチに腰掛けた。

「テティさんは情報局の魔法少女ではないね。でも、全くの無関係というわけじゃないんだ。どういうことかというと……テティさんをこの学校に推薦したのが情報局なんだよ」

藤乃は、ああ、と手を叩いた。

「それを知っている人達が、私のことを情報局の魔法少女だと」

「たぶん、そうなるね。この学校は色んな部署だったり、魔法の国の貴族だったりに推薦された生徒が入学している。大抵は支配下……要するに身内である魔法少女を推薦する。だからテティさんが情報局に推薦されたと知っている人は、テティさんが情報局の魔法少女だと思ったんだろうね」

「その、私、情報局とか全然知らなくて、なにをしている所なのかも今教えてもらって初めて知ったくらいなんですけど、なんで情報局は私を推薦してくれたんですか？」

「情報を集めている部署だといっただろう？　魔法少女の情報だって集めているのさ。自分達の情報を集められている、なんて聞いて気分は良くないだろうけど……」

「いえ、いいです。必要なことだと思います」

「そういってもらえるとありがたいねえ」

その口ぶりで気付いた。今、藤乃と話している魔法使いは情報局に所属している。情報局の者が「自分は情報局所属である」というわけがない、ということをカナがいっていた。

魔法使いは居住まいを正し、両手を自分の膝の上にのせた。

「気を悪くしないで欲しいんだけど、まずはお金のことがあるね。経済的な理由で魔法少女を続けるのが難しい子を優先して候補に挙げて――」

魔法使いがいうように気を悪くすることはなかった。むしろ胸の内側がほんのり温かみをもった。母を亡くして進学も魔法少女も続けられないという藤乃の窮状を見てくれている人がいたのだ。藤乃は胸に手を当て、魔法使いの話を聞いた。

「――その中から人格だったり普段の活動だったりで絞って……そうそうテティさんは色々とアイディアを寄せてくれていただろう」

「えっ。あれって上に届いてたんですか？」

「情報と名がつくものならなんだって拾い上げるのが情報局だからね。現状をより良くしたいと意見を出す積極的な姿勢が評価されたんだよ」

思わず唇を噛んだ。そうしなければ涙が零れてしまいそうだった。鬱陶しがられていただけ、なんの意味も無いと思い込んでいた上申書を評価してくれていた人がいたのだ。

魔法使いは目尻を下げて藤乃を見詰め、やがて安堵したような表情で前に向き直った。視線の先では鮮やかな緑色の――秋の黄色も好きだが、これはこれで良い――イチョウの葉が風に揺れている。

「他にも聞きたいことはあるかな?」

「それは……」

「なんでもいってくれていいからね。悩みとか、困ったこととか。ほら、そういうことを教えてもらえれば私も助かるんだよ。テティさんが過ごしやすくなるっていうことは、学校が良くなるっていうことだから」

魔法使いがなぜ自分が情報局に所属しているのか、それとなく伝えようとしてくれていたのかがわかった。頼りにしてくれていい、ということを伝えたかったのだ。藤乃は今度こそ泣きそうになったが、それでも耐えた。ここで泣いてしまえば、みっともないだけでなく、相手の思い遣りや優しさを無駄にしてしまう、そんな気がした。

情報局の人間として、恐らくはギリギリまで配慮してくれている魔法使いの心遣いに感謝をしつつ、涙の代わりに言葉を出した。ライトニングから借り受けた短剣を使ってしまったこと、間違っていると理解していながら多数決を使って自分の意を通してしまったこと、メピスに謝ることができなかったこと、くよくよ悩んでいることまで全て話した。

魔法使いは「ふむ、ふむ」とただの頷きとも相槌とも知れない反応を挟みながら最後まで聞いてくれた。軍手をとって傍らに置き、右手で拳を作り、親指だけ立てて顎に当て、そのままの姿勢でしばし考え込み、たっぷり一分は経過してから「ふむ」と頷いた。

「ライトニングさんが……その、協力を申し出てきたのは初めてのことなのかな」

「はい。今までなかったことです」

「そうか……なるほど、なるほどねえ」

「それがなにか……」

「いや、大したことじゃないんだ。よくあることなのか、そうではないのか、確認しておきたかったというだけのことだから。それよりも……仲直りしたいのかな？」

言葉に詰まった。仲直りがしたいのか、どうか。クラス内での揉め事を解決したいとか、運営がスムーズにいってくれると有難いとか、そういった願いは級長としてのものだ。藤乃として、テティとして、果たしてメピスと仲直りをしたいのだろうか。

藤乃は腕を組んで考えようとし、考えるまでもないことに気付いた。

「仲直りしたいです」

「それは良かった」

「でも……難しいかもしれません」

「そういう時はね。わかりやすい解決方法があるよ」

「あるんですか？　解決方法って」

「プレゼントだよ。それも絶妙なものがいい」

「絶妙……ですか」

「高価だったりすれば相手を戸惑わせるかもしれない。逆につまらないものではがっかりさせることになる。こう、あからさまでも押しつけがましくもない、でも素晴らしいものだってある。たとえば美しい景色とか」

　魔法使いは苦笑し「ここだけの話だよ」と前置きした。

「私がこうして庭木の世話や草むしりをしているのは、殆ど自分の趣味でね。ここに入ることができる人は限られているから見られる機会の無い庭いじりなんだ」

　藤乃の脳裏に疑問符が浮かんだ。今、藤乃は中庭のベンチに座っている。土日祝日以外は毎日二回中庭を通って登下校をしている。限られているもなにも無い。

「不思議に思うよねえ。登下校で使う門が中庭にある人……つまりテティさんはあくまでも例外的に中庭に出入りしているんだよ。普通は入ることができないんだ」

　魔法使いは煉瓦道に向かって軍手を投げた。はらり、と落下し、同時に煉瓦と煉瓦の隙間から液体のような個体のような黒いなにかが染み出し、軍手を掴んでベンチの上に投げ返し、するりと隙間に戻っていった。藤乃は震える手で煉瓦道を指差した。

「あ、あれって」

「警備用のホムンクルスだよ。普段は目につくこともないけどね。こうして私の手助けをしてくれることもあるし、忍び込んだ不心得者を捕まえることだってできる。いや、怖がらなくていいからね。悪いことをしなければ恐ろしい存在じゃないから」

一ヶ月以上学校に通って今まで一度も気付かなかった。藤乃は音を立てて唾液を飲み込み、深々と息を吐き、ベンチの背もたれに寄り掛かった。

「知らなかった……」

「生徒に教えることじゃないからねえ。まあ、こういう諸々があって安全が保たれていると思ってくれていいよ。だから中庭には許可なく入ることができないんだ。で、さっきいったプレゼントの話だけど、この庭をメピスさんにも見てもらうというのはどうだろう」

「この庭を？」

「ささやか過ぎるかもしれないけれど……一応綺麗な庭だとは思うよ。他の人には内緒でこっそりと入ってもらう、くらいのことは私でもできるから」

綺麗に刈り揃えられた芝生、くるりと回った可愛らしいデザインの木製ベンチ、煉瓦の小道とハートマークがついたアーチ門、規模は小さいが、かえってそれが「秘密の庭園」という感じがして、雰囲気がある。メピスの趣味に合うかどうかは微妙なところだったが、ここがテティ以外誰の目にも触れないというのはもったいない。

「そして、その上でメピスさんには正直に謝った方がいい」

「正直に……」

「あの子はね、ちょっと気が短いところがあるけど、さっぱりした良い子だよ。ちゃんと謝れば許してくれるし、それで尾を引いたりもしない」

頭に浮かんだのは小学生時代の、まだ魔法少女になっていない頃のメピス――佐山楓子だった。なにかというと腕力に訴えるガキ大将気質の子だったが、喧嘩をいつまでも引っ張ったりはせず、殴り合った相手とも翌日には冗談を言い合って笑っていた。

メピスには謝ろう、そう決めた。重かった心が、風船でも付けたように軽くなっている。メピスのことだけではない。情報局のことも教わり、そのおかげで心が軽くなった。まるで魔法のようだと思い、相手が魔法使いだったことを思い出して小さく笑い、頷いた。

「そうですね。それがいいですよね。謝ります」

「うん、うん」

頷きながら例の心からほっとする微笑みを浮かべ、それを見た藤乃の口元もほころんだ。二人はしばし風に揺られるイチョウを眺め、やがて魔法使いが「よし」と膝を叩いて立ち上がった。

「仕事の続きをしないとね」

「あ……すいません、お仕事の邪魔をして」

「いやいやとんでもない。今日は良いことを聞くことができたよ。ありがとう」

◇ランユウィ

ドアが遠慮がちにノックされた。ベッドに寝転びながら首から上だけを起こし「どうぞ」と声をかける。ドアが開かれ、モヒカンヘアが、ぬっ、と入ってきた。

「どうぞどうぞ」

ランユウィは起き上がり、パソコン用デスクの前にあったキャスター付きの椅子を引いた。ベッドの上のクッションを椅子の上に放り、半回転させて向きを変える。床に堆積して通り道を邪魔していたティッシュの空箱やプラスチックのゴミ箱を空いている方の足でささささっとどけて「どうぞどうぞ」と繰り返し、椅子に座ってもらった。

「汚い部屋で申し訳ないっす」

出ィ子は椅子に腰掛け、机に肘をかけた。サイズが合っていないのか、椅子の高さを調整し、頷き、座り直す。外見から受ける豪快で破天荒なイメージに反し、彼女は几帳面で神経質なところがある。

「訊きたいことがある」

ランユウィは右目だけを瞑ってみせ、肘を膝にのせ、前のめりで出ィ子の方を向いた。

出ィ子は頬も口元もリラックスしていたが、目だけは笑っていない。

現在、二人はエージェントとして極秘の任務を遂行中だ。魔法少女学級で学生として生活し、卒業後の就職まで視野に入れて活動する。ただし指令があった時は別だ。それに従って動く。

「ライトニングが一班との協調体制をとった理由を知っているなら教えてほしい」

ランユウィはベッドの柵に肘をかけ、ギィとベッドが軋んだ。ランユウィは思わず背を伸ばした。自分で発した音に反応するという様は滑稽に見えなくもなかったろうが、出ィ子は笑わず、黙ってランユウィを見ている。ランユウィは束ねた髪をひらひらと泳がせ、出ィ子を見返し、そのまま見詰め合い、三十秒経たず目を逸らしてふぅと息を吐いた。

「聞かされてはいないっすね」

この一言だけでけっこうな心の準備を必要とした。ランユウィがライトニングと親しくなろうとしていることを出ィ子は知っている。そしてそれが上手くいっていないことも知っている。未だ信頼を得られるところまでいっていない、と口にすることに抵抗があった。ラズリーヌなら何事でもないようにさらっといってしまえるはずだ、と思わなければいえなかった。結局時間がかかっているため、ラズリーヌにはほど遠かったが。

出ィ子は右側頭部、鵺が描かれている部分に、ぽん、と手を当てた。

出ィ子はランユウィの煮え切らない態度も濁した言葉も悲しいくらいに理解できてしまっているのだろう、と思う。それだけ付き合いは長いし、お互い三代目ラピス・ラズリーヌ候補だったのだから勘は良い。ランユウィはそれをわかった上で話している。

「ただ、予想はついてるっすよ。一班と二班を仲違いさせたかったんじゃないかって睨んでるっす。目論見がストレートに成功したってわけじゃないけど、実際、メピスとテティが喧嘩したわけで、だったらだいたい成功したっていえるんじゃないっすかね」

出ィ子が顔を上げた。ランユウィは紺色がかった瞳を真正面から見返した。

「なぜライトニングが二班と一班の仲違いを望む？」

「それは……なんすかね。まあ色々あるんだと思うっすよ。ライトニングだって、あたしらみたくどこかから送り込まれてる魔法少女なのかもしれない……っていうかたぶんそうっすよね。見るからに只者じゃないじゃないっすか」

出ィ子はランユウィを見ている。ランユウィは息を吐き、唇が乾燥していたせいで口笛のような音を鳴らした。出ィ子は無表情のまま頷き、椅子の高さを再調整、低くしてからゆっくりと立ち上がった。

「上から指令が入った」

「は？　聞いてないっすよ」

「今いった。学校の全体図を作ってほしい、ということだ。なにか目的とする場所があるらしいが、詳しいことは教えてもらっていない」

二人はしばし見詰め合い、体感で先程の半分くらいの長さで出ィ子が踵を返し、特に挨拶するでもなくドアを開けて部屋から出ていった。残されたランユウィは、ベッドの上で唇を舐めた。乾燥しきっている。舌の上に引っかかりを感じた。

ラズリーヌに選ばれたかった。皆が「ランユウィはその器じゃない」と思っているのは知っていた。でもなりたかった。何者かになりたくて、ラズリーヌこそがその何者かであると信じていた。ライトニングのような自信が欲しくて、でもどうしても得られない。足搔けば足搔くほど掌から零れ落ちていく。ラズリーヌのように振る舞おうとし、ラズリーヌのような口調で話しても、意味なんて無い、と知っている。知っていた上でやめられない。

同じラズリーヌ候補でも出ィ子はあっさり諦めることができた。それも評価された上で、師匠から直接指令を受ける立場にあるのだろう。知っていてもランユウィは諦めない。三代目が無理なら四代目だ。今回の任務を成功させれば、きっとそれに近付く。

◇カナ

教室に戻ると誰もいなかった。カナが知る教室というものは、常に魔法少女が大勢詰めていて、うるさい、狭い、そういったマイナスの印象を受けていた。しかしこうして誰もいなくなってみるとすっきりし過ぎている。ガラン、としている。寂しさのようなものを感じているのかもしれない。感受性が伸びたものだと自分に感心し、腕組みをして教室内を歩き、しばし「寂しさ」に身を浸し、十秒で飽きた。寂しさは楽しいものではない。

しばしの間悩んでいると「おい」と声がかけられた。魔法少女の声ではない。教室の扉から顔を覗かせ、いかにも胡乱な物を見る目を向けている顔は今日だけで三度目の対面になる。カナと会う時、彼女は常に険悪な雰囲気と表情を纏っている。

魔法少女学校の総責任者、ハルナ・ミディ・メレンだ。

「いつまでもダラダラ残ってるんじゃない。さっさと帰れ」

「帰る？ 俺がどこに帰るというのか」

「家に決まっているだろう。人を馬鹿にしたようなことをいうな」

「家は無い」

ハルナの表情からすっと熱が引いた。なにも見ていない、なにも聞いていない無表情で「そうか」と一言呟き「とにかくさっさと学校から出るように」と続けた。カナが「学校から出てどこに行けばいいのか」と聞いた時には、既にハルナは消えていた。

カナは駆け出し、教室入り口から飛び出して、廊下を歩いていたハルナの前に出た。突如行く手を塞がれた女魔法使いは驚き、その後、嫌そうに顔を歪め、カナを避けて進もうとし、カナは前を塞ぐべくスライド移動し、接触する寸前でハルナの方が足を止めた。

「なんなんだお前は。とにかくいつまでも学校にいるんじゃない」

「だから行く場所が無いのだといっている」

「まず口の利き方がなっていない」

「俺の出自が不明である以上、どちらの立場が上かは未確定といえるのではないか」

「たとえお前が始まりの魔法使いであろうと今は生徒と教師だ」

「なるほど。実にもっともな話だ。それはそれとして俺の帰るべき場所だが」

ハルナは顎を引き、額を前に出し、後頭部に手を置いて頭を掻いた。前髪が乱れたがそちらには構わず、人差し指でトントンと右のコメカミを叩いた。

「カスパ派のアジトなり支部なりに戻ればいいだろう」

「この種の任務は完遂するまで基地へ帰還することがないのではないだろうか。そもそも場所がどこなのかも俺は知らない」

「刑務所に戻れ」

「刑務所は俺の家でもなんでもない。そしてやはり場所を知らない」

「責任者に訊け」

「連絡先を知らない」

「私が関知するところではない」

「無責任ではないだろうか」

「カルコロに訊け」

「カルコロが決定するに際しハルナに許可を求めねばならないとするなら、ハルナに今決めてもらうのが一番面倒が少ないと思うが」

「こっちは忙しいんだ。今からやらなければならないことが山積している」

「ならば早く決めた方がいいだろう。いっそ学校に寝泊まりするというのは」

「いいわけがないだろう！」

「ならば、だ。ハルナの家に泊めてはもらえないだろうか」

ハルナは大きく目を開いた。睨むとも違う表情——信じられないものを見る目が近い——をカナに向け、二度三度瞬きしてから首を左右に振り、大きく息を吐いた。首の後ろをぴしゃぴしゃと叩くと、とりあえず纏めたように見えるひっつめ髪と長い耳が左右に揺れた。

「お前は……なんだろうな」

「それは俺にもわからないことだ」

「話すどころか秒単位の関わりさえ持ちたくないが、職業上の義務として話してやる」

「感謝する」

「教師と生徒が同じ家から学校に通っていては大不祥事になるだろう」

「……いわれてみれば確かにその通りだ」

「わかったなら帰れ」

「では野宿しかないな」

「なぜ野宿をする。ホテルにでも泊まればいいだろう」

「金が無い」

「カスパ派はいったいなにを考えている」

「それは俺が聞きたい」

「野宿はするな。万が一問題でも起こせば学校に傷がつく。いや、万が一じゃない。お前なら百が一か十が一でも問題を起こす。目に浮かぶ。絶対に駄目だ」

「ならばどうしろと——」

カナはハルナから視線を外して廊下の奥に顔を向けた。ハルナも同様にそちらを見た。内履きがペタリペタリと床を叩く音が次第に近付いてくる。廊下を曲がり、こちらを向いた少女は眼鏡におさげ髪で目つきが悪い——メピス・フェレスだ。カナとハルナが揃って自分の方を見ていることを不思議に思ったのか、眉根を寄せ、しかし教師相手に咎めることもできないのだろう、唇を引き結び、胸を張り、ともあれば無作法な足音を立て、大股で歩く。

カナは目だけでハルナを見た。ハルナもまたカナを見ていた。カナは頷き、ハルナは頷き返した。メピスは二人の遣り取りをやはり不思議そうに見ていたが「なにをしているのか」と質問しようとはせず、それなりに気にしながらも我関せずを貫くといった態で教室のドアに手を伸ばしたが、ハルナが「おい」と呼びかけたことで動きを止めた。

「なに？」

下着の色について忠告を受けた時に次いで不機嫌そうに見える。それでもハルナには教師であるという立場上の上方修正があるからだろう、怯むことなく上から命じた。

「彼女……カナは住む家が無くて困っていそうだ。泊めてやれ」

不機嫌とは別の方向で表情が歪んだ。驚き、怒り、不可解、そういったものが混ざっているのではないかとカナは推測し、他者の心理を推し量ることが随分と上手くなったものだと一定の満足を得、「よろしく」と右手を挙げた。

「ふっざけんなボケ！」

歓迎されることはなかった。メピスは拳で壁を殴りつけ、ハルナへ詰め寄った。

「何様？　つうか誰あんた？　魔法少女……か？　いや、なんか違うな。異世界からの転生者？」

メピスは目の前の魔法使いが何者であるかを知らずに話していたらしい、ということにカナは気付いた。これは知っていた方が良かろうと掌でハルナを指し教えてやった。

「彼女は校長だ」

怒り一色だったメピスの顔が歪み、鉛でも飲まされたような表情になった。ハルナの方はといえば、こちらは紛れも誤魔化しもなく怒り一色だった。

「ボケに何様にあんたか。いってくれるなあ、メピス・フェレス」

メピスは言葉になっていない言葉を口にしながら半歩下がった。カナの方にちらりと目をくれたが、カナが彼女に出してやれる助け舟は無かった。ハルナは一歩前に出、距離を詰めた。メピスの胸元に指を突きつけ、地の底から響くような声を出した。

「命令だ。メピス・フェレス。お前の家にカナを泊めてやれ」

メピスは小声で「横暴だ」と呟いたが、ハルナの声にあっけなくかき消された。耳に届いたかどうかはわからなかったが、届いていても届いていなくても、怒れる校長はただ自分の話したいように話すだけだろう、とカナは思った。

「カスパ派如き……近衛隊如きが後ろ盾になると思うなよ、クズ魔法少女。私が優しい顔をしていられるうちにそいつを連れてさっさと帰れ。クラスメイト同士仲良くしていろ。いいな？」

返事を待つことはなく、背中を見せてさっさと歩み去った。メピスは呼び止めようともせず、それどころか呼吸さえ止めている様子でハルナを見送り、校長室へ続くT字路を右に曲がって姿が見えなくなったところでようやく息を吐きだし、肩を落とした。

「トイレなんか行かずにさっさと帰ればよかった……」

「俺は助かった。大いに感謝している」

「あのエルフ、校長かよ。始業式で存在と肩書だけ聞いたはずだけどあれだよな。魔法の国の偉いさん……情報局の副局長だっけか。すっげー怖いとこなんだとか」

「そうだったのか。それはすごいな」

メピスはカナを見上げた。とても恨みがましい顔に見えた。

第六章 The sweet trap

◇カナ

改めて拒否されるか、置いていかれるか、それとも途中で撒《ま》かれるか。といったメピスの反応を想定し、なにが起きても離れたりはするまいとカナなりに用心していた。が、用心の対象はなにもいわずに歩き出し、ひとまずそれについていった。

体育用具室の門から街に出、メピスは魔法少女に変身した。ビルの上を走り、鉄柱を蹴ってケーブルを伝う。カナもメピスと同じことをし、同じ方向を目指す。今日はひたすらに誰かの後を追ってばかりいる日だったと軽く追想し、真似できる誰かがいつまでもいるとは限らないのだから、仕事も帰り道も覚えておかねばと密かに決意した。そしてこの決意が大変に立派なものであると自己評価し、やはり魔法少女として成長していると人知れず自賛した。

灯りの眩しい繁華な地帯を超え、暗い方へと向かう。カナは繁華な方も気にならなくはなかったが、魔法少女の移動速度で脇見をするのは危険だという経験則を持っていた。速度によっては躓《つまづ》くだけで部屋の一つどころか建物一棟を崩壊させることさえある。

脇見は論外として、後を追って走る以外の余計なことを考えて無意識に足を動かすことも危険である、という経験則を持っていたことも思い出した。自己評価や学校での反省も含め、走っている最中に余計なことはやめると決めてひたすらにメピスの後を追い、足を止めた時はコンクリート製で縦長の長方形という建築物の屋上にいた。似たような形、というよりカナの目には全く同じ形に見える無機質な長方形が周囲一帯に林立している。

「これは……そうだ、ビル群だ」

「団地だよ」

「団地か。覚えておこう」

覚えとく必要がどこにあるよとぼやきながら、メピスは胸元から小さな金属片を取り出し、見せつけるようにカナの目前へ持ってきた。この形はカナも知っている。鍵だ。

「管理人からこっそり拝借してやってね。スペア作ってから戻しておいた」

メピスはどこか自慢げに話し、取り出した鍵で屋上に突き出した扉を開き、カナを内側に招き入れた上で閉め直した。内側は黴《かび》臭く、天井壁問わず煤《すす》けたように黒っぽく汚れている。下側へ続く階段を一フロア分下降し、別の扉の前に立つ。金属製でどこか安っぽいという共通点はあったが、屋上の扉に比べると多少分厚く頑丈に見えた。メピスは先の物とは別の鍵で扉を開き、カナは黙ってメピスの後について中に入った。

扉を閉めると黴臭さは薄らいだ。入り口付近が靴置き場になっているらしく、メピスはそこで靴を脱いで室内に入っていく。カナはメピスの後を追う。

短く狭い廊下だ。そこを通ると部屋に突き当たる。入り口に布がかけてある。文様が記されているが、意味はわからない。装飾品としてはみすぼらしい上に古臭く、目隠しとしては短か過ぎて部屋の中が隠れていない。宗教的な意味合いを持つのかもしれない。

布を潜って部屋に入る。部屋の中は見覚えのない物ばかりだ。モニター、ベッド、本棚と本はカナでもわかるが、中には使用用途さえわからない物もある。金属光沢で輝く袋がパンパンに膨らんでいる。小さな円柱の金属、真四角なプラスチックのケース、鉄製の円盤を一本の鉄柱で繋いだオブジェらしき物、あれはなんだろうと思うや否や次の未確認物体が視界内に入り、脳の処理が追い付いていかない。

「なにキョロついてんのさ」

「失礼。目新しい物ばかりで、つい」

「空き巣かオメーは」

「可能性は否定できない」

「……そういや刑務所《ムショ》にいたんだっけ」

家主は壁のスイッチを押して明かりを灯した。ベッドに腰掛け、カナに向けてクッションを投げて寄越す。これを下に敷き、床に座っていろということなのだろうと解釈し、クッションを尻の下に、膝を胸に抱いて座ったところ妙な目で見られたが、特になにも指摘されなかったため良しとした。

カナの身長三人分四方という狭い部屋だが、座る場所に困るほどではない。ただ初見の印象である「物が多い」は正しく思えた。本棚から溢れ出たサイズの大きい本が床に積み重ねられ、座ったカナの頭よりも頂点位置が高い。抱いていたイメージに反し、案外と読書家なのだろうか。それにしては本の扱いが雑だった。頁が折れてしまっている物もある。

「さて、それじゃ宿賃の代わりに教えてもらおうか」

「吝かではない。教えられることは教えよう。たとえばテティと仲直りする方法だが」

「訊いてねえ！　あいつとなんで仲直りしてやらなきゃいけないんだよ」

「俺の知らない因縁があるのだろうか」

「それはまあ色々あったけど」

「ならば教えてくれ」

「小学校が一緒でさ……ってそうじゃねえだろ！　教えるのはそっちだよ！」

「俺はカナだ」

「すっとぼけるのはそこまでにしとこうって」

メピスは右手でベッドを叩き、反動をつけて立ち上がり、風で流れる羽毛のように軽く自然な動きでカナの隣に座り、首に腕を絡めてきた。長くしなやかな指が次々と顎先を撫で、灰色の鋭い爪が、痛みにならない寸前の強さでカナの喉を擦る。メデューサモチーフの魔法少女を思わせる動きで黒い髪が身体に纏わりつき、息のかかる距離で桃色がかった黒色の唇が動く。唇の動きがなぜか淫《みだ》らに見えるあたりは、紛《まご》うことなく悪魔モチーフの魔法少女だった。

「校長と知り合いだったね」

「知り合ったのは今朝だ」

「さっきはなんの話してた」

「帰る場所がないので家に泊めてもらえないかと交渉していた」

メピスは突き飛ばすようにカナから離れ、ベッドの上に腰掛けた。カナを見る目は怒りではなく、侮蔑でもない。不信感が近いのではないか、とカナは考えた。

「おかしいって。なんで今日の朝知り合ったばっかのやつの家に泊めてくれなんて頼めんのさ。しかもうちの校長ってさ、情報局だかの副局長兼任してるから忙しくて来れないって入学式ん時いってたし。アーデルハイトから聞いた話だけど、情報局ってすっげーやべえ所らしいじゃん。そこの副局長ってやべえやつじゃん。つうかオーラ半端なかったし」

「情報局の副局長という地位はメピスから教わるまで知らなかった。それと、彼女はエルフではなく魔法使いだ。なにをもってエルフとするかにもよるが——」

「エルフの定義について話してんじゃねえよ」

「確かに」

「ヤツの態度見ただろ？　お前みたいな木っ端魔法少女、指先一つで破滅させてやるみたいなこといってたじゃん。魔法少女なんかハナからゴミみたく思ってんだよ。その偉い魔法使い様がさ、なんであんたのいうことは真面目に聞いてやってるわけ？　姿見せることさえ滅多にないやつがあんたに便宜はかってやってんのはなんで？　教えなよ」

闇色に赤を散らした大きな瞳が「さっさと話せ」と圧力をかけ、カナは自分が進退窮まった状況に陥ってしまったことを自覚した。メピスの言葉はカナの心を苛み、恐らくはこれがメピスの魔法なのだろう。カナはメピスの要請に従って話してやりたくてたまらず、しかしメピスの望む情報は一切持っていない。

「なるほど」

「なにがなるほどだよ」

メピスがあまり抵抗することなくカナを自宅へ招待した理由を理解した。ハルナの親切を不審に思い、家に連れて帰って自分の魔法を軸に理由を聞き出すつもりだったのだろう。クラスの和を乱す異分子を排除しようというのか、それとも教師の弱みを握ってより快適な学校生活を送ろうというのか。覚え始めたばかりというカナの対人交渉術ではそこまで推《お》し量《はか》ることはできない。今わかっているのは、メピスは自分の疑いを確信し、はぐらかしたり否定しようとしても受け入れてもらえるかは疑問である、ということだ。

　嘘を吐くに際し、全てを虚偽で塗り固めるのは愚の骨頂と誰か——恐らくはろくでもない悪党——がいっていた気がした。かといって「優秀な学生として卒業するためよくわからない女の命で送り込まれた」ということを正直に教えてしまっていいものか。カナは表情に出すことなく煩悶し、結果、一つ重要なことを思い出した。

「俺は刑務所にいた」

「それは知ってるけど」

　メピスの右目が怪訝そうに細められた。同時に好奇心を刺激されている、のだろう。その証拠にカナの抵抗を咎めるより刑務所の方へ興味が向いている。

「現在の刑務所は懲罰応報よりも更生学習を重んじている。有能な囚人を戦力として運用することはけして珍しいことではない、らしい」

「あんたは有能なの？」

「意見が分かれるところだろう」

　メピスは右足を左膝の上に置き、右手は顎の下、俯き、何事かを考えているようだ。ゆっくりと目を瞑り、パッと開いた。

「ちょっと待て誤魔化すんじゃないよ。校長と刑務所関係ないじゃん」

「刑務所からの人材供給が事業の一環であるということは今いった通りだ。しかし校長としては未来を嘱望される学生の中にいくら有能とはいえ囚人を混ぜることに不安があって当たり前だろう。事前の面接も行われる。そこで俺はハルナと知り合った」

「なんかそれっぽいことばっかりベラベラ話すね」

「境遇を正確に説明しただけだ。法務局から推薦されているメピスであれば正確な言葉の重要さを知っているはず」

「……ん？　待てやコラ。なんでオメーがあたしの推薦者どうこう知ってんだよ」

雲行きが怪しくなってきた。メピスは目を細め、険悪な表情でカナを見ている。不信感に怒りがミックスされている。同じクラス、同じ班の仲間に向ける目ではない。

「誰から聞いたんだよ。教えなよ」

情報の出所はけして話すな、とハルナはいっていた。だけでなく、今ここでハルナから教わったと正直に話せば、ハルナとカナとの関係を怪しんでいるメピスの疑いを加速させることになる。メピスは右足をひょいと投げ出し、カナの膝の上に置いた。自身は前傾姿勢でカナの方に顔を寄せ、息がかかる距離で「教えなよ」ともう一度口にした。

心が疼《うず》く。素直に話してしまいたいと口が開きかけ、しかしいうことはできないと言葉を飲み込む。進退窮まった状態でギリギリ自制し、なんとか言葉を押さえていたところでメピスがボソッと「誰に教えてもらったの？」と呟き、カナは目を瞑《つむ》った。

正直に話すことはメピスに対する誠意であり、情報の出所を明かさないことはハルナに対する誠意である。現在のカナは完全な板挟みの状況に置かれていた。どちらかに誠意を見せようとすれば、どちらかを裏切ることになってしまう。

可能な限り正直に、しかし情報の出所は秘す。果たしてそれは可能なのか。しかし、とカナは思う。不可能を可能とする者こそが魔法少女と呼ばれるのだ。これは魔法少女としての試練なのかもしれない。どちらにも良い顔をして八方美人であり続けることが魔法少女かと問われると即答することは難しいが、今問題とすべきはそこではない。

「情報の出所を明かすことはできない。けして明かさないと約束をしているからだ」

「そこを曲げて話しなよっていってんだよ」

「そもそも推薦者を知ろうとした動機は、それを知って皆と仲良くなることができれば、というものだった。しかしここで情報の出所を明かせば皆と仲良くなることはできなくなってしまう。本末転倒といっていい。なので情報の出所は明かすことができない」

「なるほど……みんなと仲良くなるために、ね」

「そうだ」

メピスは三度手を打ち、微笑んだ。

「すごいわ」

「褒められるとは思っていなかった」

「褒めてねえ！　な言い訳が通用すっと思ってんのがすげえっていってんだクソゴミ！」

「言い訳ではない。メピスとも仲良くしたい。テティとも仲良くしたい。二人は二人で仲良くすべきだと俺は思う。模擬戦におけるメピスとテティの喧嘩についてだが」

「死ね！」

メピスの蹴りを受けてカナは壁際まで転がった。壁にぶつかり、衝撃で本棚が倒れ、箪《たん》笥《す》に引っかかって斜めに傾いだ。カナは本棚からバサバサと落ちた本の下敷きになった。

◇ラピス・ラズリーヌ

真っ白な壁や床がぼんやりと煤けて見える。薄暗い照明のせいだ。樹脂製の床は足音さえ殺して音を立てず、曲がり角でぶつかった者が何人もいると訴えた研究員がいるらしい。それで床が補修されるという話は聞かない。

十字路を真っすぐ進み、次で右に曲がり、いくつもの扉を素通りし、前から歩いてきた白衣の魔法使いには、少し不器用にはにかんだ笑みを見せ、頭を下げる。

ラピス・ラズリーヌの笑顔ではない。ブルーベル・キャンディの笑顔だ。

研究部門の中にはブルーベル・キャンディの椅子はあってもラピス・ラズリーヌの椅子は無い。今更名前を変えてラズリーヌというキャラクターを押し通す意味もない。ブルーベル・キャンディの演技をする度、なんとなく白けた気分になるという副作用以外は特に実害はないため、今でも研究部門の中だけは、ラピス・ラズリーヌはブルーベル・キャンディだ。ラズリーヌの記憶だったり人格だったりというのは研究部門の中ではなんら価値を持たない。

最奥から三つ手前の扉の前で右向け右で足を止める。プレートには資料室とある。コンコンと続けてノックし、三拍置いてもう一度ノックする。扉が右側へスライドし、ラズリーヌは滑り込むように入室、すぐに扉が閉まった。

「師匠、フレデリカが動き始めたっぽいよ」

「ぽいとはなんですか」

見た者の九割九分が「上品な」と形容するだろう初老の女性がテーブルの上にペンを置いた。ラズリーヌは流れるように来客用の椅子を取り、一切滞《とどこお》ることなく椅子を置いて腰掛けて足を組み、デスクを挟んで「初代」と向かい合った。

「だってフレデリカだよ？　断定できるわけないって」

「つまりあなたの推測ですか」

ゆるりと微笑んでいる。口調も丁寧で当たりも柔らかい。しかし彼女を知る者であれば、少なくとも相対している間は間違えることなど許されないと姿勢を正す。ラズリーヌだけがリラックスした姿勢で初代に向かう。伊達にラズリーヌを襲名したわけではない。ブルーベル・キャンディではない、ラピス・ラズリーヌは、自分がなにを求められているのか知っていた。少なくとも間違えなければそれでいいというわけではない。

「カスパ派のエージェントが魔王塾関係者に声かけてる。っぽいっていうのはそういう話ね。フレデリカが直接動いているわけじゃないけど、まあだいたいフレデリカが依頼したんでしょ。かなり派手に動いてるよ。人数の集め方がちょっと尋常じゃない」

「お金がかかりそうな話ですね」

「だね。魔王塾卒業生は勿論、途中退塾組でさえけっこうなブランドだもの。手下の反体制派かカスパ派の魔法少女でも使ってりゃそんなにお金はかからないのにさ、わざわざ外部委託しなきゃいけないことをするっていうことでしょ。そりゃ大変だよ」

ラズリーヌは足を組み替え、初代は肘掛けに腕を置き、椅子を半回転させ右を向いた。

ラズリーヌは右目を眇め、口を僅かにすぼめた。

「魔王塾は敵にするよりか味方にした方が良かったんじゃない？　今からでも適当に何人か取り込んじゃえばどうにでもなると思うけど。お金で転ぶやつもいるだろうし」

「私のやろうとしていることと、フレデリカのやろうとしていることを比べた時、魔王塾に所属していた魔法少女が選ぶとすればフレデリカの方でしょう」

フレデリカは魔法少女を増やそうとしている。初代は魔法少女がいなくなればいいと思っている。魔法の国に対抗できるだけの戦力を有したいという思いは共通していても二人は相容れない。相容れないことを知りつつ、それでも共闘してきたが、フレデリカがカスパ派を乗っ取ったことでバランスは崩れてしまった。それを踏まえてもラズリーヌは魔王塾を味方にすべきと考えるが、初代は首を縦に振らない。

「既にフレデリカに協力している魔王塾関係者を切り崩すには時間と金がかかり過ぎる。彼女達は義理を重んじますから。そこまでするだけの意味も感じません」

やっぱりなあ、とラズリーヌは思う。口に出すことは絶対にないが、初代は魔王塾に対して嫌悪感を抱いている。魔王塾というより、森の音楽家クラムベリーに纏わる全てを嫌い、憎んでいる。クラムベリーの所属していた魔王塾とは手を組もうとしない。

「魔王塾が敵になるに任せてこっちは無策ってちょっとノーガードが過ぎない？」

「無策だなんてとんでもない」

初代は僅かに身を乗り出し、椅子のキャスターが耳障りな音を立てた。

「戦力についてはこれで充分です。必要なものはもっと別な所にある。まずは学校の全体図が必要です。フレデリカの目的となる場所がどこか把握しておかねばなりません」

魔法少女学級はプク派が起こした事業だった。プク・プックの遺跡占拠事件後、オスク派が事業を奪い取った。ラズリーヌ達は魔法少女の育成を独自に行っているためそちらに絡む必要性は無かったのだが、フレデリカが積極的に生徒を送り込み始めた。初代は素早く反応し、追随する形で弟子を推薦するかさせるかした。

「ちょいちょい動きがあるみたい。フレデリカの方も色々働きかけてるだろうしね。なにせ出ィ子が三班に入れられてるんだから」

出遅れた分、コネクションを最大限使い、更に偽装も施した。真正直に研究部門から推薦したのは一名のみだ。奈落野院出ィ子は第三者を介し、カスパ派の有力貴族に金を積むことで魔法少女学級に推薦してもらった。ランユウィはどこの派閥にも属さない公的機関の上層部に恩を売ることで推薦枠を手に入れている。

この二名は表面上研究部門と関係のないルートから推薦されている。特にカスパ派推薦の出ィ子は派閥別の班区分に則って二班に配属されるはずだった。にも関わらず、実際には三名まとめて三班に配属された。表には出ていない本来の派閥で区分されている。お前らのしていることなどお見通しだぞ、という意思表示のようなものだ。

「スノーホワイトは」

「デリュージと合流したよ」

自然な流れで気軽にデリュージの名前を呼べたことに安堵し、安堵した自分を情けなく思い、こうした思いが見抜かれているであろうことに溜息を吐いた。

「よろしい。ではライトニングに動いてもらいましょう」

初代が右の眉をほんの少し上げた。彼女の表情の変化がラズリーヌに由来しているということは自覚している。ライトニングの名が出た時、ラズリーヌは思い切り嫌そうな顔をしたからだ。嫌そう、というより、実際嫌だった。研究部門から推薦された魔法少女、プリンセス・ライトニングのことはどうしても好きになれない。

「なにか？」

「別になにも」

「私であれ、あなたであれ、あれだけガードの固い学校に入ることはできません。なら生徒として通っているライトニングにお願いするのは当然でしょう」

「そりゃね。でもさ、せめてライトニングとこっちの関係性をランユウィや出ィ子に教えておくべきだと思うけど。連携できないでしょ」

「ランユウィと出ィ子の任務にライトニングの情報は不要です」

「師匠はさあ、あの子達が失敗してもいいように動いてるよね。いざやらかしても重要な情報が流れていかないようにしてるっていうかさあ、信用してないっていうかさあ」

「人間関係に好き嫌いを持ち込むのは感心しませんよ」

あんたにいわれたくないよ、とラズリーヌは思い、こんな考えもきっとお見通しなのだろうと考えながら心の中で精一杯可愛らしく舌を出した。

◇雷将アーデルハイト

夜の学校は、静かで、寂しく、気味が悪い。昼の時に感じる俗っぽさ、下品さ、遠慮の無さ、それら全てが正反対に反転し、同じ施設とは思えない印象を見る者に与える。といったガラにもない詩的な思いを心に抱いたのは二度目まで、ギリギリ三度目が精々で、何度も来るうちに施設自体は昼も夜も変わらないという結論に落ち着いた。

ナイター用の大型ライトから跳び、ネットの上を走ってグラウンドから玄関前に立つ大時計の上へ、そこから跳んで屋上へ、手摺から手摺へ、貯水タンクへ。しばしの間風にマントを靡《なび》かせ、絵になっているであろう自分の姿を思い描き、悦に入る。

どこに入れば警備会社に連絡がいくか、夜の学校へ何度か侵入する間に感覚を掴んでいた。梅見崎中学の方は、要するに中へ入らなければいい。それで済まないのは旧校舎側、即ち魔法少女学級の方だ。

アーデルハイトは十メートルの距離まで旧校舎入口に近付き、小指の爪ほどの小石を手に取り、下手投げで投げつけた。石が転々と跳ね、止まる。石を投げるまでは全くの無音だった旧校舎いっぱいになにかが蠢《うごめ》く音が満ち、石の停止と同時に止まった。

警備用ホムンクルスだ。尋常な数ではない。侵入者を絶対に寄せ付けるまいという鉄の意志を感じる。つまり、そこまでして守らなければならない物が中にある。

アーデルハイトには、小学校に関する思い出が、ほぼ無い。ろくに通っていないのだから思い出を作りようもない。魔王塾卒業生だった母は、娘の才能を知るなり魔王塾に送り込んで義務教育とは切り離した。どうかと思うことも多い母だが、それでも魔王塾に入れてもらえたことについては感謝している。

アーデルハイトは魔王塾で全てを学んだ。魔王パムから、先輩達から、魔王塾卒業生だった母から、一般教養から魔法の国のシステム、魔法少女の戦闘法まで様々なことを教わった。その中には戦闘用ホムンクルスについての知識もあった。

ホムンクルスは技術と共に日々進化している。魔王塾卒業生、その中のトップクラスであっても油断していい相手ではない。設立されたばかりの魔法少女学校ならば最新鋭のホムンクルスが配備されている可能性は高く、その強さは昼間戦った演習用個体の比ではないだろう。音から察するに数も多い。

魔王塾卒業生の常としてアーデルハイトも腕っぷしの強さには自信を持っているが、だからといってもう一歩踏み込んでホムンクルスの姿を見てやろうとは思わなかった。ホムンクルスが守る管理部門を襲った魔王塾卒業生数十名が激戦の末全滅したという昔話は今でも語り草だ。一人でどうこうしようとはとても思えたものではない。

「まあ、無理やね」

左手は腰に、右手は軍刀の柄に、旧校舎を仰ぎ見ながら呟いた。独り言ではない。

「あんたもそう思うやろ」

背後から近寄ろうとしていた相手に話しかけた。気配を殺そう、としていた足音は一瞬止まり、今度は遠慮の無く土を踏み締めながら近寄り、五歩後ろで静止した。

「気付いてたの？」

「そら気付くやろ」

大きな動作でマントを翻し、振り返った。余裕を持った仕草に見せているが、軍刀の柄に置いた手は放していない。アーデルハイトは軍帽の庇を上げて相手に顔を向けた。

背負った太鼓、稲光がバチバチと弾ける長剣。プリンセス・ライトニングだ。昼の学校となんら変わらない意味深な笑みが、今はより一層意味深に見える。

「入らないの？」

「無理やね。そっちが入るいうなら止めへんよ」

ライトニングが無造作に足を踏み出し、アーデルハイトは土の上に線を描いて足を引いた。若干の前傾姿勢で柄に置いた手はいつでも抜けるよう開かれている。ライトニングは手の甲を口元に当て、愉快そうに笑った。

「なにを怯えているの。魔王塾出身者ともあろう者が」

「……魔王塾、知っとるんやね」

「馬鹿みたいに同じパターンで名前つけてるんだもの、嫌でもわかるわ。しかも雷将って。プリンセス・ライトニングとちょっと被ってるって思わない？」

もう一歩、踏み込んだ。どこまでも無造作だ。止まる様子がない。表情を窺うが、なにを考えているのかわからない薄ら笑いだ。目的が読めない。既に刃圏は触れ合い、重なっ

ている。ここでやり合っていいわけがないというのは相手もわかっているはずだ。

「クラスの中に雷系は一人でいいと思うのよね」

「そういわれてもなあ。今更改名するわけにもいかんやろ」

「あなたがいなくなってくれればいいんじゃない？」

「そらあかんわ」

アーデルハイトが学校の警備を確かめるべく訪れたのは一度や二度ではない。夜の学校に不審者が来ないか巡回していた、くらいの言い訳は用意していたし、殊更身を隠そうという努力もしていなかった。その程度の軽い気持ちでやっていたことだ。大事にしてやろうなどという覚悟は無い。

ライトニングが一歩詰めた。アーデルハイトは笑顔を向けた。

「そこまでにしとこうや」

「どうして？　私は喧嘩を売っているの。なら貴女は買わないと駄目でしょう？　魔王塾の卒業生が売られた喧嘩を買わないだなんて魔王パムも草葉の陰で泣いているわ」

「魔王塾はやっすい喧嘩なんぞ買わんねん」

「今は建前が必要な時間に思える？　私が聞かせて欲しい言葉はそういう――」

闇と静寂を打ち壊し、稲妻が光った。アーデルハイトが右へ跳び、空中で軍刀を抜き放つ。ライトニングが左半身で剣を隠し、一歩で五メートルを詰め、突いた。紫電《しでん》の剣がのたうつように伸び、ライトニングへ届く寸前、アーデルハイトが叫ぶ。

「閃手必勝《カイザーシュラハト》！」

電撃がアーデルハイトの全身を撫で回した。強烈なエネルギーが身体を縦横に貫き、蹂躙《じゅうりん》せんとし、しかしアーデルハイトは全てを内側へ籠らせ、そこから右腕へ、右腕が持つ軍刀へと伝え、解き放つ。ライトニングは避けようとすらせず両腕を広げて電撃を受け止め、彼女の全身、コスチュームの太鼓や剣までがバチバチとスパークした。効いていない。それは予想の範囲内だが、むしろエネルギーを吸収されているように見える。

二人の魔法少女は弾け合うようにして跳び、位置を入れ替えた。アーデルハイトはグラウンド側で姿勢低く身構え、ライトニングは旧校舎を背負った。長剣は既に腰に戻されている。スパークの音に合わせるかのようにライトニングが両手を打ち鳴らす。

「凄い凄い。魔王塾って本当に技名叫ぶのね」

「なにを考えとんねん」

「あなたこそなにを考えているの？　戦おうという相手が目の前にいるのに、なにを考えているのか聞くのが魔王塾のやり方？　並の魔法少女でももう少し牙があるでしょう」

アーデルハイトは新校舎の方へ跳んだ。ライトニングは追い縋り、繰り返し電撃を浴びせ、地面が焦げ、草が焼け、いくら深夜とはいえこのままでは早々に人が寄ってくるだろう。相手はそれがわかってやっているのか。頭がおかしくなったのか。頭に浮かぶことはけして少なくなかったが、その中で最も大きいものは「並の魔法少女でももう少し牙がある」という侮辱に対する反発だった。魔王塾での日々がアーデルハイトの全てだった。外交部門職員としての冷静さよりも魔王塾卒業生としての怒りが勝ろうとしている。

電撃を吸収、それによる反撃を、と見せかけてマントを翻し視界を塞ぐ。軍刀による三段突きからマントを切り裂き、血を迸《ほとばし》らせながら下がろうとするライトニングへ逆に追い縋る。ライトニングが電撃を放とうとした隙を突いて切り下げからの振り払い、バランスを崩したところへ左手を出し、太鼓の金具に小指をかけてこちらへ引く。ライトニングは呻き声をあげながら太鼓を外し、背後へ転がった。太鼓を放り捨て追撃を試みるアーデルハイトに対し、膝立ちのライトニングは右掌を向けた。

「流石は魔王塾。素のままじゃちょっと厳しいみたいね」

肩で息をしている。出血もある。しかし言葉と表情は戦いを厭う者のそれではない。アーデルハイトは軍靴の爪先を鳴らして踏み込み、ライトニングは左手に持っていた大ぶりの宝石を額に当てた。宝石が弾けて消え、電撃にも似た黄金色がティアラ全体を光らせる。

「ラグジュアリーモード、オン」

アーデルハイトの斬撃にライトニングが合わせた。苦し紛れでしかなかったはずの一撃が異様に重い。ともすれば取り落としそうになる柄を両手で支え、切り上げる。正中線への連撃に対し、ライトニングは一つ一つを剣で受け、締めの唐竹割りを短剣と長剣をクロスさせて苦も無く受け止め、流れるように蹴りつけた。インパクトの寸前、アーデルハイトは後方へ跳び、転がり、敵へ背中を見せて立ち上がった。

「禁城鉄壁《ジークフリートリーニエ》！」

背中へ電撃が浴びせられる。一撃、二撃、それでもアーデルハイトは倒れない。内側にエネルギーを貯め、軍刀を光らせた。瞬間、殺意が増した。ライトニングが剣を突き入れ、アーデルハイトがそれさえも背中で受け、弾く。アーデルハイトは身体を回転させながら後ろへ跳び、驚愕に表情を歪ませたライトニングと十センチの距離で目が合った。

エネルギーを開放、回転を加速する。軍刀の柄で敵のコメカミをぶん殴った。近過ぎる距離、空中での不安定な態勢、縺れ合うような敵への一撃は本来なら大した威力が出ないはずだったが、アーデルハイトの魔法によって与えられたエネルギーを乗せた。電撃は効かずとも物理的な攻撃は通用する。

ライトニングは吹っ飛び、バウンドし、グラウンド端の茂みに飲み込まれ、葉や枝をまき散らしネットを揺らした。アーデルハイトは両膝に手を置き、深々と息を吐いた。

相手が距離を置いての電撃に徹していれば遠からず限界に達していただろう。背中を見せるだけのアーデルハイトに焦れて直接攻撃を狙ってくれたからこそ勝てた。

「しっかし……なんやったんや」

身体能力任せではない訓練された戦闘技術だった。宝石を額に当ててから急に動きが良くなったのは強化の魔法かなにかだったのか。そもそも喧嘩を売ってきた理由がわからない。お互いにとってメリットは無いはずだ。

さて、と膝を叩いて体を起こした。相手も魔法少女で、その中でもかなりタフな部類だ。とはいえ全力で振るった急所への一撃だ。殺してしまった可能性も充分にある。少なくとも気絶はしているだろう。

野次馬が集まる前にライトニングの身柄を攫ってさっさと退散しよう、と藪の方へ走り、アーデルハイトは三歩で足を止めた。藪の中から人影が立ち上がった。

「物理的な衝撃も吸収できるのね」

ライトニングだ。アーデルハイトは下がろうとした足を引き留め、身構えた。

微笑んでいる。太鼓を背負っている。血が流れていない。コメカミも綺麗なままだ。気絶していないというのは百歩譲って納得するにしても、怪我が治っているというのはどういうことなのか。手を出すべきか、出さざるべきか、アーデルハイトが迷う間にライトニングは跳び、ネットを支えるポールの頂点に立った。

「それじゃまた明日。学校で」

いつもの如く意味深に笑い、跳ぶ。魔法少女の姿は夜闇に飲み込まれ、消えた。アーデルハイトは呆然とそれを見送った。初めから終わりまでわけがわからなかった。

◇ランユウィ

ブロック塀から電柱へ、電柱の天辺から屋根の上へ、屋根から屋根へと駆けていく。目指すは学校だ。門を使っていけば管理側に記録が残るため、足を使う。魔法少女の足、その中でもラズリーヌ候補であるランユウィの足なら三十分で到着する。

長距離走に限っていえば、並走している出ィ子よりも僅かに速度で上回っている。しかし入学以降ツーマンセルが基本になっている以上、最高速度で突っ走って置いていくわけにはいかなかった。

その辺を出ィ子がどう思っているかは聞いたことがない。向こうは放っておけばいつまでも口をきかないのだから、こちらから話すのは負けという気がした。二人の魔法少女はお互い口を開かず走り続け、程なくして学校が見えてきた。裏手の山から侵入、木々の間を縫って進む。整備もろくにされていない獣道を走りながら徐々に足を緩めていき、外周を回って旧校舎の方に向かい、裏口から様子を窺う。

気配がビンビンに伝わってくる。隠れているものの存在を見通すのはラズリーヌの得意技だ。十四や二十四程度の生易しい数ではない。夜間警備の厳重さは昼を上回っている。裏口から時計回りで表の方へ向かう。ホムンクルスの気配が途切れることはない。

力尽くでは無理だという想定に太鼓判を押すだけの結果に終わりそうだった。見える範囲だけの見取り図を作ったところで価値はゼロだ。どうにかして入れない場所に入らなければならないが、方法は思いつかない。

いや、違う、と首を横に振った。永遠に思いつかないのではない。今はまだ思いつかないだけだ。頭をローラーにかけてでもどうにか絞り出す。隙が無いならこじ開ける方法だ。

とん、と胸に手の甲が触れてランユウィは足を止めた。いつの間に隣にいたのか、出ィ子が右手を広げて行き先を塞いでいる。目が合った。二人の魔法少女は地面に伏せ、音を立てることなく物陰から物陰へと移動、グラウンドが見える位置で動きを止めた。

ランユウィと出ィ子は校舎の陰からグラウンドに目を向けた。二人の魔法少女が激しくやり合っている。試合や模擬戦などではない。殺し合いだ。

アーデルハイトとライトニング、なぜこの二人がここで戦っているのか。理解できない。学校の目前だ。メピスのように損得計算すら吹き飛ぶような単細胞ではない。なにかしらの因縁でもあるのか、決闘の約定でもあったのか。

どちらも強い。動きが素人ではない。殺すことが前提の戦闘訓練を受けている。ライトニングがアーデルハイトを攻撃し、ランユウィは拳に力を込めた。

「ジークフリートリーニエ！」

アーデルハイトが背中で剣を受け止めた。肩を掴んだ手の感触にランユウィは顔を顰め、出ィ子を睨んだ。出ィ子は表情のないまま首を横に振り、ランユウィは自分が走り出そうとしていたことに気付いた。

　慌ててグラウンドに目を向けた。ライトニングが吹き飛ばされ、土を散らしながらバウンドし、茂みの中に突っ込んだ。下手をすれば命に関わる一撃に見えた。出ィ子に止められていなければ制止できたかもしれない。だが出ィ子が止めた理由は痛いほど理解できている。今、姿を見せることはマイナスでしかない。

　アーデルハイトがライトニングが吹き飛ばされた茂みへ近寄っていく。ランユウィは右の奥歯に力を入れた。出ィ子の手が万力のような強さで肩を締めあげている。

　どうする。どうすべきか。姿を見せるべきではない。わかってはいる。しかしこのまま放っておけば、ライトニングはトドメを刺される。助ける理由があるとすれば「同じ班に所属しているから」しかないが、そんなことが助ける理由にならないのはランユウィも知っている。ラズリーヌならどうする。友情に生きて損を知りながら止めるか、それとも冷酷に友達の生命を切り捨て任務を最優先するのか。

　駄目だ。放ってはおけない。出ィ子の拘束を無視してランユウィが一歩踏み出そうとし、同時にライトニングが立ち上がった。茂みの枝葉が舞い落ちる中、余裕綽々の態度でアーデルハイトに別れを告げ、颯爽《さっそう》と去っていく。アーデルハイトはしばしの間立ち尽くしてそれを見送り、別方向へ駆けていった。

　人のざわめき、パトカーのサイレンを背に受けながらランユウィと出ィ子も元来た道へと駆けていた。ランユウィは混乱しながらも興奮していた。ライトニングは生死不明レベルの大怪我を負っていたはずなのに、立ち上がった姿には傷一つ無かった。外付けの魔法のアイテムを使ったのか、それともランユウィでは考えもつかないトリックを使ったのか。

「報告、任せる」

出ィ子の声で現実に引き戻された。

出ィ子はいつも通り淡々と必要なことを話すのみで表情も無い。今目にしたばかりの奇跡についてなにも感想をいうことはなく、ただそこにあったものを見ただけといわんばかりで、なんとなく冷や水をかけられたような気分になってランユウィは返事をしなかった。いわれなくてもわかっている。正確な報告書を提出する。ラズリーヌならば奇跡の一つや二つで興奮したりはしない。あれはいったいなにがどうしてどうなったのか、ライトニングに訊いてみたくとも我慢することだってできる。

しかし、本当になにがあったのだろう。ランユウィは走りながら唇を舐めた。

第七章　ハートvsハート

◇クミクミ

昨日の夜、「大変なことになった」という連絡を、メピスから受けていた。校長の命令で転校生を泊めることになったのだという。クミクミはとりあえず聞いたまま報告書に認《したた》めて近衛隊本部にメールで送り、リリアンにも報せたが「ああ」とか「うん」とか、いつもの如くどうとでもとれるような反応しか返ってこず、かなり大変なことなのになんという教え甲斐のない女だろうかと溜息を吐いた。

そして翌朝。学校で会ったアーデルハイトにメピスのことを教えてやったが、どうも反応が悪い。なにかあったのか尋ねてみると、こちらはさらにとんでもないことを口にした。昨夜学校で、ライトニングに襲われ、交戦したというのだ。

ホームルーム前に体育館の裏手に緊急集合した二班メンバーは、階段に腰掛け、壁に寄り掛かり、あるいはしゃがんだ。場所といい、姿勢といい、まるで不良生徒のようだ。なんとなくメピスが生き生きとして見えるのは気のせいではないだろう。

「転校生は？」

「先に教室いかせた。鉛筆とノートやるから代わりに大人しくしとけっていっといたから大抵は大丈夫だろ。大丈夫じゃなかったら大丈夫じゃないなりになんとかすっから」

全員魔法少女に変身し、リリアンは即席で紐と鳴子のセットを編み上げ周辺に配置、誰かが近寄ってきても察知できるよう備えておく。リリアンは人間の時もそれくらい気が利いてくれればいいのに、と思いながらクミクミは体育館の壁にツルハシを立てかけ、帽子を脱いでその上に置いた。アーデルハイトは帽子も軍刀もマントも手放すことなく、軽く壁に寄り掛かっただけという姿勢で「なるほど魔王塾は常在戦場か」と気付き、手の届く距離にあるとはいえ武器であるツルハシを手放した自分を恥じたが、だからといってもう一度手に取るのも恥の上塗りになるためそのままにし、四人の魔法少女は話し始めた。

「ずっけえなあアーデルハイトはさあ！」

「メピス、声が……大きい」

「なにがずっこいねん。めっちゃ大変だったたっちゅうねん」

「お前のいう大変ってのはさあ」

右手人差し指、左手人差し指、髪の尻尾まで動員してアーデルハイトを指し示し、指差された側は居心地悪そうに「なんやねん」と呟いた。

「楽しさを伴う大変さじゃん？　本当にただ大変なだけじゃないじゃん？」

「生き死にのかかった戦いなんて楽しくもなんともないやろ。なんで襲われたかもわからんとか恐怖でしかないわ。あいつなに考えとんねん」

「戦いが恐怖とか！　音に聞こえた魔王塾塾生の言葉とも思えませんねえ！」

「メピス、声が……大きい」

「あたしなんて一晩中ネチネチネチネチ尋問してただけ、しかもあのクソ全っ然話しねえの。魔法効いてんのかもわかんねえっつーんだよボケ。対拷問の特殊な訓練とかそういう漫画的なやつ受けてるとしか思えなくてさ、もう途中からこれやっててても絶対無駄だなって思ったけどでもやらないわけにはいかないじゃん？　無理だと思ったからやめましたとかクミクミあたりにチクチクやられるに決まってんじゃん？　こういうさ、楽しくもない、かといって意味もない、ってのが大変っていうんだよ。お前のはただ大変ぶってるだけで実際はバシッと派手に戦ってフラストレーション発散してんだよ」

「要するに羨ましいんですか？」

「羨ましいよ！　あたしにも戦うチャンスくれよ！」

「チャンスはどこにでも転がっとるやろうね。今日の晩にでも学校来ればまた角突き合わせることになるかもしれん」

滅多に見せることのないアーデルハイトの真剣な表情に、流石のメピスも口を噤み、間隙を突くようにリリアンが「それで」と話を継いだ。見事なタイミングのはかり方に、クミクミは「こいつ常に魔法少女でいてくれないかな」と思いながら聞いていた。

「そもそもなぜ夜の学校に来たんですか？」

「魔法少女なんやから縄張りの見回りくらいせんとあかんやろ」

「オメーの縄張りかよ」

「私の縄張りでもあるやろ」

「じゃあ縄張り侵犯者逃がしてんじゃねえっつうの！　クソッ、腹立つなあ。ライトニングにケツ蹴られてんのにいいなりってさあ」

「揉め事は……極力避ける」

「ヘタレが！」

「揉め事いうたらメピスも気ぃ付けなあかんよ。昨日もテティ殴ってレクリエーションぶち壊しにしてたやん。あれどう考えてもやり過ぎやで。向こうも悪気無いやろうし。なんつうかこの際やから聞くけど昔なんかあったん？　なんか意識しとるよね」

「小学校が、同じで……一緒に魔法少女に、なったと、聞いている」

「あ、そうなん。へえ、幼馴染やったんやね」

「うるせえ！　くだんねえことくっちゃべんな！　ライトニングの話だろ！　死ね！」

言い募ろうとするアーデルハイトを目で制し、クミクミはリリアンに頷いてみせた。テティとメピスの不仲について話すならメピスがいない場所でやるべきだ。

リリアンは察してくれたらしく、自然に話を継いだ。

「ライトニング、結局無事だったんですよね」

「なんでか知らんけどね。コメカミぶっ叩いて、ああこれ殺ってもうたかもしれん思うたけど平気の平左でぴょんぴょん跳んで帰ってったわ」

「実は攻撃すかされてたとか、エネルギーで受け止められてたとか、ねえかな？」

「ありえへん。コメカミへコませてんのを見たんや。よくて朝まで気絶コースやで」

「コメカミへコませるって……それガチで死んでたらどうするつもりだったんだよ」

「そら事後処理はそっちにお任せやね。慣れてんやろ」

「近衛隊の仕事に死体処理なんてあるかボケ！」

「まあそれはともかく、なんかの魔法使ったんや思うよ」

「ライトニングの魔法ってあれですよね。電撃を放つ、という」

「せやね」

「常識的に考えて、電撃で打撲傷を治療するということは難しいのではないでしょうか」

「まあ、せやね」

「それは……つまり……」

クミクミは、矢継ぎ早に交わされる会話に全く参加できないでいたが、だからこそゆっくりじっくり考える時間があったため、ライトニングが傷を負っていなかったという怪現象が起こった理由を推測することはできた。できた、といってもそれを立て板に水のように話すことはできないためゆっくり話すことになる。

「ライトニングの魔法……自体が違っていた、のではないか？」

「いや、でも実際電撃バリバリ撃ってきてねんて」

「それは……その……あれで」

「ああ、なるほど。誰かに借りた魔法のアイテムによる電撃で、自分自身の魔法は別にあるんだとすれば矛盾は無いと」

リリアンが柏手を打ち、アーデルハイト、メピスが驚きつつも納得したという表情を浮かべた。メピスはクミクミの背中を叩いて「やるじゃんクミクミ」と笑い、アーデルハイトは何度も頷きながら「確かにそれなら筋が通るわな」と呟いた。クミクミはそこまで考えていたわけではなかったが、最初からそう思っていたという顔で頷いた。

「魔法の過少申告とか虚偽申告なんてのは昔からようあることらしいで」

「マジ？　そういうのありなの？」

「いや、ここはけっこう入学前のチェック厳しいはずやん。ならきっちり調べられとるやろうし、嘘吐くようなやつがいてもさっさと追い出される……思うてたんやけどなあ」

「調べた上で泳がせている、という可能性も出てきますねえ」

「マジかよ、そこまですっかよ」

ある者は腕を組んで俯き、ある者は逆に空を見上げ、ある者は唸り、ある者は――クミクミは長々と鼻から息を吐きだした。考えなければならないことが多過ぎる。

「校長の……スタンスが……そうだとすれば、魔法を……その、隠している生徒が……いることが……普通に、有り得ることになって……その……よくない」

「表に出とる情報が軒並《のきな》み信用ならんいうんはけっこうきついわ」

「ライトニングさん、学校に来るんでしょうか」

「たぶん来るやろ。涼しい顔して」

「なにかありました？　みたいな顔してんのが目に浮かぶわクソが」

朝練が引き上げる準備を始めた頃、四人は変身を解除して教室に戻った。廊下でひそひそとなにやら話をしていたライトニングは、クミクミが予想していたよりも涼し気で爽やかな微笑みを浮かべていた。

◇プシュケ・プレインス

夜中の学校でアーデルハイトと喧嘩をした、という三班班長プリンセス・ライトニングの爆弾発言を受け、プシュケは怒りよりも先に戸惑いを覚えた。なにかしらの理由があるのだろう、と思ったが、当事者の一人――ライトニングは全く悪びれることなく微笑んだ。

「アーデルハイトって校内では実力を隠しているでしょう？　レクリエーションなんかでも全然魔法を使ったりしないじゃない？　だからチャンスがあれば色々と確かめてみたいと思っていたの。勿論無茶をするつもりなんて無かったわ。でも彼女が興奮しちゃってね。夜の学校に魔法少女が二人なんてロマンチックなシチュエーションだもの、仕方ないとは思うけど。私も嫌々相手してあげたのよ。喧嘩が良くないなんて当然知っているけれど」

正気を疑わざるを得ない言葉だった。それで殺してしまったり殺されてしまったりしたらどうするつもりだったというのか。ランユウィと出ィ子は口を噤《つぐ》んだまま動こうとしない。どうせ、この二人に諫言《かんげん》を期待することはできない。サリーは見るからに困惑していながら、それでもしっかりと笑みを浮かべ、訊ねた。

「それは……ライトニングの工作が二班にバレていて喧嘩になったってことかねえ？」

「工作ってなにかしら」

「工作はあれだよねえ。昨日の模擬戦で共闘戦線を持ちかけて、小剣を一班に貸した」

「図画工作がなんで出てくるのかと思った。その話ならバレてはいないみたいよ。って、そういえばあの時貸してあげた武器返してもらってないわ。あの剣があれば晩の喧嘩だって勝てたかもしれなかったのに」

「いや、そういう問題じゃ……」

「できれば相談したかったのよ。今から喧嘩になりそうだけどどうしようって。でも時間が無いでしょう。だから仕方なく事後報告になってしまったの。ごめんなさいね」

艶然とした微笑みを前面に押し出して謝罪されると、心底から謝る気が無いとわかっていながらもそれ以上食い下がることはできず、いつものようにぶつぶつと不平不満を溢すのみになる。プシュケに比べれば遥かに弁が立つサリーもライトニングに強く出ることはできず「次は気を付けてね」と注意を促すに留まり、ランユウィに至っては独断専行をやらかしたライトニングに対し、英雄や勇者を見るような目を向けている。出ィ子はそこにいるだけの域を出ず、良く思っているのか悪く思っているのか表情からは窺い知れない。

「残念ながら負けちゃったけど、でも相手の魔法はある程度見ることができたから。次また模擬戦があったとしたら有利に立ち回れると思うの。今度は一班と協調してなんてかったるいことしなくても二班くらい余裕で蹴散らしてあげるわ」

悪びれないという言葉を具現化すればきっと今のライトニングになるのだろう。ただ自分が悪いと思っていないだけではなく、無茶苦茶なことをいっても不思議な説得力が伴っている。大体にして整い過ぎている容姿が悪い。どれだけあんぽんたんなことをいっていても、それが正しいように思えてくる。

クラスきっての自由人、プリンセス・ライトニング。彼女を見ていると一人の魔法少女を思い出す。プク派の領袖だったプク・プックだ。

彼女はその無邪気さ、自由さが遠因となって命を落とした。プク派の中でもプク・プックと距離をとっていた貴族がプク・プック没後の派閥を取り仕切り、魔法少女学級からプク派が軒並み追い出された後も辛うじて学生魔法少女を一人押し込むことができた。生え抜きの魔法少女では警戒される、フリーランスに金を払って二年間学生をしてもらおう、とまで気を配ってのことだという。

魔法少女学級に唯一人残されたプク派、ということになってしまったプシュケは、学級にいることだけでも綱渡りをしているようなものだ。二年間の拘束期間ということでけっこうなギャラが出る。失敗すれば前金だけで残りは貰えず、経歴にも傷がつく。ライトニングの自由奔放な振る舞いに巻き込まれて途中退学など真っ平御免だった。

せめて自分だけは引っ張られまいとプシュケはもごもごと不平不満を口にしたが、どこまで届いているのかは知れたものではなかった。なぜか一番申し訳なさそうな表情をしていたのがサリーだったというあたり本当に救えない。

こうしてプシュケは届くことのない怒りを発し続けて朝のミーティングは終了した。三班はぞろぞろと教室に戻り、カルコロが来るのを待とうというところで声がかけられた。誰かと見ればテティ・グットニーギルだ。敵であれ味方であれいけすかないやつばかりがフューチャーされる朝だとプシュケはより一層苛立ちを募らせ、誰にも聞こえることはない声でテティへの悪口をできるだけ汚らしく並べ立てた。

情動の赴くまま、様々な共同体に顔を出してはいない誰かを悪くいい、鬱憤を晴らし、結束を高め、笑顔でさよならをする。小学生の頃、なにをしてもつまらなかったが、他人を悪くいって仲間内で盛り上がる時だけは面白く、自分はそういうことが好きなんだと気付くまでに時間はかからず、そして進んでやるようになった。

しかし世の中上手いようにはできておらず、コミュニティ同士もやんわりと繋がっていて、クラスメイトの悪口が町内会を通じて別のクラスに漏れ、そこから紆余曲折を経て方々で悪口を並べていたことが露見し、あれだけ悪口で盛り上がっていた友達は全員手のひらを反して見事に一人ぼっちになってしまった。

当時既に魔法少女だったプシュケは反省し、インターネットを使ったり日記をつけたりと様々な手法を試し、最終的には独り言に落ち着いた。コミュニケーションはあくまでもついででしかなく、口に出すことによるストレス解消こそが最重要だったのだ。毒を吐くというのは身体の中の毒素を吐き出すことなのだから。

自分への罵詈雑言が口にされているなど思ってもいないであろうテティは、いつもの無害そうな笑顔でライトニングに小剣を差し出した。

「昨日、返すの忘れてたから」

時間が止まったように思えたのは、教室内のざわめきが静まったからだ。一班と三班だけではない。すぐそこに二班も、メピスもいる。こっそり渡した物はこっそり返さなければならないという大原則を忘れたようなテティの振る舞いは、教室中の耳目を集め、もはやどう言い繕うことも難しく、少なくともメピスは不審そうな目を向けていた。

一班は、と見れば、ミス・リールが心配そうな表情、アーリィとドリィは全く落ち着きなくきょときょとと周囲を見回し、ラッピーは「やっちゃったか」という顔で額に手を当てていた。どうもテティのやりようは一班の総意というわけではなさそうだ。

プシュケはこの事態に気が気ではなかったが、ライトニングはなにも起こってはいないかのような涼しい顔で小剣を受け取り「ご丁寧にどうも」と微笑んだ。きっと天から隕石が降ってきて地球が滅ぶという日が来ても、この異常に顔のいい女は同じ態度を貫くのだろう、とプシュケは思い、忌々しさに顔を顰めた。

テティはライトニングに頭を下げ、今度はメピスに向き直り、また頭を下げた。ごめんなさい、と謝られた方は腑に落ちない表情でテティの頭を見下ろしている。まさかお前正直にいう気じゃないだろうな、とプシュケは落ち着かない気分で二人の遣り取りを見守り
「昨日のことなんだけど」とテティが続けたのを聞いて口の中で彼女への悪口を呟いた。

「模擬戦の時、ミス・リールが最後に光ったでしょ。あれね、ライトニングの剣を貸してもらって、剣の性能を使ってミス・リールの魔法で光ったの」

いってしまった。なぜメピス本人にいう必要があるのか、プシュケには理解できない。テティはライトニングとは違い悪びれないなどという態度ではなく、手が小刻みに震えて

いる。演技でないならメピスからの報復を恐れている者の反応だ。

メピスはしばし考えていたようだったが、下品なハンドサインを作るように右手の中指を立て、眼鏡のつるを押し上げて位置を整えた。表情は静かなものだが、なにかの前触れとしか思えない。

「……つまりあれだ、一班と三班が組んで二班を潰しにきたと」

「そうした方が、有利だと思ったから」

「なるほどねえ。上手いこと考えるもんだなあ、うん」

ははははと笑い、瞬き一つ挟む間もなく表情を一変させ、怒りの形相でテティに襲い掛かろうとし、右腕をクミクミが止め、左腕をリリアンが抑え、アーデルハイトが後ろから羽交い絞めにした。カナがそっとクミクミの背後に寄った。

「俺はなにをすればいいのだろう」

「足でも……掴んで」

「了解した」

カナはメピスの右足を胸に抱いた。「せーの」というクミクミの合図に従い、メピスを捕獲した四人は後ろへ下がってテティとの距離をとった。ただしカナだけは左足で顔面を蹴りまくられている。全く表情を変えていないが、こいつはこいつでなにを考えているのかわからない、とプシュケは思った。

引き離されながらもあらん限りの力を振り絞ってメピスは罵った。クズ、クソ、卑怯者、ゴミ、という子供のような罵倒に混ざって「昔からオメーは」という言葉が出るに及びクミクミが口を押えたため、もごもごと言葉にならない言葉を叫ぶしかなくなった。

この事態を引き起こしたテティは震えながらメピスを見ていた。ミス・リールが肩に手を置き、ラッピーが袖を引き、しかしテティは彼女達に従おうとせず、メピスに向かって一歩踏み出し、大きな声で呼びかけた。

「メピス。あのね、その、昨日一つ教えてもらったことがあってね」

再び教室内が静まった。メピスは暴れるのを止め、メピスを捕らえていた少女達も口を開きかけながらテティの方を見ている。顔つきは三班も変わらない。こいつはなにを言い始めるのかと訝りながらも彼女の言葉を聞き逃すまいと耳を澄ましていた。

がらり、と扉が開いた。名簿を二度叩く音が鳴り「チャイムが聞こえませんでしたか」という担任教師の声が教室の中に響く。止まっていた時間が動き出したかのように少女達が動き出し、自分の席につく。カルコロが不思議そうな顔で見ていたが、気にしないことにしたのか、一度頷いてから出席をとり始めた。

◇カルコロ

授業前になにかあったらしいということは班員から寄って集って押さえつけられている二班班長を目にして察した。それだけではなく、クラス全体の雰囲気もおかしかった。皆が捕まえられた宇宙人のようになっているメピスではなく、テティ・グットニーギルの方を注目していたようだ。彼女がなにかいったらしいことは確実だが、カルコロは入室タイミングが遅かったらしく、その言葉を耳にしていない。

騒ぎを起こすならカナか、メピスか、カナとメピスだろうと当たりをつけていたが意外にもテティだったのだろうか。問題を積極的に起こすわけではない、むしろ問題に蓋をしようとする生徒というテティに対する印象は今もって変化していない。模擬戦の騒動もわざと起こしたわけではない。あれはついうっかりで手が出てしまったのだろう。それもメピスを助けようと身体が動いた善意のうっかりだ。

テティが自発的に問題を起こすことがあるとすれば、それはテティ自身の判断によってやったのではなく、彼女の所属する情報局がやらせたのではないか、と思い、白墨を握る手を一旦止め、右腕を左手で抱き、震える前に抑え込んだ。情報局がテティを使ってやらせたことならカルコロの関知すべきところではない。

「……ベラ・レイスは死体から無念の思いを集めて物質化し、そこに魔法少女を閉じ込めるのです。ここ、テストに出るかもしれませんから覚えておいてくださいね」

困惑と恐怖を隠すため普段口にしないようなことをいって黒板を手の甲で叩いた。

情報局がやらせていたとして、ハルナに報告するのもおかしな話だが、報告しなければしないで監督不行き届きとされてしまいかねない。他に報告すべきことと一緒に、ついでかなにかのようにそっと添える感じでいけば、下手に触れてしまう可能性は減じる。とにかく立てられる対策は全て立ててから報告に臨むべきだ。

「ボクシングを得意とするミス・ボックス、古流空手の使い手であるボトルカットガールといった格闘術に秀でた取り巻き魔法少女からも貪欲に技術を吸収していきました。クラムベリーは自分の強さを高める以外に興味を持たず、開催する試験の目的も――」

ふと目に留まったのは無表情のカナだった。カルコロは誤魔化すように咳払いし、黒板消しをスライドさせた。慌てて動かしたせいで白墨の粉が散り、冗談ではなく咳ばらいをさせられた。

今日もまた授業中はサボタージュか、と改めてカナの方を見ると、意外にもノートを広げて鉛筆を動かしている。教科書こそクミクミと机を合わせて見せてもらっているようだが、それ以外は自前で用意してきたらしい。

一応真面目に授業を受ける気はあったのだろうか。とすると昨日の白紙回答も白紙であることに意味があるタイプの白紙回答だったということなのか。

「地域に根差した人助けという本来あるべき魔法少女活動がクラムベリーによって歪められ、その結果――」

そうだ。実習だ。今日というわけにはいかないが、今週中ならなんとかなる。模擬戦ではカナが実力を見せなかったというのは実習をさせる理由になる。基本、二班についていってカナを見張り、どのような行動をしたのかチェックするのだ。他の班は、まあ適当にやってもらって、報告を受ければ充分事足りるだろう。

良いアイディアを思いついたとウキウキしながら授業を終え、すぐに報告を纏めてメールで送ると、恐ろしいことに即返事があった。

カルコロはハルナからの返信を三度読み返した。

地域に根差した人助けなどという優しいものではなく、体育館よりも広い場所を使っての戦闘訓練をすべし、とある。ホムンクルスの弱点は全て聞き出したと本人がいっているのだから、次こそは誤魔化しを許さず、きちんと戦わせ、実力を見定めることができるはず、というのは、いわれてみればその通りだが、危険性は考慮されているのだろうか。

場所は学校の裏山が適当だろう、とある。人気《ひとけ》が無いのはいいのだが、ただ街中にあまりに近い。

安全の確保が担任教師の裁量に任され過ぎてはいないか、と思わずにはいられない。面倒を避けるために面倒を掘り起こしてしまった気がしてならなかった。

実行は明日。準備を急げ。最後の二文を読み終え、カルコロは天を仰いだ。

◇カナ

無事に全日の工程を終えた。今日はカルコロによる査問も行われず、ハルナから譴責《けんせき》を受けることもなく、真の意味で無事に終わった初めての日ということになった。メピスとテティが少々揉めたが、あくまでも朝だけのことで、それ以降は引きずることなく二人の魔法少女が話す機会も、昨日のように喧嘩をする機会も無かった。

表情にこそ出さなかったものの、カナは内心大いに喜びを感じていた。鉛筆と消しゴムだけでなく抜かりなく鉛筆削りまで借りておく先見の明によって他の生徒達と同じように終日板書することができた。課題の提出ができたという点も見過ごすことはできない。きっとカルコロも満足しただろう。わからないことがあればしっかりと声に出して確認し、指示は絶対に聞き逃さない。他のことに気をとられていたり、ちょっとした考え事をしていたりすればなにもかもが台無しになる。カナだけのことではない。班が、クラスが、迷惑を被り、危険が及ぶ。やり過ぎなくらいの心配りがあって、学校生活は成立するのだ。

明日は夜間実習があるという。忘れずに時間を空けておくように、という注意も含めてノートに記しておく。これで忘れてしまっても問題は起こらない。

早転校生ではなく完全にクラスの一員として埋没することができている現状に満足し、今日もまたメピスと共に帰宅した。

　このように充実した一日だったが、メピスは帰り道でも口を開くことなくむっつりと黙り込み、表情を窺えばどう見ても不機嫌そうで、個人的な問題でもあったのだろうかと考え、相談にのってやった方がいいかもなと思い、そこまでの余裕が今の自分にあることで内心の満足を深めた。

「あぁくそ！」

　帰るや否やメピスは変身を解除した。変身を解除したのだ、ということに気付くまで三拍ほどの時間を要した。突如目の前に現れたクラスメイトの少女という事態に少なからず驚いた。昨日は下校から登校まで変身を解除することはなかったため、そういうことになっているのだとなんとなく思っていたのだ。カナがどのように対処すべきか方法を考えている間に少女は廊下から奥の部屋へ向かい、戻ってきた時には簡素なシャツに着替え頭から湯気を立てていた。怒っているからではない。恐らくは入浴してきたのだ。

　解いた髪を送風機で乾かし、眼鏡をケースの中に収めて枕元に置いた。ベッドの上で横になって肩まで掛布団を引き上げ、カナの方に背中を向けリモコンで部屋の照明を消し、横になってしまった。

「待て」

　カナは布団越しに少女の身体を揺すった。

「うるせえ！　クソ！」

少女は布団を放り上げ、つかつかと歩き、拳を叩きつけることで灯りを点け、同じ足取りで戻り、埃を巻き上げてベッドの上に座り込んだ。怒り方は、なるほど、服装こそ違えど普段のメピスそのものだ。

「夜は寝るもんでしょうがよ！　ボケ！」

「今は夕方であって夜ではないのでは？」

「寝かせろ」

「昨日は寝ずに話し込んだだろう」

「つまんねえんだよ！」

自分がつまらない存在であるということは恐らく他の誰よりもよく知っているつもりだったが、あらためて指摘されたということはなんらかの意味があるのだろう。カナは考え、しかしメピスがなにをいわんとしているかを察することはできず、最近成長著しかった自分の限界を感じた。昼間溜め続けてきた満足感が萎《しぼ》んでいく。このままでは良くない。

「なにが、どう、つまらないのか、教授していただけるとありがたい」

「昨日一日尋問したのに口割らなくてよぉ」

「あれは尋問だったのか」

「ツケンナシャッツケンゾクルァ！」

「翻訳の性能を超えるスラングは避けていただきたい」

「一晩中魔法使いながらネチネチチマチマ尋問すっとかさあ！　あたしのしたいことじゃないんだよねえ！　個性がさあ！　向いてねーんだよ！　わかっかなあ！」

「メピスの魔法こそ尋問に向いていると思うが」

「だから！　つまんねえんだよ！　一晩中あたしの魔法に当てられたくせにお前全然なにも話さねえし！　あんなに耐えるヤツ今までいなかったっつーの！　翌日以降も平然と授業受けてんじゃねーか！　こっちは不休不眠で働かされて嫌気差してんのにさあ！　なんなんだよ！　そういう訓練受けてんのかよ！　スパイかテメーは！」

「こういった作業は繰り返し行うことで効果を発揮するものではないだろうか」

「そ！　れ！　が！　つまんねえっていってんだよ！　自分から繰り返し行うべきなんていってるやつ尋問したところでなんの意味があんだよ！　死ね！　死ね！　死ねえっ！」

一音毎に布団を殴打するせいで部屋の中狭しと埃が舞い踊る。カナは膝半分背後へ下がり、昨日尻の下に敷いていたクッションに触れ、これ幸いと手に取り、昨日と同じように尻の下へ敷いた。この部屋は絨毯の毛が短いため、クッション無しで座ることが難しい。

「あんたは！　死刑囚だろ！」

「死刑囚ではない」

「脱獄囚だろ！」

「脱獄もしていない」

「極悪非道の囚人なんだろ！」

「お互いが持つ極悪非道の定義を確認し合うことから始めるべきではないだろうか」

「いちいち口答えしてんな！　馬鹿にしてんのか！　真面目に聞け！　真面目に！」

「真面目に聞こう」

「あのさあ、あんたはさ、囚人なんでしょ。あたしはさ、それに期待してたわけ。そんなの絶対面白いことになるって思うじゃん。誰だって思うよ、あたしじゃなくても」

カナにはわからなかった。囚人とは一部の例外を除けば犯罪に手を染めて収監された者であり、魔法少女学校に通って立派な魔法少女を目指す学生にとっては恐れるか蔑《さげす》むかする相手、ということになるはずだ。なぜかメピスは面白さを期待している。

「俺は具体的にどのような面白さを求められていたのだろうか」

「当然バトル展開だよ。凶悪囚人魔法少女にそれ以外の期待なんてされるわけねーじゃん」

「バトル展開」

メピスのいう「面白さ」がどういうことなのか、理解することは難しそうだというところまで理解することができた。ただ、どうすればメピスが満足してくれるのか朧気《おぼろげ》ながら捉《とら》えることはできているような気はする。しかしメピスの願いを叶えた場合、カナには別種の差し障りが生じてしまうだろう。他のクラスメイトも多大な迷惑を被り、Ｆ組全体がダメージを受け、結果的にメピスも嫌な目を見ることになるのではないだろうか。メピスの提案は巡り廻って自分の首を絞めることになる。

「その場合、不利益を被る者の方が多くならないだろうか」

「あんまり酷過ぎるようならあたしが出張《でば》ってシメてやるから大丈夫。そうなりゃあたしもストレス解消できるし、一石二鳥ってことになるじゃん」

「……なるだろうか？　なっていないのではないだろうか」

「ああもう！　そうやって辛気臭い顔で辛気臭いことばっかりいってんのがつまんないんだよ！　はっちゃけろよ！　クソ！　なんでアーデルハイトばっかがいい目見んだよ！」

「アーデルハイトがいい目を見ている、と」

「聞くな！　いえないから！　そんなことよりもっと暴れろよ！　囚人なんだろ！」

「囚人に対し、真面目かつ勤勉であることを強制するのが刑務所というものでは」

「ああいえばこういう！　もういい！　クズカス！」

怒鳴り、跳ね除けられた掛布団を掴み、不貞腐れた態度をありありと見せ、一動作で横になった。カナは取り残された格好になり、これ以上話し合ったところでメピスの主張には一切の妥当性が見られない以上歩み寄ることができず、メピスの望みが果たされないからには彼女の機嫌が良くなることもない。機嫌を直す方法があるとすれば、おべっかや諂《へつら》いだろうか。どうにか褒めるべき点があるとすれば、カナに対して不満を抱えていながらも宿泊を認めてくれた鷹揚さか。しかし今そこを褒めても火に油を注ぐ結果に終わる気がしてならなかった。世間では、こういう状況を八方塞がりというのだろう。

「このまま朝まで待てということだろうか」

「もうあんたと話したくない。浅いんだよ。薄っぺらいんだよ」

背中を向けたままでも怒っているということは充分に理解できた。メピスとしてはどうしてもカナと話してはいたくないらしい。変身を解除したということが「会話をする気は微塵も無い」という決意表明的なものでもあるのだろうか。精神の動きとしては納得できそうになかったが、メピスは元々理解し難い相手ではあった。それだけに興味深くはあったが、そのことをいえばまた怒らせることになるだろうとカナでも予測できる。

カナはクッションの上で身動ぎし、足を崩した。このまま朝まで座っていると仮定し、楽な姿勢をとるべきと判断してのことだ。後は時間を潰すためのなにかが欲しい。元々不自由を強いられることが多かったため、なにも無いまま無為なだけの時間を過ごすことにも慣れていたが、ここ最近はあまりにも刺激が多過ぎた。なにも無いままただ座っているだけということに苦痛を感じてしまうだろう。封印されていた身がヤワになってしまったものだと自嘲し、また怒らせてしまうことは覚悟の上でメピスに話しかけた。

「俺と話をしたくないということなら仕方ないと諦めよう」

返事は無い。

「メピスとの会話は楽しかったが、俺だけが楽しんでいても仕方ないことだ」

メピスの身体が反転し、カナの方へ顔を向けた。目が開いている。表情は剣呑《けんのん》だ。魔法少女ではない変身前の顔というのはある種の迫力を持っている。

「なんかムカつくんだよ」

「失礼した。それはそれとして一つ頼みごとを聞いてもらえないだろうか」

「この期に及んでなに頼もうっての」

「朝までの暇潰しが欲しい。詩集の一冊でも貸していただけないだろうか」

「ししゅ……なに？　よくわかんないけど、本でも読んでればいいじゃん、そこにたくさんあんでしょ。もう面倒なことというな。あたしは寝る。死ね」

家主の許可を得ることができた。自由に読んでいいというのだからどれを読んでも咎められることはないだろう。カナは本棚に差してある一冊を抜き取り、数頁を捲《めく》ってから元に戻した。別の本を抜き取って捲り、また別の本を抜き取って捲り、何度か繰り返したが結果は変わらない。カナは天井を見上げた。シミの形が人型ゴーレムに似ている。

「メピス」

「なんだよ！」

「俺が読むことのできるものが無い」

「はあ？」

跳ね起きた。驚きと困惑を顔に浮かべ、掴みかかる勢いでカナの隣に跳び、横から本を奪い取って目を通す。一呼吸と経たずに表情は鎮まり、驚きと困惑は怒りへ変化、眉を逆立たせた。心なしか睫毛まで逆立っている気がする。

「普通に読めるじゃん」

突き返された本を開き、カナは描かれた絵の一つを指差した。

「意味がわからない」

「普通の漫画だろ」

「漫画とはなんだろうか」

メピスの顔に浮かんだ怒りが再び困惑へと戻っていく。眉の動きを見るだけでも面白かったが、それをいえば怒らせないわけがないため口に出しはしなかった。

「え？　なに？　ネタ？」

「ネタとはどういう意味だろうか」

「漫画知らないの？」

「初めて目にするものだ」

「嘘でしょ。絶対嘘」

「俺は嘘を吐かない」

知っている上で真実をいわないことはあるが、それは嘘ではない。人間関係をより円滑にするためのちょっとした工夫だ、とカナは思っている。

「マジかよ。いるのかよそんなやつ……最近は漫画の読み方を知らない若者もいるとかネットニュースかなにかで見たことあるけどそういう話とは違うんだよね？」

「読み方以前に存在そのものを初めて知った」

「有り得ねー。『ギガブラント』も『ラッパ吹きの日常』も『マルコシアスの血族』も読んだことないってことじゃん。つーか『ちびねこちゃん』や『まるまるくん』のレベルも知らないってことになるけど有り得ないじゃん、そんなの」

「不勉強で申し訳ないが聞いたことのない情報ばかりだ」

メピスはベッドの上に座り、胡坐をかいて何事かをぶつぶつと口にしている。心ここにあらずといった風で考え事をしているようだ。シャツの裾が膝に押し上げられているせいで下着が露出していたが、下着について彼女に指摘すれば怒りを呼ぶということは既に学習していたため、カナは黙ってメピスの顔と下着を見ながら待ち続けた。

「そうか、刑務所にいたからか。ずっと捕まってたから触れる機会が無かったとか。いやでもそれだとめっちゃ大昔から捕まってたってことにならない？」

「触れる機会が無かったというのは間違いではない」

「そっかあ。言葉はわかるんだよね？　わりと流暢に日本語話してるけど、読みの方ができないとかそういうことはないよね？」

「翻訳魔法は働いている。俺が理解できないのはあくまでも読み方だ。絵が続いているようだが、どのような順番で読めばいいのか数字が振られていない。そもそも順番に読めばいいものなのかもわからない。他にも意味不明な記号が散見される。恐らくは発言と思しき言葉を丸で囲んであるのは人物が発した言葉という意味か、と思ったが、囲んである丸にバリエーションがあって状況により使い分けがされているようだ」

「ああ、うん。そうか。そうね。うん。こう、特に意識することもなく当たり前に読んでたけど、いわれてみれば暗黙の了解的なルールがけっこうあるかもね」

気付いたのか、無意識でやったのか、右手でシャツの裾を直し、足を組みかえ、背を反らし、勢いよく元に戻し、カナの顔と接触する寸前で静止した。

「つまりはさ、まだ漫画という広大なフィールドを一切知らないってことだよね。これからどんな漫画を読んでどんな漫画を好きになるかもさ、あたし次第ってことになるかもしれないってことだよね。それって凄いことなんじゃないの」

「そうなのだろうか」

「そうなんだよ！」

自分の腕を抱き、天井を見つめて切なげな溜息を吐いた。カナも天井を見たが、そこには例のシミと煤の溜まった電灯しか無かった。

「魔法少女ってさ、基本、魔法少女が好きなわけじゃない？」

「当然といえば当然では」

「まあね。わかるよ。でもさ、中には別に魔法少女に思い入れがあるってわけじゃないヤツがいてもおかしくないでしょ。まああたしのことなんだけどね。魔法少女よりもさ、バトル漫画が好きなんだよね。頭使った能力バトルも好きだし、ロボット同士で白兵戦するのも好きだし、秘伝とされる技を使う格闘技も好きだし、ビームの出力競い合う脳筋なバトル漫画だって大好物だし、とにかく戦ったり戦ったりするやつが好きなのよ。その中だとやっぱヤンキーものがベストオブベストってことになるかな」

そこまで戦いを愛するという気持ちはわからなかったが、カナは弱者であるが故に戦いの本質的楽しさから目を背けてきたという可能性もある。

「だからメピスは好戦的だったのか」

「その言い方やめろ」

「失礼した」

機嫌を損ねたかと身構えたが、メピスはさして気にするでもなく天井を見上げていた。

「魔王塾とかいいよなあ。知ってる？　魔王塾？」

「名前を聞いたことはある」

「アーデルハイトがそこの出でさあ。でも今はもう無いんだよ。自分達だけバトル漫画みたいなことしてさ、勝手に解散してもうおしまいなんて許されることじゃないね。あたしにだって参加する権利はある。ぶっ潰してやったらきっと楽しいと思うんだ」

「無茶はしない方がいい」

「まあ魔王塾をぶっ潰してやりたいっていうのは偉そうにしてるのが気に入らないって理由が一番だけど、バトル漫画的な展開が欲しいっていうのは無いわけでもない。実際にバトルることがないから漫画読んで発散するしかないわけだけど」

メピスは立ち上がり、本棚の前に立ってなにやらぶつぶつと呟き、数冊の本を引き抜いた。頁を捲って内容を確認し、納得した様子で頷き、親指を立ててベッドを示した。

「来な。あたしが教えてやる。漫画という文化《カルチャー》の奥深さを」

「そこまで大仰な話なのだろうか」

「話なのさ。漫画を知らないなんて人生の八割損してるよ」

「読み物だけで八割は大き過ぎるように思える」

「世界が変わるんだよ。単に楽しいってだけの話じゃないんだ。クソみたいな世界の中で誰も彼も死んじまえって呪い続けてたようなやつがさ、ほんのちょっとだけでも生きることが楽しくなってさ、この漫画の続きを読むまでは死ねないなんて思うようになってさ、今週のあれすげー面白かったとかそういう話ができる相手も増えてさ、そりゃもう八割変わってるじゃん。いや八割どころじゃないかもしれない。あんたの人生はどんなもんだったかなんて知らないけど、たぶんそんなに幸せでもなかったでしょ、ムショにいたんだ

し」

「個人的な幸福感を最終的な目標としているか否かについては――」

「はい面倒臭いこと終了。ほら、さっさと来る」

メピスがベッドに寝転がり、隣を叩いた。カナは隣に寝そべり、メピスが開いた本のページに目を落とす。コマ割り、吹き出し、漫符といった各種専門知識の教授が始まった。シーツの上は魔法少女ではない誰かの匂い、恐らくは変身前の少女の匂いがした。

◇スノーホワイト

アーリィはよくやってくれていた。元々情報を集めるためにデザインされたわけではない。戦うために生み出されたといっていい彼女が、こんなことがあった、友達がこんなことをいっていた、と楽しそうに報告してくれるだけで立派な情報だ。

とはいえ、深く掘り下げることは難しかった。転校生のカナは極めて胡乱《うろん》な存在だったが、なにせ転校してきたばかりなのでまだなにもわからない。テティとメピスの揉め事は彼女達の過去が関係しているらしいが、下手に探ろうとすれば不審を呼ぶに違いなかった。テティのメピスの揉め事は全く個人的な問題でしかない可能性もあり、そのためにアーリィを怪しませるというのはメリットに対してリスクが高い。なにより、笑顔で学生生活を楽しんでいる彼女を見ていると、探らせたり調べさせたりといった「必要なこと」が「余計なこと」に思えてくるのだ。

スノーホワイトは指の上でシャープペンシルを二回転半させ、ぴたりと止めた。会議室程度の広さ、会議室程度の備品という堅苦しい部屋の中で難しいことばかり考えていると息苦しくなってくる。せめて姿勢くらいは楽にしようと長テーブルの上にタオルをのせ、ブーツを脱ぎ、足をタオルの上に置いて椅子の背もたれに寄りかかった。

天井を見上げた。音楽室の壁のように、小さな穴が点々と続いている。

アーリィ以外のルートからも、情報は集まりつつある。

ブレンダ、キャサリンが夜回りをしてくれているお陰でアーデルハイトとライトニングの私闘を知ることができた。

マナは監査部門に入る情報のうちこれぞというものを流してくれている。恐らくは彼女の父である監査部門長が見逃してくれているのだろう。

デリュージはプリンセス・ライトニングのことを知り、研究部門の方から手蔓を引っ張ってくれた。歯を食い縛りながらやっているに等しいことは、心の声で伝わってくる。

オスク派の内部から「実験場」の動きも流れてきている。人体実験を始めとした倫理に反する研究や実験はなんでもしていると噂されているオスク派内の研究機関だ。ハルナ校長と同じオスク派ということで魔法少女学級との繋がりもあり、警備用ホムンクルスを卸している。そしてここ数日、警備用ホムンクルスの数と質が強化されてきている。魔法少女学級がスタートする前ならともかく、始まってから一ヶ月経過したこのタイミングというのは不自然だった。気持ちの悪い違和感がある。

考えに耽《ふけ》っていたせいで、声が聞こえたのだと確信が持てなかった。スノーホワイトは慌てて上半身を起こし、声が聞こえたと思しき方に目を向けた。シャドウゲールがレンチを使ってナットを締めている。彼女の周囲には機械類が散乱していたが、散らかしていることについて咎める者はいない。茫洋《ぼうよう》とした目を機械に向けながら締めたり繋げたり付け替えたりを繰り返している彼女をそのままにしている。

スノーホワイトは大きく息を吐いた。気のせいだったのだろう。聞き慣れた甲高い電子音声で「ぽん」と呟く声が聞こえた気がした。だがそんなわけはない。ファルは未だ見つかっていない。

意識を今回の件に引き戻した。

学校周りに関してはどうしても目が足りない。可能な限り注視しておくべきだ。その上で、なにかあった場合にすぐ介入できるよう準備をしておく。

廊下の方から心の声が近寄ってきた。スノーホワイトはテーブルの上から足を下ろし、まるで最初から正しい姿勢で座っていたかのように、澄ました顔で椅子に掛け直した。

第八章　今日は帰りたくないの

◇カナ

『屑鉄のナックルダスター』第一章、冊数にして十五を読了し、カナはゆっくりと息を吐き出しながら十五巻をベッドの上に置いた。いつになく緊張した面持ちでメピスがカナを見ている。カナは右手の人差し指を立て、『屑鉄のナックルダスター』第十五巻を指差した。

「これは」

今度は鼻から息を吐き出し、ベッドから立ち上がり、入り口に向かって二歩進み、今度は窓の方に向かって三歩戻り、振り返った。

「面白い」

メピスの表情から緊張感が溶けて消え、喜びが姿を現す。しかしカナの方は面持ちを崩すことなく緊張感を保ち、愁いを湛えた視線を置いたばかりの本に向けた。

「しかし、良いのだろうか」

「面白かったんだろ。なにが悪いんだっての」

「面白い……面白過ぎるのではないか？　刺激が強い。中毒性も高い。今一章を読み終え、一応の完結大団円を迎えたばかりにも関わらず、俺はもう続きが読みたくて仕方がない。逃げたタツオを捕えた一団は何者なのか。リュウイチに囁いた内側に棲む存在の正体は。ナックルダスターの異名を持つという伝説の総長とはいったい……」

「つまりハマったってことでしょ」

「この刺激性は市販していい範囲を逸脱しているのではないか。全てを投げ打って読書に耽る民ばかりになれば国家が崩壊してしまう。大量生産され、誰でも手に入るよう安価で市販されている創作物であり、人口に膾炙《かいしゃ》させるための――」

「だから難しいことというなって！　あんたはもう本当そういうとこだよ」

「どういうところだろうか。具体的に指摘してもらえると」

「いいから！」

メピスは立ち上がり、どやしつけるようにカナの背を叩いた。強引に座らされるという形で再びベッドの上に腰掛け、メピスは素早く隣に座った。行為の暴力性はともかく、表情は平和的でメピスとしては珍しく頬を緩め、可愛らしく笑っている。

「あんまりあてられてるっていうならさ、クールダウンすればいいじゃん。こういう時はさ、作品トークよ。ここが面白かったとかさ、ここがよくわからなかったとかさ、ここにはこういう意味があるんじゃないかとかさ、伏線っぽかったよねとかさ、そういうことを話して次に備えんのよ。漫画好きってのはそういうやり方で一旦頭冷やすもんよ」

「なるほど。理にかなっているかもしれない」

話したいことは山とあった。主人公と好敵手の関係性、県下最大の暴走族がしたということになっている蛮行の数々は本当に彼らがしたことなのか、かつて番を張っていたという主人公の父親が妙にぼかした物言いに終始しているがストレートに伝えるわけにはいかないのか、といったことをカナが話し、メピスは「ネタバレにならないよう気を付けないと」といいながらも大きな熱量をもって返してくれた。しかし主人公の恋模様になると「興味がない」「漫画のジャンルが違う」「そういうの本当いいから」と話の相手をしてくれなくなってしまう。

「パートナーを誰にするかは興味深いと思うが」

「ヤンキー漫画なんだからバトルしようよバトル。恋愛はラブコメでもラブでもなんでもいいからそっちに任せればいいじゃん。タイマン上等ってさ」

「次世代にどのような形で遺伝子を残すか競い合うのもバトルといえるのではないか」

「バトル漫画で扱うべきバトルじゃねーでしょうがよ」

「メピスが話し相手になってくれないというのならば、俺が胸に抱えた思いはどこで吐き出せばいいのだろう」

「そんな大袈裟な話じゃないっての。リリアンとか恋愛脳だからあいつならのってくれるかもしれないよ。好きとか愛したとかそういう漫画ばっか読んでるから」

「そういった種類の漫画もあるのか」

「この部屋には置いてないけどね。好きじゃないから」

カナの想像以上に漫画の領域は広範なようだった。しかしここはメピスの部屋だ。メピスの趣味に合わないものはハネられる。カナが真剣に漫画と向き合おうというのであれば、いつかこの部屋から羽ばたかなければならない時も来るのだろう。それはそれとして、今はこの部屋の漫画だけでも充分だった。刺激的な娯楽の過剰摂取は精神の異常を招く。頬に手を当てると仄《ほの》かに熱をもっている。平熱以上だ。身体にまで異常が生じている。

メピスはクールダウンのために雑談すべきと提案したが、クールダウンどころかより熱くなっている。これ以上漫画の話を続けるのは危険だ、とカナは判断した。

「リリアンは恋愛の漫画が好きだといったな」

「そうだよ。少女誌レディコミなんでもござれよ。大人しそうな顔してさ、男女だけじゃなくて女と女でも男と男でもいいってタイプよ。恋愛描写なんて殆ど無いようなバリバリの少年漫画まで『このシーン、こういう意味があるんじゃ』『だれそれ君がなんとか君を好きってこと伝えようとしてるのかも』なんてきゃーきゃー盛り上がるタイプだよ」

「そういった楽しみ方もある、と」

「あたしも毎週郵便局通って切手買ってコツコツ出してさ、でも懸賞一回も当たったことないんだよね。ああいうのってやらせ的なやつだったりすんのかね。あたしほどの愛読者なんて滅多にいないいんだからちょっとくらいサービスしてくれりゃいいのにさ」

いくつか専門用語らしい言葉が出てきたため意味は通り難かったが、いわんとすることは概ね理解できたように思える。カナは右手人差し指で前髪のラインをすっと撫で、中指と合わせてメピスに向けた。

「リリアンとは付き合いが長いのか？　よく知っているようだが」

「まあ、中学入る前からだから一応は長いってことになるかな」

「クミクミとは？」

「あいつもリリアンと変わんないかな。所謂腐れ縁よ」

「アーデルハイトは」

「あいつはガッコ入ってから。まあ悪いヤツじゃねーから」

「ならばテティは」

メピスはすっと目を細め、ベッドの上で片膝を立てた。カナを見る目の温度が先までに比べて幾分か下がっている。

「気に障ることをいっただろうか」

「障るか障らないかでいえば障るね。でも別に大したことじゃない。小坊ん頃からの付き合いで一緒に魔法少女になった、そんだけ」

「その割には険悪な間柄に見える」

「そりゃね。久しぶりに会ったらチョーシこくようになってたからね。昔はどこ行くにもあたしについてきてさ、なにかあるとあたしの後ろに隠れんのよ。でも今は上から見てんだよね。偉そうに、何様だっての。模擬戦の時も偉そうにさ、なんなのあいつ」

「ふむ」

「テティのことなんかよりさ、なんであんたはそんな……探るようなことをいう？」

「探るわけではない。メピスも俺も同じ班、即ち仲間だ。仲間のことは気になるだろう」

「へえ。ふうん」

「俺に限ったことではない。クミクミもリリアンもアーデルハイトもメピスのことを心配しているようではある」

「けっ」

「テティもだ。心配そうな目を向けていることが多々ある」

「あ？　マジで？」

「マジだぜ」

メピスは天井に向けて大きく口を開き、耳を塞ぎたくなるような奇声で唸り、カナの方へ向き直った時には眉を逆立てていた。次いで鼻を大きく膨らませ、叫んだ。

「おかんかあいつは！」

「おかんとは」

「母親ぶってんのかよ！　何様のつもりだ！　どういう視点から見てんだよ！　同い年でどういう上から目線だ！　バカ！　阿呆！　間抜け！　テティ！」

投げつけたクッションが壁に跳ね返り、床でバウンドし、ベッドの縁に当たってまた跳ね返った。憤然と立ち上がったメピスの姿は黒髪の魔法少女に変身している。拳を固めて壁を殴りつけ、触れる寸前、残りは指一本分というところで止め、長々と息を吐き出し、いからせていた肩を下ろした。

振り返ったメピスは、当人がいうところの「クールダウン」を為したらしく、今までになく冷静で、かえってそのことが感情の激しさを思わせる。

「なんで止めないの」

「なんで、とは？」

「ここ賃貸なんだよ。魔法少女のパワーで壁殴ったらとんでもないことになるじゃん」

「家主がやっていることだから自由にさせた方が良いと考えた」

「気が利いてるようで実は全然利いてないんだよねえ、あんた」

メピスは先程の半分程度の長さで息を吐き、カナの隣に腰掛けた。股を大きく開き、膝に両手を当て、背中は猫背気味に曲げている。横目かつ下から見上げてカナを見た。

「あたしの魔法ってさ、わりとこう搦《から》め手《て》っぽいとこあんじゃん？　真正面からバトルに使うってやつじゃないじゃん？」

「俺よりは戦闘向きだろう」

「でもさ、テティとかさ、あいつモロ戦闘向きなんだよね。正面から打ち合えばこっちの手足簡単に押さえられるし、一回掴んだら瞬きする間に握り潰せんだぜ、あいつ」

「模擬戦では大した活躍だった」

「なんかさあ、こうさあ、昔はさ、あたしが守る側だったわけ。でもさあ、魔法少女になってからはさあ、なんつうかさ、こう、向こうのがバトル的な魔法なんだよなあ」

「いいたいことがよくわからない」

「いいよ、もう、わかんないなら。あたしだって別にわかってほしいわけじゃねえし。そんなことよりさ、あんたの話しようよ。なんかさ、秘密主義っぽいんだよなあ」

足を組み、右手親指の爪を唇に当て、背筋を伸ばした。編み上げられた髪がうねり、上下左右からカナを指し示すように先端を向け、カナは尻三分の一分後ろへ退いた。

「あんた、あたしの前で変身解除したことないよね」

「無い」

「やっぱ秘密主義っぽくない？」

　変身解除はメピスの自由意思に基づく行為であり、カナが付き合わなければならない理由はなに一つ無い。ということを懇切丁寧に説いたところで怒りを買うだけで一切の加点はないだろう。入学以来、幾度となく体験した失敗を元にして得られた経験則の一つだ。切り抜けるためには別方向からのアプローチを試みた方が良い。

「かつて魔王パムという魔法少女がいた」

　メピスの眉根が不審げに寄る。髪が円を描くように蠢いた。

「知ってるよ。魔王塾作ったやつだろ。なんで今その名前が出てくんの」

「魔王パムはたとえ知己朋友であろうと余人の前で変身を解除するなと説いたという」

「なんでだよ」

「いや、そこまでは聞いていない。俺の知り合いの知り合いの知り合い……いや、知り合いの知り合いくらいか。魔王パムと親しい魔法少女がいたはずだ。ぼんやりとした記憶ではあるが、それなりに興味深く聞いていたのではないかという感触が残っている。とはいえ伝え聞いたことでしかなく、理由を掘り下げようとは思わなかった」

「なんだよ、知り合いの知り合い系の話じゃん。うっさんくせえ怪談によくあるやつ。なんかもう一気に信憑性無くなったし」

「いや、正しく伝わっているはずだ。変身を解除した姿とは弱みでしかない」

「だったらさ、あたしは……てかクラスメイト全員が、一方的にあんたに弱み見せたってことになるじゃん。仲間同士っつーならそういう一方的なのはどーなのって話よ。お互いオープンでいこうよ」

メピスは片頬だけで笑っている。不敵な笑みだ。カナは思わず片頬だけで笑い返した。こちらは力ない笑みと呼ばれるものだろう。カナとメピスを比較した時、口の上手さという点においてカナがメピスに敵うことはない。メピスは時に恫喝《どうかつ》めいた口ぶりで、時に媚びるような言葉を使い、カナの心の扉を開こうとしてくる。そこに彼女の魔法が加わるため、言葉に耐えるだけでも相当な忍耐を強いられる。

「そろそろ登校しなければならない。メピス、朝食の用意を」

「ハイ残念、今日は夜間実習だから昼間は休んでろって昨日カルコロいってたし」

「……そういえばそんな話もあったかもしれない」

「誤魔化すなって。大したことといってるわけじゃねえんだから。変身解除しよ？」

カナは自分の忍耐力に全く自信が無かった。一般論として、刑務所に収監されるような者は我慢強くない場合が多いのではないか、と思う。

カナはいつまでも耐えられる自信が無い。さり気なくメピスが口にした「仲間同士」というフレーズが、扉の蝶番《ちょうつがい》を緩め、ノブをガタつかせ、鍵穴に油を差している。まるでカナが悪いことをしているかのような流れになりつつある。あるはずがない罪悪感によって胸の内側がざわつき、突如発生した申し訳なさが背後から忍び寄ってくる。

やはり悪魔をモチーフとしているだけあり、口が回る。哀れな老博士のように、気付いた時には法外な契約を結ばされていても全く不思議ではない。

カナは方針の転換を意識した。退却ではない。転進である。相手に合わせた笑みを崩し、口元を引き締めた。カナの真剣な面持ちにメピスも引きずられたのか、表情に強い真剣味が加わり、鋭い視線で見返した。カナは一言《いちごん》ずつ慎重に区切って話し、聞かせた。

「今は、まだ、その時では、無いのだ」

「ああ？　どういうこと？」

「俺は、けして、夢を、諦めたりは、しない」

「んん？」

「やつの、目を見ろ。あれは、ヤマネコだ」

「あんたそれ……さっきから全部漫画のセリフじゃねえか！」

「死闘狼怒《デッドロード》の連中なんざ所詮は犬だ。犬並にしか考えることもできねえ」

「やめろ！　真面目に聞いてんだよこっちは！」

「オメーのことは、俺が守るぜ」

「てめえこの野郎！」

メピスが飛びかかり、カナが布団に潜り込む。髪の尻尾がシーツの中へ侵入、カナは内側で滑るように移動し、枕の方から脱出、ベッドから飛び出し、ベッドの下へ、縦方向に抜けて右に折れ本棚の前へ出、落ちていたクッションをメピスに投げつけ、顔に当てた。逃げながらも延々と漫画を読んで覚えた「いつか使ってみたい」台詞を繰り返す。

メピスは吠え、カナは身を竦ませた。意識させることなく追いかけっこの形を作り、いつの間にか変身解除の話は無かったことになっている。メピスの怒りを誘うことで身の危険という大きなマイナスをプラスに転化させる。悪魔を手玉にとる交渉術に、己もここまで成長したかと口元を綻ばせ、やがて追いかける方も「なんで一回読んだだけでそんなに覚えてんのさ」と笑い、二人の魔法少女は狭い部屋の中でしばしの間鬼ごっこに興じた。

◇テティ・グットニーギル

急な実習が入ったことでぽっかりと時間が空いた。掃除洗濯部屋の片づけと休みのうちにやっておきたかったことを済ませてしまうとやることもなくなってしまう。魔法少女活動をするには日が高過ぎ、魔法少女一直線に生きてきた藤乃には趣味らしい趣味もない。

一般教養の予習に復習、魔法少女座学の予習に復習、アーリィとドリィの分のカリキュラムを組み立て、時計を見るとまだ十一時だった。一班の子と食事にでも出かける約束をしておけばよかったかと唇を噛み、何の気なしにカレンダーを見た。

五月も半ばを過ぎている。魔法少女学級に入ってから一ヶ月以上経過していた。

上手くやっているだろうか、と振り返ってみると、上手くやってはいないだろう、という結論が頭に浮かんだ。メピスと仲直りしようと行動し、結局メピスとは仲直りできていない。したのは仲直りではなく、ただの謝罪だ。

藤乃は元々誰かを誘うとか、仲間に入れてもらうとか、そういうことが下手くそだった。子供にとっては死活問題だ。小学校にあがったばかりの頃、友達を作ることができず、孤立しがちな藤乃とまず友達になってくれたのがメピス――佐山楓子だった。友達になってからしばらくして一緒に魔法少女試験を受けた。お互いライバルだ、どっちがうかっても恨みっこ無しだ、なんていっていたのに、二人とも試験に合格した時には脱力し、笑った。あの時は本当に楽しかった。

今は、一緒に笑うこともない。魔法少女学級で再会した時はそれなりに盛り上がりもしたし、四月くらいまでは班に拘《こだわ》らず話したりすることもあったが、今はもう付き合いが途切れてしまっている。

班の分断、という最近の傾向は、テティこそが発端といっていい。どうにかしなければならない。メピスが悪いやつじゃない、ということをテティは知っているのだから。

もうちょっと積極的に話しかけてみるべきだろうか。しかし上手いことを話すのが苦手であることを再確認したばかりだ。佐藤さんが教えてくれた中庭を軸にしてもうちょっと上手くやれないだろうか、とルーズリーフに仲直りのプランをさらさらと書き連ねていく。

計画書を立てても計画通りにやれないことは知っていたが、なにしろ手持無沙汰だった。

◇プシュケ・プレインス

急な実習によってぽっかりと時間が空いた。はずだったが、思ってもみなかった誘いを受けた。校門の前で待ち合わせ、連れ立って近所のカフェテリアに入る。どんな洒落た格好をしてくるのか、と期待していたら制服だった。といってもプシュケも制服だ。平日の昼間から制服を着た女子中学生二人がお茶を飲んでいる。幸い、客はおらず、店員から咎められることもなかった。一応、今日の特進クラスは昼授業が無いという大義名分を持ってはいるものの、咎められないなら咎められないに越したことはないのだ。

なにせ相手は目立つ。プリンセス・ライトニングという人外の美形がいるためクラスではまずまず埋没しているが、変身前のサリー・レイヴンは読者モデルをやっていたといわれても「ああそうだろうね」と思う程度には見目が派手だ。瞳は大きく形の良い鼻はつんと高い。ライトニングと話している日常の一枚絵は、同性の目から見ても保養になる。

「ちょっとお話したいことがあってねえ」

「学校じゃ話せないことなの？　正直面倒臭いんだけど」

「そういわないでねえ。プシュケさ、最近ちょっとおかしいなって思わない？」

考えるまでもない。「思うよ」と即答した。

「ライトニングがアーデルハイトと喧嘩したとか、ライトニングが模擬戦で二班ハメるようにしたとか、サリーはそういうこといいたいんでしょう?」

「話が早い。まったくもってその通りだねえ」

「だからさ、そういうのが面倒臭いっていうの。どうせ皆思春期真っ盛り、魔法少女なんてただでさえおかしな連中なんだからおかしなことするのが当然みたいな話なんだって。そういうのにいちいちかかずらってるのが本当面倒臭い。嫌」

「まあまあ。気持ちはわかるけど」

レインボーピーチティーが運ばれてきたため一旦会話を中断した。七層に色が分かれた美しくも可愛らしいピーチティーだ。店外から差し込む太陽光をキラキラと反射させている光景をパシャリ、更にサリーと二人並んでグラスを掲げているところをパシャリ。

席に戻り、会話を再開した。

「プシュケはさ、学校来る前からプロやってたよねえ?」

「プロ?」

「キューティーヒーラー二十周年記念パーティーで警備やってくれてたよねえ? 私さ、広報部門の魔法少女だから。キューティーヒーラーが好きでねえ」

知られていたとは思わなかった。自然と眉間に皺が寄る。

「それがなに？」

「いや、プロならわかるでしょって。ライトニングが故意にかき回してるように見えるんだよねえ。なにか、こう、意図をもってやっているんじゃないかってねえ」

「だったらなに？」

「いない人の悪口は趣味じゃないんだけど」

「喧嘩売ってんの？」

「いやいや、プシュケがいうのはいいの。あくまでも私の趣味じゃないってだけだから気を悪くしないでほしいよねえ。ええと、ランユウィも出ィ子もあんまり干渉する気が無さそうでしょ。ライトニングが好き放題やろうっていう時に止められないじゃない」

「まあ……そうなるね」

「ライトニングの目論見と行動次第になるけど、最悪の場合、同じ班の私達まで卒業できなくなる事態まで考えられるよねえ？　私には、どうにもライトニングがクラスの分断を図ろうとしているように見えるんだよねえ」

　頷きはしなかった。しかし内心では頷いていた。ライトニングはただ自由に無茶苦茶をしているわけではない、という気がした。三班を他の班と親しませず、テティとメピスを喧嘩させ、アーデルハイトと自身が喧嘩をした。

「アーデルハイトとの喧嘩もねえ。いかにもなにかありそうで。ランユウィと出ィ子の反応、あれ、なにかを知ってそうな感じがするよねえ」

　良い日をしている、と思った。口に出して褒める気はない。

「卒業までいかなくてもねえ。どうにか来年の一学期まで大過なくお勤めできれば、私が……そう、私が、来々期かその次かその次くらいのキューティーヒーラーになるんじゃないかって話でねえ。キューティーレイヴンって名前だけ内定してて、これすごく良い名前でしょ？　変なトラブルに巻き込まれるのだけは本当嫌なんだよねえ。だからさ、プシュケ。ここはお互いさ、プロとして。プロとしてね、本当にヤバイ時は協力しよう。ねえ」

　眉間の皺を少しだけ緩めた。いわんとすることはわかる。実際、同意したい。ライトニングの無茶に巻き込まれて退学なんていうのは絶対に嫌だ。最悪、班から別行動をとってでも自分だけは助かりたいと思っている。自分だけ、の中にサリーは入っていなかったが、運命共同体のような顔でプシュケは頷いた。

「いいね。賛成。それでいこう。いざという時は助け合おうってことで」

「いやあ、話が早くていいねえ。流石プロ」

「まあね。金がかかってるからね。そっちだって金かかってんでしょ？　キューティーヒーラーなんて選ばれればけっこう入ってくるんじゃないの」

「いやそんなことはないねえ。魔法少女のアニメ化なんて名誉ばっかりよ」

「え？　そうなの？　それつまんないしくだんないなあ」

「そんなことはないよ」

「いやあでも別にキューティーヒーラーなんてなったところでさ。あんなの名誉でもなんでもない、ただの商業アニメじゃん」

サリーの顔からふっと表情が消えた。様子がおかしい。プシュケに吐息が届くほど長々と息を吐き、同じ時間だけ息を吸い、サリーは薄く微笑んだ。

「プシュケ。世界には二種類の魔法少女がいるの。一つはキューティーヒーラーが大好きな魔法少女。もう一つはキューティーヒーラーの素晴らしさをまだ知らない魔法少女」

あ、と思った。何度か経験している。これは、地雷を踏んだ感触だ。

「今日は夜にならないと学校がないからたっぷり時間はあるよねえ。いいよ、教えてあげるから。キューティーヒーラーの素晴らしさを、プシュケが理解できるように」

サリーの笑みが強さを増した。

◇クミクミ

急な実習によってぽっかりと時間が空いた。といっても不意の空き時間を有効活用できるわけではない。昼近くまで二度寝し、近所のスーパーで昼食の材料と夕食の材料を購入、エコバッグを自転車のカゴに入れてアパートに帰り、錆の濃い階段の音を聞きながらポケットをから鍵を探り出し、これまた錆の濃い鍵穴に入れ、部屋の中に入った。

頭に浮かぶのはクラスのことばかり、といっても自分のことではない。メピスだ。大体にしてメピスが悪い、とクミクミは思う。お前が悪いといえば怒るだけでなにも進まないから誰もいわないだけで、クラス中がそう思っているに違いなかった。

メピスとテティの二人は、学級で再会してからもトランプや模擬戦等機会がある度揉め事を起こし、クラスの不和の種になっている。

クミクミとしては当然仲直りしてほしい。無事に卒業したい。友達二人が喧嘩をしているというのもやり辛いばかりでいいことが無い。問題は、仲を取り持つにはクミクミはあまりにも口が回らないというその一事に尽きた。変身後のリリアンなら事情を承知しつつそれなりに弁は立つというのに、モチーフに引っ張られてか悟りを開いた感じになって「時間が解決してくれるはずですよ」などと知った風な顔でいう。

リリアンは当てにならない。頼りになるのは自分だけだ。たとえ上手く喋ることができずとも、誠意をもって伝えるべきを伝えようと努力すれば、少しくらいは気持ちが通じていいはずだ。さて、どうすべきか。考えながら冷蔵庫を開けて食品類を入れていく。昨日作った麦茶のボトルを手に取り、コップに注いで飲み干し、途中で手が滑って危うく落としそうになり、なんとか掴んだものの床に水が跳ねた。

フローリングに染みができるというのはいただけない。確かテーブルの上にボックステイッシュがあったはずだ。引き戸を開けてリビングに出、ティッシュボックスから一枚ティッシュを抜き、テーブルの向こうに座っていた人物と目が合った。

「やあ、おかえりなさい」

即座に魔法少女に変身し、ツルハシを構え、殴りつける前にゆっくりと床に下ろした。見覚えのある魔法少女だった。占い師風のコスチュームに大きな水晶玉、そして風体よりも特徴的なねっとりとした笑み、意外にも涼やかな目元、なんとなく聞いていると安心する声。名前はなんだったか。近衛隊にも顔を見せたことがある。具体的にどういう地位かは知らされていないが、地位の高い魔法少女、機嫌を損ねてはいけない相手だ。

クミクミは頭の中で照会をかけ、これらの情報に間違いがないことを確認し、妙なところで大人げがなく、おかしなサプライズを仕掛けてくることがある、という先輩のぼやきを思い出した。心臓を落ち着けてからテーブルを挟んで彼女の前に座った。

「なんの……御用、でしょうか」

「素晴らしいリアクションです。あなたの所に来て良かった」

「あの……御用は」

「私も麦茶で構いませんよ」

慌てて立ち上がろうとし、テーブルで膝を打った。魔法少女なので痛くはないが、恥ずかしい。目の前の女性が恥ずかしさを煽るように口元を隠して肩を震わせている。

クミクミは何事も無かったかのように立ち上がり、コップに麦茶を注いで来客の前に出した。特売の水出し麦茶でしかないのに、女性はさも美味しそうに口をつけた。

「実は今日は、大事なお願いがあってやって来ました。ああ、この部屋に盗聴器が仕掛けられていないかどうかは既にチェック済みですからご心配なく」

「それは……どうも」

「あなた方が通っている魔法少女学級ですがね。元々の計画はプク派が立てていたのですよ。プク・プックの死後にオスク派が奪ってしまったわけですが、真の目的についてはオスク派も知ることはありませんでした。いえ、私も最近までは知らなかったのですから他人のことはいえません。で、ですね。魔法少女学級とはあくまでも隠れ蓑、プク・プックが魔法の国を救済する計画のサブプランとして利用する予定だったらしいのです。プク・プックはサブプランに手を付けることなくメインプランで命を落としたわけですが、サブプランは完全に息の根を止められたわけではありません。上手くいけば再利用してあげることもできる、というわけで……あなた方に協力していただきたいのです」

一言一句忘れまいと必死に覚えていたため、内容の吟味までは至らず、とにかくなにかを頼まれているのだ、というところまでしか把握できていなかった。

◇カルコロ

夜の教室、魔法少女に変身した生徒達が集まっている。ここに至るまでの道のりを思うと涙が出そうになるが、ぐっとこらえて名簿を開いた。

準備を始めた時から気分は暗く沈んでいた。裏山の下調べからスタートし、特に重要と思われる場所に合計百個、魔法の隠し撮影機《カメラ》を設置し、実習にあたっての注意点を書き記したプリントを作成、印刷、全て終える頃には日が沈もうとしていた。まさに強行軍だ。僅かであろうとも労苦を軽減すべく考えた計画だったのに、ハルナのせいで本来無かったはずの苦しみまで背負わされている気がしてならなかった。

アーク・アーリィの名を呼ぶ。鳴き声のような返事だが元気は良い。五十音順で次はカナの名を呼ぶ。静かな返事は昨日と変わらない。ふとカナの方を見、カルコロは動きを止めた。次の名、クミクミを呼ぶまでに必要以上の時間を要し、咳ばらいを一つ挟み、ようやくクミクミの名を呼び、後はいつものように点呼を続けた。

クラシカル・リリアンの名を呼びながらカナの方をちらと見た。見間違いではない。昨日までと違っている。やけくそのように髪が数ヶ所結ばれているのは呪いかなにかだろうか。ファッションというにはあまりにも雑だ。制服の前面にかけられたチェーンの先には棘付きの鉄球がぶら下がっていた。ここまでどうにかファッションと言い張ることもできなくはないだろうが、右手に装着したメリケンサックは武器以外の何物でもない。

なぜ一晩で服装が変化しているのか。校則にはコスチュームの追加や改造を禁止する条項があったはずだ。しかしそれを盾にして元に戻せと命じたところで聞き入れてくれるものだろうか。普段から変身してはならないという条項についてもはっきりと無視している。点呼はメピス・フェレスまで進んだ。カナがメピスの家に寝泊まりしているという話はハルナから教えられてカルコロも承知している。メピスの不良趣味に影響を受けたというのが最も通りの良い流れではないか。見れば、メピスはどこか得意げというか機嫌が良さそうな顔をしている。

もしカナがメピスの影響を受けているのだとすれば、引き留めた方がいい。カルコロにとって都合の良い生徒とは、断じてメピスのような生徒ではないのだ。優等生が不良に引き込まれないようにしなければと考えている自分がまるで教師のようだと自嘲しながらラッピー・ティップの名を呼んだ。いつものように返事をする声が大きかった。

「ええ、今日は事前に説明がしてあった通り、夜間実習になります」

急なイベントだったにも関わらず、生徒は全員参加してくれた。参加人数についてハルナから怒られることはなくなった。

「場所は学校裏の山です。班毎に行動、所定の位置で待機していてください。二十三時三十分になった瞬間から実習スタートです。それでは皆さん移動を開始してください」

生徒達が教室から出ていくのを確認後、カルコロは「実験室」に向かった。実験をするための部屋ではない。主に実験等で使われるホムンクルスの設定を行うための部屋だ。学校に勤める職員二名、つまりハルナとカルコロの承認が無ければ使用することはできない。

上のリーダーに自分のカードキーを通し、少し屈み、下のリーダーに共用カードキーを通す。扉がスライドで開き、自動で明かりが灯った。扉によって堰《せ》き止められていた液体が足元に流れてきてカルコロはその場で動きを止めた。

状況を理解するまでに若干の時間を要した。起こり得ないことが起こっていた。実験室の中、長机の上に男が寝そべっている。年齢の頃は壮年に差し掛かろうというあたり、ローブ、三角帽子、という魔法使いの基本的ファッションに身を包み、身体から流れ落ちた液体――血液でローブをぐっしょりと濡らしていた。

足元にまで流れ落ち、溜まっている血液を跨ぎ越し、カルコロは入室、男の傍らに寄り、脈をとり、呼吸を確かめた。事切れている。既に冷たくなっている。この失血量では生きているわけがない。

呼吸が荒い。静まらない。血の匂いが充満する中で息を吐き、吸うものだから余計気分が悪くなる。強く目を瞑り、開いた。まずは通報だ。部屋に備え付けられた通報装置に手を伸ばしかけ、途中で止まった。なにかを叩きつけたような痕跡を残し、通報装置が大きくへこまされていた。

鼓動が早くなる。カードキーを使って開いたのはカルコロだ。ここには倒れた男以外誰もいなかった。ならば男が通報装置を破壊したのか。いったいなぜ。

とにかくすべきことをする。魔法の端末を取り出した。外部への連絡なら通報装置が無くとも問題はない、はずだった。繋がらない。いったいなぜ。意味がわからない。

どうすべきか。右を見、左を見、落ち着かなく視線を動かし、だらりと下がった男の手が視界に入った。落ちかける眼鏡を押さえ、手の甲に顔を近づけた。彫り物だ。この紋には見覚えがあった。所属者は殊更見せつけるように手の甲を前に出す。

――「実験場」の人間……！

慌てて設定を確認する。モニタには見たことがない数字が出ている。キーボードを打つが、反応してくれない。数字だけが動き続けていく。カルコロは許可を出していない。なにが起ころうとしているのか。

ハルナは本部で会議だ。学校にはいない。連絡ができない以上、カルコロが判断するしかない。とにかくこのままでは裏山でホムンクルスが――とても演習用とは思えない数値のホムンクルスが、解き放たれてしまう。

――そうか、親機の方を操作すれば……間に合うか？

カルコロは、血に足を取られかけながら部屋の外に走り出た。

第九章　戦争中学校

◇テティ・グットニーギル

「整列！　番号！」

テティの号令に続いて一二三と声があがり、最後のアーリィが鳴き声のような声を出して、点呼は完了した。番号を読み上げるまでもなく全員いることは皆が知っていたが、なんとなく儀式のようなもので毎回やっている。真剣な面持ちで割り振られたナンバーを声に出していた魔法少女達は、点呼終了の言葉で顔の筋肉を緩ませ、笑顔になって円陣を作った。

テティは周囲を見回し、自分の肩に手を置いて、軽く揉み解した。雲が無く、星は薄っすら、月は我が物顔で光っているため、意外にも明るい。魔法少女に明かりは必要ない、とはいえ、暗い山道を歩かされるよりはこちらの方が有難い。

「夜はけっこう雰囲気あるね。昼はどこにでもある小さな山って感じなのに」

「小さいっていっても馬鹿にしたものじゃないですよ。たまに遭難者も出るそうです」

「いやあ！　魔法少女で！　遭難するやつってのもいないだろうけどね！」

「ソウナンダ」

唐突なドリィの駄洒落に皆が吹き出し、ひとしきり笑ってからテティは顔を上げた。

「まあ、遭難は大袈裟にしても離れずにいこう。訓練用ホムンクルスだって油断すれば怪我をさせられるし、どれだけ数が出てくるかもわかんないしね」

油断すれば怪我、という自分の言葉によって、先日の模擬戦が頭に浮かんだ。普段からそんなことを思っているから、いざという時に身体が動いてしまった。助けられた、庇われた、というのはメピスが嫌いそうなことだ。次はそんなことにならないよう身体に言い聞かせて――といっても、この山の広さなら他班と接触することはなさそうだった。それは有難い、と思っている自分が情けない。

「ちょっとさ！　面白い物用意してきてさ！」

ラッピーが掌の上に広げてみせたのは、飴玉のようにラッピングされた小さな物だ。キラキラ光る綺麗な色合いの物もあるし、武骨な鉱石のような物もある。

「なにこれ？」

「鉱石とかそういう系のやつ！　それをラッピングしてきたわけよ！　リーさんが掌の中に握っておいてさ！　いざという時これを開く！　どう？　けっこう良くない？」

ミス・リールは、自分の身体を触れた金属と同じ性質に変化させる、という魔法を持つ。ラッピーがいうように、予め色々と用意しておけば彼女の強みはぐっと増す。

「それは良いアイディアですけど……これどこから持ってきたんです？」

「新校舎の理科室からちょっと借りてきた！」

「いやいや……さらっと危ない橋渡らないでよ」

「盗んできたんじゃないってば！　科学部の子達にお願いしたら気前良くね！」

その光景は容易に想像できた。新校舎に出かけて梅見崎中学校の生徒と交流している魔法少女は少なからずいるらしいという話を聞いたことはある。他にもいるから罪にはならないというわけでもなかったが、理科室からの窃盗に比べれば罪状は軽い。テティはミス・リールと顔を見合わせて苦笑し——向こうの表情は変わらなかったが——ラッピーが拝借してきた物はミス・リールが預かっておくということになった。

「しかしよくそういうこと考えつくね」

「だってさ！　最近他の班もマジでやってんじゃん！　うちらも色々工夫してやらないとさ！　ドベから順番に並んで卒業しますとか嫌じゃん！　優等生でいこうぜ！」

「優等生は新校舎に侵入しないって」

「なにをもってして優等生というかによりますね」

スカートの裾を引かれる感触に振り替えると、ドリィが山の方を指差している。見れば、黒い人影が立ち上がろうとしていた。テティは魔法の端末で時刻を確認した。まだ十一時二十五分だ。開始時間より五分早い。

先生は時間にうるさいのにおかしいな、と人影の動きを見ていると、走る速度で山道を下ってこちらに近付き、鉤爪のついた手を振り上げ、テティは振り下ろされる前に腕をとった。ギリギリと押し合いながら、他の魔法少女達に声をかけた。

「まだ十一時半になってないよね？」

「なってないですね」

「でもこれもう開始になってない？」

一体だけではなく、次から次へと黒い人影が走り寄る。やむを得ず最初の一体の腕を握り潰し、頭部を掴んで半ば程から毟り取った。

「前倒しになったっぽいね、これ」

「先生に確認しておきますか？」

しかし次から次へとホムンクルスが掴みかかってくるため連絡どころではない。ドリィがドリルを振るい、アーリィは体当たりで押し倒したところに拳を叩き込む。既に本格的な戦闘が始まってしまっていた。時間前だから様子を見ました、でやり過ごしてしまえる状況は突破してしまっている。テティは指示を出した。

「状況的にしょうがない！　奥へ行くよ！」

「オッケーイ！」

「皆さん、頑張りましょう」

「ガンバルゾー」

始まってさえしまえば早いものだ。テティとドリィを先頭に、お互いの背中を守るフォーメーションを維持しつつ、ホムンクルスを倒しながら奥へと進む。山道は比較的整備されており、ホムンクルスも道に沿って現れるため非常にわかりやすい。毟《むし》り、潰し、叩き、掴み、徐々にホムンクルスの数が減ってきた。

「ムコウ！」

更に奥の方でホムンクルスが集まりつつある。一班はフォーメーションを維持しながらそちらへ進み、ペースを落とすことなく黒い人影を打ち倒していく。

「これ！　ちゃんとカウントされてるのかね！」

「カメラ仕掛けてあるって聞きましたけど……見当たりませんね」

「魔法の隠しカメラなんでしょ」

「アッチニモ！」

ホムンクルスの群れを発見、急行した。叩き、潰し、さあ次へ、と走りかけ、テティの足が止まった。先頭のテティが止まったため、全体がその場で足を止める。ラッピーが不思議そうに「どうしたん」と声をかけ、ミス・リールが「なにかありましたか」と心配そうに話しかけてきた。しかしテティは応えることなくその場で立ち竦んでいた。足を止めた、というより足が動かなかった。

目の前で立ち上がろうとしている黒い人影は、ここまで戦ってきたホムンクルスとまるで形が違っている。腰に細剣《レイピア》を差し、膝まであるブーツを履いている。コスチューム、佇《たたず》まい、どう見ても魔法少女を模した姿だ。頭に差した羽飾りが風に吹かれてひらりと揺れた。

ぬるっとした質感、それに全身が黒一色という特徴はホムンクルスと共通しており、それだけに魔法少女だと思えてしまうことがグロテスクだ、と感じる。だがテティの足を止めている原因は気色の悪さや異様さではない。身体の内側、心臓や肺と一緒に背筋を撫でられるようなぞっとする感じ、近くにいるだけで膝が砕けそうになる。

黒い魔法少女は立ち上がり、次の瞬間テティは右のミトンで細剣を握っていた。剣士が剣を抜いて突きを入れたのだ。抜いたことに気付かず、踏み込みも突きも見えなかった。あっと思った時には距離を詰められている。魔法のミトンが無ければ刺されていた。

剣士が放った膝蹴りを、テティは左のミトンで受ける。握り潰していいものかどうか、ほんの一瞬悩む間に、ひら、となにかが煌めいた。

ラッピーが叫び、ミス・リールが悲鳴をあげた。

剣士が、膝蹴りと同時に左手で小剣を抜き、テティに斬りつけたのだ。ミトンは左右に一つずつしかない。最初に細剣を止め、次に蹴りを受け、それで両手が埋まった。小剣の攻撃を通してしまった。テティの頬から血がしぶく。

これからどうすべきか、は考えるまでもなかった。足を離し、剣を離し、テティは地面に膝をつき、頭を下げた。

「将軍閣下、無礼をお許しください」

将軍閣下は二度手を打つことでテティの謝罪を認め、テティは閣下の寛大さに感謝しつつ立ち上がり、賊の方へ向き直った。

「テティさん！」

「ちょっと待って！　なにこれ！」

いずれも強力な魔法少女ばかりだ。しかしテティは彼女達を打ち破る。将軍閣下を守るため、敵は全て排除する。

◇プシュケ・プレインス

黒い魔法少女が正拳——を途中で止めてのローキックを放つ。フェイントも含めて目で追うのがやっとという凄まじい速度だ。

出イ子はその場で小さくジャンプして回避した。空中に逃げた出イ子の顔面に向かって黒い右手が伸び、接触する寸前に出ィ子が魔法によって消失、黒い魔法少女の攻撃が空振りする。そこへ三班の魔法少女達が殺到した。

サリーはカラスの足に掴まり上空から、ライトニングは樹を蹴って、黒い魔法少女を襲う。プシュケは霧状化した潤滑剤を前方へ噴射しながら黒い魔法少女に向かって滑り降りる。摩擦係数を減らした高速のスライディングから足関節を極《き》めるまでのビジョンを頭の中で組み立てていたが、樹の陰からぬるりと現れた新たな黒い影によって進行方向を塞がれ、舌打ちをして右へ跳んだ。サリー、ライトニングにもそれぞれ邪魔が入る。

出ィ子が出現した。薔薇を担いだ黒い魔法少女は戸惑うことなく貫き手、受け、掌底を繰り出し、出ィ子はそれを受けて反撃の膝、黒い魔法少女が打ち下ろす肘で迎撃、よろけたところへ追撃の手刀、出ィ子が再度消失した。

「ラグジュアリーモード、オン」

ライトニングが斬りかかり、そこへ新たな個体、薙刀を構える鎧武者のようなシルエットが妨害し、斬り付け、打ち合い、鎧の肩当が飛び、ライトニングの太鼓が弾けた。

プシュケの前に現れた個体は棒状の物体を右脇に抱えていた。それがガトリングガンであると気付く前にプシュケは樹の陰から陰へと走った。劈《つんざ》くような音と共に、プシュケを狙って放たれた弾丸が茂みを吹き飛ばし、樹を吹き飛ばし、土砂を巻き上げた。弾着がプシュケに近付きつつある。木の根が吹き飛び、足に痛みが走る。

限界だ。あわよくばフレンドリーファイアをと跳ね回ってみたものの、意外な繊細さで味方への攻撃はしっかり避けている。プシュケは転がりながら攻撃を避け、木に登ろうと手を伸ばしたところへ空手道着の黒い魔法少女が前蹴りを放ち、高々と跳ね飛ばされた。ガードは間に合った。しかし右腕が痺れている。木の枝を折り、葉を散らしながら着地、仲間の方へ戻ろうと向き直るが、即座に黒い影が立ち塞がり、逆方向へ逃げるしかない。仲間達がどんどん離れていく。

なにが起こったのか理解し難い。魔法少女のような黒い存在は、恐らくホムンクルスだろう。魔王パムをモチーフに開発されたデモンウイングと呼ばれる種類のホムンクルスを見たことがある。しかし、それと比べてもさっき見たあれらはあまりにも魔法少女に近い。迂回して仲間の元へ戻るコースを頭の中に描いた。プシュケ単独で打開できる状況ではない。囲まれれば潰される。走り出し、すぐに足を止めた。行き先を塞ぐように黒いなにかが地面から湧き出、人の形を作り、両手に一本ずつ構えた手槍を向けた。

――またこのパターンかよ！　ッタレ！

槍による攻撃を横に跳んで回避、転がりながら唐辛子エキスに魔法の力を加えたスプレーを噴霧したが、まるで効いている様子がなく、顔を赤色に染めたまま槍を突き入れてくる。連突きをなんとか避けながら後方へ退き、背中にささくれた樹皮が当たった瞬間、四つ足の獣のように地に伏せ、敵が背後の樹を刺し貫くのに合わせて足を突き出し、鳩尾へ一撃入れつつ素早く後退し、距離をとる。

敵は樹に刺さった手槍を抜き取り、左と右、二本の手槍を合わせて捻った。ぶん、と巨大な刃が出現、二本の手槍が巨大なハルバードと化した。ぶくつさいいながらも真面目にノートをとっていたプシュケにはわかる。このフォルムは、ハルバードエミミン、強盗をしながら旅を続けていたという魔法少女犯罪者だ。

ハルバードが振り上げられた。横っ飛びで回避するが、打ち付けられた強烈な一撃が地面を揺らし、立っているのも難しい。樹が吹き飛び、地面が割れ、もうもうと土煙が立ち込める。土砂と枝葉が落ちる中、プシュケは動き回り、黒いエミミンの周囲を駆けながら地面に潤滑剤を噴射した。

二撃、三撃と悲鳴を噛み殺しながら避け、四発目を振り被ったエミミンが潤滑剤の噴射された地面を踏んでぐらりとよろめく。態勢を崩している相手に向かって摩擦係数極小のスライディングから今度こそ足をとって足首を捩じり、続けて膝を折った。相手を押し倒し、起き上がる前に粘着剤を噴霧、べったべたにして地面に張り付け、すぐに離れる。

次の瞬間、プシュケはしゃがみ込んで後方からの攻撃を回避した。新手だ。低い姿勢で上に向けて強酸性の液体を噴射したが、新たな敵は身体が焼かれることに構うことなくプシュケに掴みかかり、両肩を掴まれた。プシュケの水鉄砲はあくまでも霧状にして噴霧することしかできないため、どうしても威力は劣る。

上から押さえつけられ、水鉄砲を握った右手を足で踏みつけられた。黒い魔法少女の口に相当する部分が裂けるように開くと、中には針のように鋭い牙が無数に並んでいる。

ぐわっと口を大きく開き、プシュケに向かってのしかかろうとした黒い魔法少女が、がつん、と吹き飛ばされた。転々と転がっていき、崖にぶつかって止まる。

「早く！　私の背に！」

ホムンクルスの魔法少女を吹き飛ばしたのは、眼鏡をかけた魔法少女だった。変身したカルコロだ。いわれるまま背負われ、すぐに発進する。巨大なソロバンの縁で両手と左足を使い身体を支え、右足で地面を蹴って前に進むというスケートボードスタイルだ。ソロバンの使い方としては全く正しくない。

プシュケは後方の地面に向けて潤滑剤を吹き付けた。追いかけてこようとしたホムンクルスが前のめりに滑り、派手な音を立てて転がった。更に後方から追いかけていた他の黒い魔法少女達を巻き込み、ぶつかり合っている。

——増えてる……！

ホムンクルスの数が増えている。カルコロが何事かを叫び、前を向くとそちらにも複数の黒い魔法少女達が立ち上がろうとしていた。今度は前方の地面に潤滑剤を放ち、ソロバンの速度を一時的に上昇させ、魔法少女達が起き上がるより早く走り抜ける。

「いきなり！　相談も無しに！　おかしなことしないで！　計算できてなかったら絶対に

転倒してましたからね！　今のは！」

「先生！」

　プシュケは――滅多にないことに――叫んだ。

「なにが起きているんですか！」

「暴走です！　わけがわからない！　ホムンクルスが！　なんでこんなことに！　校長と私だけが！　許可権を持っていて！　二人で許可しなければ臨戦態勢になんてならないはずなのに！　実験場が！　死んでいて！」

　倒木がジャンプ台の役割を果たし、ソロバンが跳ねた。

「通報装置は壊されていて！　魔法の端末も通じないし！　学校の機械は全く操作を受け付けないし！　だったら親機の方を壊せばと！　この山の展望台に！　親機があって！」

　カルコロは空中で身を捻り、ドリフト走行のように着地から即再加速した。プシュケは叫んだ。

「通報してないんですか！」

「だから端末が使えないんですよ！　通報装置も壊れてて！　本国に連絡入れる手段探してる時間なんて無いじゃないですか！　親機さえ壊せば止まるんです！　実験場が！　開発した！　新型のホムンクルスが！　勝手に！　実験場の防犯システムが！　おかしな動き方をして！　私のせいじゃない！　私はなにもしていない！」

「こんな時に泣き言なんて——」

聞きたくない、と言い切る前に、ソロバンの速度が落ちていき、静止した。道の先に黒い人影が立ち上ろうとしている。姿勢の良い立ち姿、膨らんだスカート、頭の上に頂いた王冠、他にもごてごてと飾り立てられているのが真っ黒な姿であっても見て取れた。

古家に吹く隙間風のように甲高い音が鳴った。カルコロが息を吐いた音だった。

「ちょっと先生。なんでこんなところで止まるの」

「グリム……ハート……現身《うつしみ》が……嘘だ、なんで」

黒い女王がゆるゆると動き始めた。まだこちらを認めていないようだ。脇をすり抜けるよりは、今のうちに潰してしまう方が早いだろう。と思う間もなくソロバンは踵《きびす》を返し、プシュケはカルコロの背中に縋りついた。元来た道を逆方向に走り始めている。

「先生！　逆！　そっち敵いっぱいいいる！」

「あれの相手をするくらいなら……敵いっぱいの方が、まだマシです！」

カルコロは叫び、ソロバンは速度を増した。廊下を塞いでいる無数の黒い魔法少女が見る見るうちに大きさを増していく。プシュケは罵りながら水鉄砲を前に向けた。

◇クミクミ

なにが起きたのかはわからなかったが、異常事態であるということは誰の目にも明らかだった。銃声、爆発音、悲鳴、ありとあらゆる種類の物騒な音によって夜の静寂が破られ、それが止まる気配は無い。二班メンバーを囲んだ無数の黒い魔法少女は、じわじわと包囲を縮めつつある。

アーデルハイト、メピス、リリアンと目を合わせた。アーデルハイトが頷き、リリアンが頷き、クミクミが頷き、なぜか――意味もわからず場の雰囲気に合わせたのだろう――カナが頷き、最後にメピスが力強く頷いた。

「気合い入れてけよテメーら！」

「おう！」

「はい！」

「任せといてや！」

「喧嘩上等」

言葉の内容とは裏腹に、落ち着いた調子で呟かれたカナの「喧嘩上等」だったが、それでも気分は盛り上がった。

メピスとアーデルハイトの二人が並んで敵陣に突っ込んだ。黒一色のボディーはホムンクルスのテンプレートに則っていたが、形状がクミクミの知る物とはまるで違っていた。

メピスが手あたり次第に殴り、蹴り、また殴る。殴りつけられた一体がメピスの拳を手の甲で払った。そこから流れるように黒いボディーが動き、ジャブ、ジャブ、ストレートからのフック。動きが早く、コンビネーションはスムーズだ。魔法少女と遜色がない。

横合いから突っかけたアーデルハイトが斬って捨てる。ボクシンググローブに包まれた手を二つに割り、返す刀で喉笛を切り裂く。黒い液体を迸らせながらホムンクルスの身体が崩れていく。その後ろから、また一体、二体、三体、四体、バリエーション豊富な魔法少女タイプのホムンクルスが次から次に現れる。

「今のやつ！」

「なんや！」

「なんか授業で習ったやつに！　似てる気がする！」

「今それいわなあかんことか！」

アーデルハイトが踏み込んだ。一体斬り倒し、二体目に突きを止められる。大きな盾で軍刀を受け止めた黒い魔法少女は逆にアーデルハイトを押し飛ばした。アーデルハイトは背中から大きな岩にぶつかり、しかしそれでも怯まない。

「閃手必勝《カイザーシュラハト》！」

岩を蹴って身体ごと大盾にぶつかり、受けたダメージを乗せた一撃で大盾を打ち叩く。叩き、叩き、側面のガードが緩んだところへ鞭のようにしなる回し蹴りを浴びせかけた。命中の寸前、斜め後方から撃ち込まれた銃弾を緊急回避、とんぼ返りを打って退いた。

銃弾を放ったテンガロンハットのガンマン魔法少女が追撃の三発を放つ。アーデルハイトは地面を転がって一発目を避け、残る二発は軍刀で斬り落とした。テンガロンハットは拳銃をその場に捨てて腰のショットガンを抜く。流石のアーデルハイトも斬り落とすわけにはいかない。転がり、跳び、とにかく避ける。一発、二発、撃つ度に岩が砕け、土が飛び、無数の穴が開く。

「メンなコラァ！」

アーデルハイトに意識が集中した隙を突いてメピスが蹴りつけるも、テンガロンハットは危なげなく避けた。今度はそちらに向けてショットガンを構える。

「避けてんじゃねーよチキン野郎が！」

メピスの言葉にテンガロンハットの動きが一瞬だけ止まる。一歩で間を詰めたメピスの蹴りを、それでもどうにか回避はしたが、後ろから迫るアーデルハイトの斬撃を避けるには至らない。背中を斬り割られ、黒い体液を散らしながらもメピスの蹴りを肩で受け、転がるように群れの中へ退いた。

「しぶといヤツだねえ！　さっさとくたばれや！」

「何匹かに一匹、めっちゃ強いのが混ざっとるで！」

アーデルハイトの注意喚起に合わせるかのように、黒い魔法少女達は液体が滑るような動きで山の方へ移動、樹の陰に隠れて姿を消した。なぜ、と思う前に、ころん、ころんと小さなボールが二つ投げ込まれ、アーデルハイトがメピスを押し倒し、クミクミは走った。

アーデルハイトがメピスを庇い、その上にクミクミが覆い被さる。投げ込まれた手榴弾二つが爆発、衝撃と爆音が周囲一帯を吹き飛ばした。

粉塵がもうもうと立ち込める中、一番下になっていたメピスが叫んだ。

「重えよ！」

「重いのは……仕方ない……」

「てか遅えよ！」

「すま、ない」

駆動音のような音を立ててクミクミが立ち上がり、アーデルハイトが頭を押さえてふらつきながらもなんとか身を起こし、メピスに手を差し伸べて支え合いながら起き上がった。

「オメーら耳は聞こえてるか？　怪我はないな？」

「なんとか」

「問題は……ない」

「次陣来ますよ！」

木々が吹き飛ばされ、夜空が見やすくなった一帯は、広く、見通しが良くなっていた。より多くの人数が出入りできるようになった空間へ、未だ薄らぐことはない粉塵の向こう側から、先ほどよりも多数の黒い人影が迫りつつある。

アーデルハイトが正眼に構え、メピスが顔の前で拳を握り、クミクミが二人に並び、リリアンがその背を守るように陣取った。カナがクミクミの姿を見て「ほう」と呟いた。

「面白い物だ。クミクミの魔法によって作られている」

「リリアンの……魔法も、ある」

今のクミクミは自作のアーマーを着込んでいる。

普段から暇を見つけてはコツコツ作り続けてきた。廃材置き場や粗大ゴミから集めたグレーチング、煉瓦、コンクリート、車輪止め、家電、その他パーツを魔法によって壊してから組み換え、アーマーのパーツとして組み直し、学校の倉庫にこっそり隠した。バレたら止めればいい、と軽い気持ちで始めたが、いつまで経っても発覚することはなく、クミクミのパーツ作りは次第に深度を増していき、今では魔法の手榴弾にすら耐えてみせる強靭な装甲と化した。

コンクリートやアスファルト、遊具に使われているタイヤの分厚いゴムを織り交ぜ、クミクミの魔法によって強化、堅牢さにおいては一個の砦に等しい。今回の夜間実習で猛威を振るうだろうとワクワクしながら持ってきたが、まさか生命を守るような意味で役に立つとは思わなかった。

リリアンが織り上げた魔法の編み糸を使うことで関節部のスムーズな動作を可能とし、力の伝わり方も三倍を超える効率性を実現した。鎧の中に納まったクミクミが、巨大な手や足を自分の身体のように動かすことができるのだ。

　ここまでくれば、最早ただの鎧とは呼べないだろう。全長二メートル、強化装甲と呼んでも差し支えない完成度を誇る作品だ。パワードクミクミフォートレスモードという名前は誰にも教えることなく心の中に仕舞い込んである。

　といったことを自慢してやりたかったが、敵魔法少女の動きを見るに猶予は無かった。ガシャンガシャンと音を立てて前進、右腕部をぶん回して黒い魔法少女一体を吹き飛ばし、生き物よりもスムーズな動きで左の回し蹴りへ移行、黒い魔法少女を二体纏めて消し飛ばした。更に繰り出した後ろ回し蹴りはバックステップで回避されるが、相手の回転丸鋸は右腕部の盾でガードした。感触が重い。丸鋸は盾に三分の一まで食い込み動きを止めた。魔法少女の肉体でまともに食らっていれば真っ二つにされていたことだろう。

　アーデルハイトのいうように、数体に一体、強い個体が混ざっている。

「雑魚は……任せろ！　強い、のは……頼んだ！」

「おうよ！」

「やったるわい！」

「皆さん気を付けて！」

「強い、の定義についてだが――」

　強化装甲を纏ったクミクミが、敵を薙ぎ払い、吹き飛ばす。クミクミの攻撃に耐えた、避けた、という個体はアーデルハイトとメピスが相手をし、巨体の死角になる背後はリリアンがガード、視界の隅でよく見えなかったが、カナはカナで敵の攻撃を避けたりしているらしい。ぶつぶつとなにやら呟いているようだったが、内容までは耳に届いてこなかった。まあ、邪魔をしなければ放っておいてもいいだろう、ということにし、クミクミは前進した。

分厚い装甲を削られつつもじりじりと前に進み、手榴弾で破壊された一帯を突破した。方針は山を斜めに突っ切って外界へ脱出。既に実習の体をなしていない以上、二班が逃げ出したところで責められる謂《いわ》れはない。果たして他班は無事だろうかと思い、他人を思いやる余裕はないと考えを振り払った。腕を振るい、足を振るい、腕を振るい、腕を振るい、ふっと重量の感覚が緩んだ。

右腕部を見た。拳部分が消失している。黒い屑となって宙に散っていく。今殴ったはずの相手を見た。攻撃してきた様子は無い。ただそこに立っている。クミクミはそれを殴り、触れた拳が消え失せた。ヘッドドレスで頭部を覆い、それ以外にもひらひらふわふわとしたアクセサリーで飾り立てている魔法少女だ。黒一色なのにも関わらず、コスチュームのそこかしこが継《つ》ぎ接《は》ぎで補修してあるのが見て取れた。

クミクミは左腕部を継ぎ接ぎの魔法少女にぶつけた。ぶつかった箇所は黒い屑になって消失する。魔法少女が心から楽しそうににっこりと笑みを浮かべた。背筋に寒気が走った。

他の連中とは違う。強いとか弱いとかそういう次元ではない。絶対に相手をしてはならない。フォートレスモードの巨体を浴びせるように圧しかからせ、クミクミ自身は接続を解除、肩部に手をついてそこからバク転し、後方へ逃れた。

コツコツ作り上げた装甲を容赦なく捨てた。少なくとも多少の猶予は得られるだろうと考えたが、それすら甘過ぎる見通しだったと知るまで瞬き一つ分の時間さえ与えられなかった。

まるでそこになにも存在しないかのように、一切の抵抗なく、継ぎ接ぎの魔法少女が分厚い装甲を貫通、黒い屑を飛散させながらクミクミへ迫ってきた。伸ばした右腕が、満面の笑顔が、近づいてくる。クミクミは空中にいる。逃れる術は、無い。

せめて仲間になにかをいわねば、と口を開きかけ、脇腹に鈍い衝撃を受けたことで唾をまき散らしながら咳き込んだ。

カナだ。横から飛び込み、クミクミを抱えて着地、そのまま走り出した。続いて継ぎ接ぎの魔法少女も着地し、カナとクミクミを追いかけてくる。カナはルートを外れ、山の奥へと向かった。

クミクミは抱えられたまま「逃げるな」と命じようとしたが、追いかけてくる継ぎ接ぎを見て奥歯を噛み締めた。違う。今は逃げるべきだ。あれは本当にどうしようもない。触れるだけで死ぬ。ダメージすら通っていない。メピス、アーデルハイト、リリアン、全員が力を合わせてもあれに勝てる方法は存在しない。ならばクミクミとカナがあの魔法少女を引きつけ、その間に三人に動いてもらった方がまだマシだ。

クミクミは抱えられたままツルハシを取り出し、地面を掬うように振るった。後方から走りくる継ぎ接ぎに向けて先程まで土だった正方形の集まりが浴びせられ、しかしただの黒い屑に変えられるだけだった。止まるどころか速度さえ落ちない。

相手も相当に速いが、カナの足は意外にもそれを上回っている。じりじりと距離を離していき、どうにかこのまま付かず離れず引き回していければ、とクミクミが前向きに考え始めたが、なぜかカナが急停止した。カナの後頭部に頭をぶつけてクミクミは呻いた。

「なにを……」

前を見た。黒い魔法少女がたった一人で佇んでいた。

◇カナ

目の前のホムンクルスに関しては記憶を浚う必要すらなく思い出すことができた。カナはその場で垂直に跳び、木の枝にとりつき、背後から突進してきた継ぎ接ぎのホムンクルスを回避した。木の枝を鉄棒代わりにくるりと回り、逆方向へ向き直る。勢いをつけて跳び、走り、加速した。

「なぜ……逃げる。進めば……良かった」

クミクミのいうことはけして間違ってはいない。一人佇んでいたホムンクルスはこちらを見ようとさえしていなかった。脇をすり抜けるなり、蹴散らすなり、できたように思うのが当然だ。だがカナは知っていた。進んだところでどうしてみようもなかったのだ。

「あの女王然とした佇まいは間違いなくグリムハートだ」

「グリム……ハート……?」

「オスク派の最強戦力だ。ここで展開されているホムンクルスが魔法少女の性質を模しているならば、彼女に準ずる戦闘能力を持っていると考えるべきだろう。仮にグリムハートの三分の一程度の強さがあったとして、クラス総出でかかっても全滅する」

「たとえ……強くとも……こちらも見ず立っているだけなら……」

「立っているのではなく、守っているように思う。あそこは……」

「確か……展望台に続く道……」

「つまりそこの番人をしていたのだろう。理由は知らないが」

「しかし……それでも……後ろから追いかけている……あの継ぎ接ぎよりは……」

クミクミのいうことはやはり間違ってはいない。継ぎ接ぎの魔法少女はあらゆる攻撃を消し飛ばし、一切の影響を受けなかった。一見すると無敵に思える。だが、本当の意味で無敵であるとは限らない。カナは後ろに向けて声をかけた。

「お前の弱点はなんだ！　教えろ！」

クミクミが「そうか」と呟き、カナの肩を掴む指に力を込めた。

「質問の答えを……聞く、魔法か。それなら……弱点を……」

「いや、残念ながら使用言語が違っているらしい。こちらの言葉を理解していないようだ」

クミクミは唸り、肩を掴む指の力が増した。

木々の間を走り抜けて再合流といくはずが、さっきまで戦っていた場所にはもう誰もおらず、頼もしい仲間達もホムンクルス達も影一つない。

カナには考えている時間は残されていなかった。誰もいなかったはずの空間に、じわ、じわ、と黒い影が滲み出してきていた。後ろからは楽しそうに駆ける足音が迫りつつある。

カナは、より力を強めんとするクミクミの手に、自分の手を重ねた。肩を握り潰さんばかりに締め付けていた指の力が、弱まった。

継ぎ接ぎのホムンクルスとは言葉が通じなかったものの、全ホムンクルスと意思疎通がとれないわけではない。頭の働きが鈍くはあるが、言葉の通じる者の方が圧倒的に多かった。カナは、彼女達から弱点を聞き出すことに終始していた。

魔法少女型ホムンクルスが抱えている共通の弱点は三つ。強い光、特に日光を浴びると動きが鈍くなる。仲間への攻撃は絶対に避ける。管理者権限を持っている者の命令を聞く。日光が差すには時間がかかり、管理者権限の所在はわからない。突くべきは残る一つだ。

今まさに起き上がろうとしていたホムンクルスに掴みかかり、右手を肩に、左手を股に差し入れて挟み込んだ。蹴りや拳で顔を打たれようと一切怯むことなく掴んだ身体を振り回し、こちらに向かって走りくる足音へ向け、叩きつけた。

ホムンクルスは仲間への攻撃を絶対に避ける。継ぎ接ぎのホムンクルスは触れることそのものが攻撃だ。仲間の身体が自分に向けて叩きつけられた場合、彼女はどうするか。魔法を解除し、仲間の身体を受け止めようとするのではないか、カナはそう考えた。あくまでも推測でしかなく、いうなれば賭けだが、分は悪くないと踏んだ。

水が跳ねるような音が響いた。ぶつかり合い、上半身が粉砕された継ぎ接ぎのホムンクルスはよろけ、倒れ、土に溶けて失せた。カナは抱えていた残骸を床に放り捨て、そちらも同様に溶けて消えた。

残るホムンクルスを平手で叩き伏せ、後ろから襲い掛かった個体は蹴り散らした。

背中の上でクミクミが心胆からの、という風の溜息を吐いた。飛び降り、二度三度足踏みし、それから背伸びをし、身体が動くことを確認しているようだった。最後に両手を膝に当て、先程よりも深く息を吐きだし、目を細めてカナを見上げた。

「まったく……無茶を、する」

「失礼した」

「しかし……助かった。ありがとう」

「恐悦至極」

話している間にも、黒い泡のような膨らみがそこかしこに生じ、起き上がろうとしていた。自動で発生しているのだとすれば止まっている暇も無い。その中には継ぎ接ぎのような強い個体や、最悪の場合、グリムハートのような枠外の者まで混ざっているのだろう。

「どうするべきか」

「こちらへ……向かう」

ツルハシで指示した先は、下り坂だった。

「逃げる、ということか」

「こちらから……仲間を探して合流……は、難しい。魔法の端末も……通じない。なら……外に出て……学校から……通報すれば、いい」

「なるほど」

クミクミがツルハシを構えて先頭に立ち、里の方へ足を向けた。まさに歩き出そうとした時、眼前を塞ぐように黒い壁が生じた。止まることができない。ホムンクルスと全く同じ質感の壁に向かってクミクミが進もうとし、カナはクミクミの襟首を掴んで引っ張り、身体を入れ替えた。

驚きに顔を歪ませるクミクミが離れていく。カナの身体が黒い壁に触れた。引き込まれる。体温が奪われていく。沈んでいく。クミクミがこちらに向けて手を伸ばす。

「来るな」

最後に一言だけ口にし、とぷんと黒い壁の中に全身が沈んだ。なにも見えず、なにも聞こえない。締め上げられるような苦しさと奪われ続けていく体温だけが実感として伝わってくる。これが死ぬということか、と気付いた。末期の言葉が「来るな」というのは美しくない。漫画でも死ぬ間際の人間はもう少しいうべきをいう。しかし現実ではこんなものなのだろう。自分を納得させ、クラスメイトを助けることができただけマシだったかもしれない、とカナは満足することができた。まだ学生生活を楽しみたかったし、読みかけの漫画も未練ではあるが、ある程度の諦念が幸せのコツであることを知っていた。

◇雷将アーデルハイト

前には敵がいる。後ろにも敵がいる。味方は少ない。魔王塾生にバトルジャンキーは多いが、それでもこれで喜べるのはきっと少数だろう。

といっても弱音を吐くつもりは毛頭なかった。戦場と承知で飛び込んだのだ。思っていたより激戦地だったからといって逃げる気は無い。斬り上げ、斬り払い、メピスと背中を合わせ、リリアンの投網で捕らえられた黒い魔法少女を輪切りにし、三人は獣道を登った。

クミクミとカナの離脱後、持ちこたえることはできなかった。二人を待っていたとして、継ぎ接ぎも一緒についてくることになる。二人がどうにか継ぎ接ぎを撒くか、退治してくれるかを祈るくらいしかできない。

軍刀の刀身はコールタールのような黒い体液で粘ついている。振り払って粘りを飛ばし、目の前の相手に突きを入れた。同時に、波が割れるように前方の黒い魔法少女達がパッと飛び退った。眼前がひらけた。坂道の上に太刀を振り上げている黒い魔法少女がいる。間合いが遠い。振り抜いたところで届かない。

――違う！

黒色の太刀がなにもない空間に向かって振り下ろされた。アーデルハイトは歯を食い縛る。なにかはわからないが、なにかが来る。

「獅風迅雷《ブリッツクリーク》！」

時間差ゼロ秒、届かないはずの斬撃を顔面に浴びせられた。受けたエネルギーを足へ向け、踏み込む。地面を踏み割りながら高速で一撃、すれ違いざま横薙ぎに斬りつけた。胴を半ば割られながらも、侍風の魔法少女は太刀を捨て、アーデルハイトに抱き着いた。なにをと思った時には腰に鋭い衝撃を感じ、喉の奥で呻いた。マントを貫通し、黒い棒が突き立っている。誰が、と目を向けると、今そこにいたであろう黒い影がぼんやりと風景に溶け込み、消えた。

「アーデルハイト！」

「気にせんといてや！」

元気に声を出したはずだったが、割れた上に震えている。少なからぬダメージを負っていた。侍風の魔法少女が抱き着いたのは、ただのやけくそではなく仲間への援護だったらしい。そもそも捨て石になる気で攻撃してきた可能性さえある。

腰に突き立った棒を斬り落とした。これで多少動きやすくなる。矢にしては太いが、消えた魔法少女が持っていたのは弓ではなかったか。

覚えがあった。矢ではなく銛を撃つ魔法少女。森の音楽家の信奉者、メルヴィル。

「注意せえや！　カメレオンみたく隠れとる敵がおんで！」

メピスが叫び声で返事をした。リリアンが敵を蹴って跳び、着地点にいたメピスの肩を蹴ってもう一段跳び、木の枝に引っかけていた組紐を手繰ってさらに跳び、上空で身を翻して網状に編んだ紐を放射状に放った。網を浴びせられたホムンクルス達は切り裂き、あるいは引き千切る、更になにもない空間で網が止まり、破り散らされた。

「そこォ！」

なにもない空間に向けてメピスが蹴りを入れ、見えないなにかを吹き飛ばす。見えないなにかは転がり、地面にくぼみを作った。そこに向けてアーデルハイトが斬りつけ、相手はまた転がり、ぼんやりと姿が見えるようになっている。メルヴィル本人より魔法の効きが甘い。ぼんやりとした影は着地したリリアンの目前にいた。追い込み漁だ。

リリアンが肩にかけた編み糸を引っ張り、地面に張り巡らされていた糸が締め上げられた。足を捕らえられた影——黒いメルヴィルはいよいよどうしようもなくなったか姿を現し、リリアンに向けて弓を引き絞り、飛び込んだカラスに喉元を食いちぎられた。

「サリー！」

増援かとそちらを見れば、サリーもまた死にそうな顔をしていた。背には変身を解除したライトニングを背負っている。意識を失っているようだ。

「テメーコラ！」

敵を殴りながらメピスが叫んだ。

「なにしやがったんだよ！　どうなってるか説明しろって！」

「こっちも知らないんだよねえ！」

カラスが強烈に発光、ホムンクルス達の動きが鈍る。メピスが殴り、アーデルハイトが斬りつけ、リリアンが縛り、叩きつけた。サリーは二の腕で額を拭い、息を吐いた。

「本当、なにがなんだか……プシュケは吹っ飛ばされてどこかにいっちゃうし、ランユウィと出ィ子とは分断されて、ライトニングはやめろっていうのも聞かずに燃費無視して全力で戦ったもんだから気を失っちゃうし……そっちはどうなってんの？」

「クミクミとカナがやべえやつ連れて走ってった。そっちよりかマシだから勝ちだな」

「どっちがマシかで競い合うとか不毛過ぎるやろ」

苦しそうな――それでも絵になる寝顔で背負われているライトニングにちらと目をくれた。演技ではない。本当に気を失っている。先日アーデルハイトの一撃をものともせずに去っていったあれはなんだったというのか。今こそあの異常なタフネスを発揮してほしいというのに、役に立つべき時に役に立たないというのは一番たちが悪い。

それでも三人が四人と一羽になり、多少ではあったが楽になった。アーデルハイトは腰の血管を締めあげて出血を抑え、可能な限りの全力をもって戦った。魔法の出し惜しみはせず、マントを振るい、軍刀を払い、気付けば敵の数が減っている。

安心するより不安になった。黒い魔法少女達が一旦引いたことはこれが初めてではない。手榴弾が投げ込まれる直前、太刀の魔法少女が振り上げた瞬間、つまり味方を巻き込みかねないなにかしらの攻撃をする際、一切の相談なく後ろへ下がる。

「気ィつけえや！」

ふっと焦げ臭さが鼻をくすぐった。その場にいた全員が跳び、同時に爆発した。

黒い炎が遊ぶように揺らめき、次々に燃え移っていく。アーデルハイトは口元を押さえた。煙が漂う。黒い炎が広がる。炎の中に溶け込みながら黒い魔法少女がにぃっと笑った。シルエットに見覚えがある。魔王塾卒業生、炎の湖フレイム・フレイミィ。

黒い炎が爆発的に燃え上がった。次々に燃え移る。誰かが悲鳴をあげた。アーデルハイトは考えた。炎の中に溶け込んだフレイミィを探す術はなく、物理的なダメージを与えることができない。つまり、アーデルハイトでは勝てない相手だということだ。

フレイミィに合わせ、黒い魔法少女達が一斉に襲い掛かってきた。受け、止め、避けようとするも道が黒い炎によって塞がれている。サリーが殴りつけられ、彼女諸共に背負っていたライトニングが吹き飛んだ。アーデルハイトは同じ方向へ跳び、ライトニングの身体を受け止める。ライトニングは相変わらず安らかな表情だ。

余程投げ捨ててやろうかと思ったが、できるわけがない。マントで包み、背負う。斬りつけ、払い、受け、敵の攻撃を吸収、そのまま斬撃にのせた。

「どうすんだよ！　クソ！」

メピスが叫んだ。どうするもなにも、どうしてみようもない。凌ぎ続けたとしても、活動域が炎により狭《せば》められていく。アーデルハイトは攻撃を吸収、放ち、攻撃を吸収、放ち、攻撃を吸収、放ち、と繰り返し、背中で動く気配に気付いた。

「ああ、よく寝た」

ライトニングはアーデルハイトの側頭部を二度叩いた。魔法少女に変身している。

「アーデルハイト、あんたちょっとエネルギー漏れてたから」

「なんやねん。こっちのエネルギー盗んでたんかい」

「盗んでたとは聞き捨て悪いわ。流れてきたのよ」

理屈はわからなかったが、なにをしていたのかは理解した。今までそんなことができた魔法少女はいなかったが、ライトニングという魔法少女が通常の枠から外れているということは嫌でも理解せざるを得ない。

アーデルハイトは攻撃を受け、すぐには放出せず、身体の内側でエネルギーを巡らせた。ライトニングと触れ合っている背中から、エネルギーが徐々に減衰、失われていく。

「資源泥棒やねえ！」

「人聞き悪いこといわないでよ」

アーデルハイトは受けた攻撃を内側への循環にのみ回した。ライトニングに盗まれるのであれば、盗ませる。今の状況を打開する者がいるとすれば、それはアーデルハイトではない。ライトニングだ。

「いいわ、いいわ、溜まってきてる」

「ならさっさと頼むわ！」

ライトニングが剣を振り上げた。閃光が走り、稲光が轟く。紫色の電撃が周囲一帯を薙ぎ払い、黒い魔法少女を蒸発させた。恍惚とした声でライトニングが呟いた。

「雷吐迅弓爆流闘《ライトニングボルト》」

「撃ってからいうんは流儀に反するで」

「別にいいでしょ」

「ネーミングセンスもどうか思うわ」

「あんたにいわれたくない」

ライトニングがくすくすと笑い、アーデルハイトも小さく笑った。カラスの足に掴まってサリーが飛翔、アーデルハイトの傍らに飛び降りた。なぜか嬉しそうにしている。

「あなた達、ちょっとキューティーヒーラーっぽかったよねえ」

「なんでやねん」

「それ褒められてるの？」

「勿論褒めてる」

ライトニングが再度稲妻を放ち、敵の数を減らす。メピス、リリアンも逃げ腰になった敵を叩き、潰し、アーデルハイトは黒い炎を踏み越えてそちらへ走った。

また誰かの悲鳴が聞こえた。アーデルハイトは眉根を寄せた。悲鳴の声が遠い。否、遠かった声が近付きつつある。もうすぐそこに、と思った時には姿を見せていた。樹を踏み倒して大きなソロバンと、それに乗ったプシュケとカルコロが飛び込んできた。

ソロバンにしがみつく二人の魔法少女が金切声をあげながら炎の中に着地した。火の粉が大きく舞い上がり、撫でられた二人の魔法少女は着地した時の倍、三倍もの声で叫んだ。

「熱い！　熱い！」

「熱ぁぁぁ！」

プシュケがそこかしこに霧状の白い液体を噴射、炎の勢いが瞬く間に収まっていく。最も強烈な一吹きが炎の塊を吹き消し、黒いフレイミィが悶え苦しみながら消え失せた。

◇ランユウィ

視界全てを覆い潰そうとする黒い魔法少女の群れに圧倒された。蹴り、殴り、どれだけ倒そうと、締め忘れた蛇口のように際限なく湧き出してくる。プシュケは逃げ出し、ライトニングは倒れ、それを担いだサリーは敵から追い立てられるようにカラスに掴まって逃げていった。

ランユウィはふらついている。動くだけでも苦しい。できることならもうずっと止まっていたい。出ィ子だけが変わらず動き続けていた。森の音楽家クラムベリーを模したホムンクルスを相手に、押されながらも倒れることなく戦っている。映像で何度となく見せられたクラムベリーに比べれば、パワーもスピードも劣っている。が、それは本物と比べてのことで、このホムンクルス単体で見れば凄まじく強い。撫でつけるようなクラムベリーの手が届く寸前に姿を消し、クラムベリーの手は樹に触れ、触れられた樹が内側から弾け飛んだ。

左右に頭を揺らしながら黒い魔法少女を蹴りつけた。頭の中が攪拌《かくはん》されるようだ。入学前から、出ィ子は対ホムンクルス訓練を誰よりも真面目にこなしてきた。だからこそまだ戦うことができているのだろう。ランユウィは出ィ子ほど真面目ではなかった。ラズリーヌとして選ばれるためにはそこまで重要な要素だとは考えなかったからだ。

思えば出ィ子はなにに対しても誰より真面目だった。しかし、逆にいえば、一生懸命訓練をしたところでラズリーヌに選ばれることはなかったのだ。

ラズリーヌになりたかった。その一念で全てに耐えてきて、結局無駄だった。なのに出ィ子はラズリーヌになれないと決まった後でも同じように訓練をしていた。ランユウィのように、三代目の次はと考えている風でもない。ただそれが当然のように振る舞っている。

ランユウィは息を吐き、吸った。限界が近い。出ィ子を見た。目が合う。出ィ子が笑った。諦めの笑みでも、ヤケクソの笑いでもない。はっきりとランユウィを見て笑った。

ランユウィは息を吸った。なにがおかしいのかと出ィ子に問いかける。出ィ子は声に出すことなく答えた。お前の泣きそうな顔が面白かったのだ、と。

ランユウィは息を吐き、思い切り自分の頬を叩いた。頬の内側が切れ、血の味が口の中に広がっていく。気付けにはちょうどいい。

景色が切り替わっていく。目に入る風景は夜の山中ではない。地平線まで見通せる、ただ青い空と青い床が延々と続いているだけのなにもない場所だ。ラズリーヌのいるべき場所だ。そこで出ィ子とクラムベリーが戦い、周囲ではホムンクルスが踊り狂っている。

泣きそうな顔が面白いだと、とランユウィが凄む。出ィ子がまた笑う。なんだ、いい顔ができるじゃないかと笑う。そっちの顔の方が、よほどお前らしい。

ランユウィは短く吠えた。ガトリングガンの魔法少女が銃身を振り回してこちらに向けようとしている。撃たれる前に距離を詰め、左脇にガトリングガンを抱えた。関節技の要領でへし折り、相手の姿勢を崩して膝への蹴りからハイキックでコメカミを打ち抜く。

「ナメんなァ！」

尻尾を地面に叩きつけ、跳んだ。空中で上下を逆転させ、木の枝を蹴り、さらにまた逆転、上下を元に戻し、クラムベリーの薔薇を蹴り飛ばした。黒い花弁が舞う中で振り返り、睨みつける。

声に出さず出ィ子に合図を送る。出ィ子は笑ってそれに応じる。

クラムベリー以外の、踊り狂うホムンクルスを意識から消し去る。あれは無視すべき存在だ。クラムベリーが広範囲に作用する破壊音波を用いないのは、仲間を巻き込まないように気を遣ってのことだ。敵にとっての障害物をいちいち相手にする意味は無い。

出ィ子のローに合わせてランユウィが貫き手を放つ。受けられる寸前で止め、バックハンドブローに切り替え、今度は出ィ子が合わせて前蹴り、二人で一つの生き物のように動く。声を出す必要はない。ラズリーヌは勘で動けばいい。

クラムベリーの痛烈なハイキックが飛んできて、上段でガードするも、ランユウィは吹き飛ばされ、地面を転がった。クラムベリーはランユウィの方に一瞥もくれず逆方向へ向

き直り、左右にステップを振りながら後ろへ下がろうとする出ィ子に追い縋る。

ランユウィは笑った。ラズリーヌは苦しい時ほど笑うものだ。

黒い魔法少女の蹴りが、拳が、爪が、剣や針が、自分の身体を刻んでいるようだったが、彼女達は存在しないのだから気にする必要はない。尻尾で叩いて地面から身体を引き剥がし、真ん中からへし折られて地面に倒れかけている樹に向かって跳んだ。

魔法を発動する。折れ木によって作られた三角形の「入口」を潜る。扉と扉を繋げる。倒木と倒木がもたれ合ってできていた「出口」を潜った。前にあるのは出ィ子の背中だ。声をかける必要はない。出ィ子の背中に向かって突進し、接触する刹那出ィ子がこの世から消え失せる。目の前にいるのは森の音楽家だ。ランユウィは跳んだ。

クラムベリーの顔に手が触れた。長い耳をぎゅっと握って引き寄せる。クラムベリーの指がランユウィの腹を撫でた。内側でなにかが弾けた。熱い液体が溢れ出す。ランユウィはごぼごぼと血を吐きながら声にならない声で呟いた。金魚の生命力をナメるなよ、という言葉は誰の耳に届くこともなく、ランユウィはクラムベリーに頭突きを浴びせ、体を入れ替えながら後頭部に蹴りを入れ、出現した出ィ子がショートアッパーで腹を打った。

クラムベリーはまだ倒れない。当たり前だ。初代ラピス・ラズリーヌの怨敵《おんてき》たる森の音楽家がこの程度で倒れてたまるものか。

前後から挟み、短い攻撃を連続で打ち込む。腎臓と脊椎《せきつい》、頸椎《けいつい》、背後から急所を打ち放題だ。出ィ子が鎖骨に肘を落とし、反撃を受ける前に消えた。ランユウィは退かず、脹脛に向けてローキックを打ち込み、滑って転んだ。

あれ、と思ったが身体が動かない。異常に重い。視界が赤い。出ィ子が真顔だ。黒い魔法少女達が倒れたランユウィに群がろうとしていた。動かなければならない。なのに動くことができない。指先を持ち上げることさえかなわない。クラムベリーが出ィ子を蹴りつけ、視界の外に弾き飛ばした。ランユウィなど見えていないかのように、のしのしと出ィ子の飛んだ方に向かう。あんたの相手はこっちにいる、と念じた。

森の音楽家が振り返った。ランユウィの念が通じたわけではない。その証拠に、ランユウィの方は見ていない。音楽家が見る先に誰かがいる。闇を貫くように、白い学生服の魔法少女が現れ、跳んだ。音楽家の姿がぐにゃりと歪む。それでも前に出ようとする音楽家に向けて白い魔法少女が薙刀のような武器を振るい、音楽家の首が飛んだ。

薙刀の持ち主――白い魔法少女は、肺の底から全て絞り出すように息を吐き、すぐにランユウィの顔を覗き込み、何事か後ろに向けて叫んだ。続けてライフル銃を背負った魔法少女が現れ、叫んだ。

「うるるは管理責任者だよ！　全員戦うのをやめなさい！」

黒い魔法少女達が動きを止めた。ランユウィは息を吐き、一緒に血を吐いた。

管理責任者がきたならもう安心だ。そう思い、ランユウィは意識を失った。

◇ラッピー・ティップ

魔法少女型ホムンクルスは徐々に数を増やしていく。それだけでなく、テティも敵に回ってしまった。動きのパターン、表情の変化が物語っている。彼女は裏切ったわけではなく、心を操られているだけだ。倒してしまうわけにはいかない。

魔法の端末で助けを求めることもできない。どこにも通じない。

誰にも余裕が無い。ミス・リールは一人で剣士の魔法少女を相手にしている。ラッピーは黒い群れの中で素早く動き回って攪乱しているが、敵の攻撃はそれを許さない程度に鋭く、少なからず手傷を負っていた。特に切り裂かれた背中の傷が深い。

ドリィはドリルで敵を突き殺し、甲高い声でアーリィに呼びかけた。アーリィはもっと高い声で返事をする。会話の内容はわからずとも、焦りと苛立ちが伝わってくる。

話している間にもアーリィの鎧が掴まれ、毟り取られた。鎧が再生するよりも早く、テティが掴み、握り潰していく。テティ・グットニーギルは強い。操られている状態では普段見せる甘さも無い。容赦のない攻撃がアーリィを蹂躙《じゅうりん》していく。

このままやらせていてはアーリィがもたない。ラッピーは叫んだ。

「アーリィ！　チェンジ！」

するりと滑り込むように、ラッピーはアーリィの前に立った。テティがラッピーの腕を掴もうとし、しかし腕に張り付けられていたラップを一枚剥がすに留まった。二枚目のラップが剥がされ、同時にラッピーの手がテティのミトンを上から掴み、押さえた。体を入れ替えるように背後へ回り、左足を回して右腕を押さえ、右手を首へ回す。そのままぐいっと力を入れてテティを締めあげた。圧し潰したような声が喉から漏れる。

アーリィがなにかを叫んだ。ラッピーに群がろうとするホムンクルスを殴り、叩き散らす。テティが苦悶の声を漏らす。ラッピーの腕に力が籠る。我らが班長を殺しはしない。締め落とす。あと少し、というところで脇腹に衝撃が走った。腕の力が緩む。テティが抜け出し、地面に寝転がって苦しそうに咳き込む。ラッピーは、脇腹に突き刺さっていた小剣を引き抜き、投げ捨てた。傷口の上からラップを張り付け、止血する。

剣士だ。遠間から小剣を投げつけることでテティを助けた。見れば、ミス・リールがボロボロになって崩れかけている。いくら頑丈なミス・リールでも相手の腕力が並ではない。一人で相手をさせるのは無理がある。

ラッピーは背後から襲いかかるホムンクルスに肘を打ち、追撃で蹴り飛ばした。全て自分の意志で行えている、と思う。どうやら剣士に操られてはいないようだ。

アーリィは複数の敵から攻撃を受けていた。鞭で打たれ、釘が突き刺され、刃で裂かれ、鎧が破壊されていく。ホムンクルスの身体にも似た黒い粘液が破壊された箇所から滲み出し、鎧を修復しようとしていたが、破壊されるペースの方が早い。

ミス・リールも押されている。剣士がミス・リールを斬りつけ、身体の欠片が散った。膝、肘、叩き込まれる度にひび割れが広がり、ボディーが醜く変形していく。更に顔面へ一撃打ち込まれ、その瞬間ぐにゃりと変形、頭部で剣士の腕を捕らえた。液体のように変形したミス・リールの身体が剣士に絡まっていく。ラッピーが持ってきた金属の一つ、水銀だ。

――ナイス水銀!

剣士がミス・リールを振り払うより早くドリィが突っかけた。邪魔しようとするホムンクルスはラッピーが体当たりで強引にどかし、ドリィの前を空けさせる。

ドリィはドリルを剣士の腹に突き立てようとし、剣士は両腕でドリルの回転を止めた。ドリル・ドリィの使う魔法のドリルは破壊を完遂するまで穿孔を続ける。相手が耐えれば耐えるほど回転数は上昇、ドリルは頑丈に、固くなり、その上限は無い。

しばし均衡を保った剣士とドリルは、最終的にドリルの勝利に終わった。強烈な回転によって腹を突き破られた剣士は放り投げられ、地面に叩きつけられた。ミス・リールが剣士から離れようと身を動かし、それをがっしりと掴んだ手がある。剣士だ。

なにかが煌めいた、と思った時にはミス・リールの全身が切り裂かれていた。飛び散った水銀の身体が寄り集まろうとしている上から掌を叩きつけ、更に散らばらせる。剣士の口がぎぃっと開いた。笑っている。手を使って這いずり、上半身だけとは思えない速さで移動、ドリィに体当たりをし、よろめいたところへ斬りつけた。血が吹き上がる。

　倒れようとしたドリィを支えながら身を入れ替え、アーリィが剣士の攻撃を受けた。強化されつつあった鎧は剣士の攻撃を粘り強く受け止め、剣士はゴキブリのようにカサカサと後方へ下がっていく。

　テティが起き上がった。その目は恐怖で動揺している。洗脳は解除されていたが、動きは鈍く、ホムンクルスの攻撃を避けるだけでやっとだ。ラッピーは痛みに耐えながら走った。ラップでミス・リールの身体を掬い取り、しゃがんで敵の攻撃を回避、跳び、アーリィの傍らに滑り込んだ。息をするだけで苦しい。出血は止めているものの、ダメージが軽くない。自分だけではない。ここにいる全員が、すでに限界を軽く越えてしまっている。

　ドリィは倒れていないことが不思議なくらいの重傷だ。テティは動揺が激しい。ミス・リールは身体が纏まらない。アーリィが拳を握り、前を見た。ラッピーもそちらに目を向ける。遠くから大きな音が聞こえた。

　音は徐々に近づいてくる。やがて唐突に黒い群れが割れた。青い魔法少女が飛び出し、一体のホムンクルスの背中を三叉槍で突き刺した。突き刺された個体は瞬く間に白く凍り、砕け散る。

「アーリィ！　ごめん！　遅れた！」

　ラッピーの思考が乱れる。アーリィの知り合い？　なぜここへ？　しかし訊いている余裕はない。三叉槍の乱入者から氷の矢が複数放たれ、黒い魔法少女に突き刺さった。剣士は傍らのホムンクルスを掴んで矢を受け止め、そのまま盾にして恐ろしい速度で迫り、アーリィを飛び越して三叉槍の魔法少女に斬りつけた。魔法少女は三叉槍で受け止め、アーリィが殴りかかる。剣士は跳び退り、カサカサと群れの奥へ消えていく。

黒い魔法少女達は距離を置いて囲んだ。飛び道具を警戒しているらしい。

「ちょっと！　知らない人！　これどうなってんの！」

「ごめんなさい！　私もよく知らないんです！」

ラッピーの問いに返事をし、魔法少女は三叉槍を振り上げた。

「行くよ！　準備して！」

ドリィが「マジデヤルノカ」と叫んだ。なにをやるというのだろう。アーリィが返事をしたが、なにをいっているのかわからない。

ドリィはドリルを振り上げ、アーリィは右の拳を振り上げた。ラッピーとテティはアーリィの左腕で抱き寄せられた。なんだかよくわからないが、とにかく離れない方がいいらしいということはわかった。

三人の魔法少女は一斉に武器と拳を振り下ろした。三叉槍の魔法少女が叫んだ。

「アルティメットプリンセスエクスプロージョン！」

空気が軋む音が聞こえ、ラッピーの視界が白一色に染まった。

エピローグ

◇カナ

取り込まれてしまってからカナは気付いた。これは死体から無念の思いを集めて物質化する魔法少女「ベラ・レイス」が使う魔法ではないか。昨日授業で習ったばかりだ。残念ながら魔法への対処法は習っていなかった。戦うことは想定されていないのだろう。視界ゼロで身体は動かず徐々に体温が失われていく。呼吸もできない。意識が遠ざかっていく。封印刑から解放された時の、逆回転をしているようだ。失われていく体温、という感覚さえ、無くなっていく。闇の中をただ揺蕩《たゆた》っている。

長い時間が経った後、誰かに話しかけられたような気がした。

ここで死なれては困るんですよ、と誰かがいった。聞いたことのあるような無いような声だ。お友達を作るのは素晴らしいですが、それを庇って死にましたなんて笑えない話です、といわれた。死に際の夢にしては随分と手厳しい。

誰かの手に首を掴まれた。乱暴な掴み方だ。

どこかに運ばれている。どこかはわからない。カナは目を開いた。木の葉を通って斑になった木漏れ日を顔に浴びている。日の光だ。夜が明けている。

上半身を起こした。右手を握る。手が動く。腕も足もだ。首を回す。周囲を見回す。山の中だ。ホムンクルスが見当たらない。空を見ると東の方が白み始めている。

「どうやら……生き残ったのだろうか」

答えてくれる者はいない。カナは立ち上がり、腰に手を当てて大きく背伸びをした。

「あいつ！　あそこ！　生きてる！」

しっかりと聞き覚えのある声だ。そちらに顔を向けると、見覚えのある顔がある。メピスだ。なにがおかしいのか知らないが、笑っている。傍らのクミクミは涙を流して泣いていた。悲しいことが起きているのか、喜ばしいことが起きているのか、二人の表情が相反している。なにが起きているのか、カナにはわからない。

メピスは魔法の端末に向かって声を張り上げた。

「生きてたよ！　マジ生きてたって！　ピンピンしてるよ！　山狩り終了！　全員ガッコ戻れ！　あ？　山狩りじゃない？　捜索？　そんなもん、似たようなもんだろうがよ！」

クミクミは泣きながら走り寄り、カナの腰に取り縋るようにタックルし、カナ諸共に倒れ込んだ。言葉になっていない言葉を口にしながら泣き続けている。

なにが起こったのかは相変わらずわからなかったが、まずは良かった、と思えた。カナはクミクミの背を撫でながら起き上がり、今度はメピスの体当たりを受けてまた倒された。

◇カルコロ

校長室の前に立ち、深く息を吸った。ある程度の覚悟はできている。大丈夫だ、と自分に言い聞かせた。山の中では数々の死線を潜った。むしろ今生きていることが奇跡といっていい。そう意味では、校長室も山の中も大差は無いはずだ。

意を決してノックをした。生徒の死者数はゼロだ。あれだけのことがあったのに、これは凄い数字といっていい。褒められてもいいくらいだ。

扉の向こうから「どうぞ」と入室の許可を貰い、カルコロは全身を震わせた。普段聞くものに比べてハルナの声が高い。まるで機嫌が良いような声音だ。怒りに声を震わせていた方がまだ理解できる。機嫌が良い理由などまるで思い当たらない。カルコロは震える右手を左手で押さえつけてドアノブを握り、扉を開いた。

「失礼します」

入室し、扉を閉め、また全身を震わせた。ハルナが微笑を浮かべている。

恐ろしかった。頽《くずお》れそうになる足をどうにか進め、ハルナの前に立つ。全ての責任を負わされての事故死か、それとも実験場に送られてバラバラに刻まれるのか。

「山に入って事態の収拾を試みたと聞いている。よくやってくれた」

「は……はい」

予想外に褒められた。ここから落とされるのだろうか。「しかし」などという言葉が出てくるのだろうか。それとも「そんなことをいうとでも思ったか」だろうか。ハルナは依然として微笑んでいる。見たことがない表情だ。

「原因は防犯システムを設定した実験場の技術者が意図せず生じさせてしまった設定ミス、即ちヒューマンエラーだそうだ。ホムンクルス生成装置が誤作動、リミッターを超えて強力なホムンクルスを多数生み出してしまった。複数の不運が重なり管理体制の網からも漏れてしまったらしいな」

普段のハルナであれば、ここで実験場への罵詈雑言が飛び出すだろう。だが彼女の表情は変わらず、耳の先がひょこひょこと軽快なリズムで動いている。

「異常を察知した監査部門が迅速に動き、現場に赴いた。管理者権限で暴走ホムンクルスを排除、無事に事態を収束させることができた、ということだ」

謎の大爆発が起こった、という話を聞いていたが、その件は出てこない。

「防犯システムの管理責任者が一人詰め腹を切らされ、それで始末は済んだということになったそうだ。実験場のやることだな。まあ、死者が出なかったというのが大きい。本来ならば魔法少女学級が撤廃されていてもおかしくはなかった」

死者はゼロ名。だとすればカルコロが見た魔法使いの死体はいったいなんだったのか。手の甲の紋は実験場の職員であることを示していた。ハルナの機嫌は良いままだ。カルコロが知ることをハルナが知らないわけはないのに、謎の死体について触れてこない。

不運とヒューマンエラーが重なったことによる事故、とハルナは話した。だが、なにかがおかしい。なにか、というより、全てがおかしい。

魔法少女のような姿かたちのホムンクルスはいったいなんなのか。新型が入っているなどカルコロは聞かされていない。

それにグリムハートをベースにしたホムンクルスが展望台、親機を守るような位置に出現し、その場を動かなかった。まるで親機を、そこを攻撃されればホムンクルスが活動できなくなってしまう急所中の急所を、守っているかのようだった。ホムンクルスが自発的に本陣を守るようなことをするわけがない。誰かの意図が透けて見える。

左腕を右手で押さえ、全身の震えをどうにか止めた。考えるべきでないことを考えてどうする、と自分を叱りつける。余計なことに気付いて不幸な末路を迎えた者が今までどれほどいたことか。

「それと良い報《しら》せがある」

「はい」

「追加でもう一人、魔法少女学級に転入生を迎え入れることになった。素晴らしい人材だ。内外への宣伝になるだけでなく、生徒達の手本になるだろう」

話題が転入生に転じた途端、ハルナの声が更に高くなった。

「私はこれから本部に戻らなければならない。丁重に出迎えるように」

ハルナはは っきりとわかる笑顔を浮かべ、カルコロは震えながら笑みを返した。

◇テティ・グットニーギル

いったいどういう事故が起こればあんなことになってしまうというのだろう。

幸い死者が出なかったが、それでも怪我人は出た。アーデルハイトが腰を刺されて重傷、ランユウィは一時期生死の境を彷徨っていたという話でまだ入院している。入院までいかずとも、ラッピーは刺されたしドリィは斬られた。アーリィは鎧を毟られた。毟ったのは他の誰でもない、テティだ。心を操られていた時の記憶も生々しく残っている。

思い出すだけで胃がひっくり返りそうになる。あんな異常事態の中で戦えていたクラスメイト達を心の底から尊敬する。

それでも犠牲者が出なかったのは本当に良かった。犠牲者が出ないからなにもかも良かったとは思えないが、思うだけなら怒られることはない。テティは繰り返し「ああ、良かった」と思い、クラスメイトの無事を喜ぶことができる自分にほっとした。

事故から五日の臨時休校を挟んで学校は再開、時間を空けたお陰で多少は心も静まった。魔法少女は心が強いと聞いているが、それでも五日は短い。頬を叩く回数をいつもの倍に増やし、テティはなんとか学校にやってきた。

中庭では「佐藤さん」の顔を見て泣き、慰められ、教室に行っては班員の顔を見て泣き、テティだけでなくミス・リールやラッピーも泣き、全員で抱き合いながら無事を喜んだ。

「来たよ！　先生来たよ！」

誰かが告げ、生徒達がわっと席に戻る。五日ぶりの「いつもの光景」だが、まだ完全に「いつも」ではない。ランユウィはまだおらず、カナが二班と少し距離を縮めた様子でなにやらメピスと話をしている。なにを話しているのか、気になるが声は届かない。

カルコロが教室に入ってきた。テティの号令に従い、少女達は立ち上がり、礼をする。頭を上げると教師の顔が目に入った。なんとなく浮かない表情をしている。そして教師の後ろには誰かが立っていた。知っている顔ではない。

アーリィが鳴き声のような言葉を発した。意味はわからないが、声の調子はいつになく嬉しそうだ。

「ええ……転校生のスノーホワイトさんです」

カルコロが名前を口にし、小さなどよめきが起きた。テティもどこかで聞いたことのあ

る名前だ。テティが知っているということは、相当な有名人だと考えていい。

――どこで聞いたんだっけ……ええと、確か誰かから……。

「スノーホワイトです。よろしくお願いします」

小柄な少女は、頭を下げ、すぐに上げた。声も、態度も、佇まいも、顔立ちまで、どこか大人びているように思えた。

あとがき

実にお久しぶりとなりました本編です。本編を書いているせいで本編に出てこない魔法少女こと遠藤浅蜊でございます。

貴重な特典短編を数多く収めた最新短編集『魔法少女育成計画episodesΔ』（な、なんてお買い得だろうか！）で予告されていた期日を破ることこそありませんでしたが、そもそも遅過ぎるという苦しい刊行になりました（あ、そうそう紙と電子書籍が同時刊行だそうですよ）。

お待たせしていましたファンの皆様、申し訳ありませんでした。

この「黒」では恒例のあれが出ていません。数人から十数人、各巻毎に出るあれです。あれが出るどころか皆で協力して敵を倒したりしています。協力している風を装ってこっそり心を操っているメイドさんとか、こっそり銛を撃ちかけてくるエルフの狩人もいません。本当に協力して敵と戦っています。

作者は宗旨替えしたのか、それともほのぼの短編ばかり書いていたせいで堕落してしまったのか、とお嘆きの方もいるかもしれません。ご安心ください。次の「白」では新たな転入生も交えて……いやこれ以上はいえません。あとがきにネタバレは禁物です。

そんなことをいいながら軽くネタバレしてしまいましたが、続刊は「白」になるような気がしています。さっきS村さんが「そんなことといってて白以外になったら面白いですよね」といっていたので白以外になる可能性も微かに残ってはいますが、だいたいにして「白」になるものと思われます、たぶん、きっと。サブタイトルが「ビリジアングリーン」になっていても驚かない心の準備をしつつお待ちください。

話は変わりまして。

今回、舞台が魔法少女学級ということで登場人物は中学生ばかりです。一度に十数人新キャラを出す時は年齢や職業等である程度バリエーションをつけて読者の皆様が見分けやすくと考えているわけですが、今回それはできません。

中には中学生離れした魔法少女もいますし、実際中学生でもなんでもない人も混ざっていますが、だからといって全員中学生から離れさせるというわけにもいかず、けっこう四苦八苦いたしました。

それと意外に思われるかもしれませんが、実は私は中学生ではありません。なので中学生がなにをしているとかなにが好きとかどんな話をしているとか、そういったことを自分の体験談で書くことが難しく、姪の協力を仰ぎました。

姪のお陰で中学生のリアルを学ぶことができました。ありがとう姪。

もしかしたら作中の中学生描写を見た現役中学生の方で「おいおい、中学生はこうじゃねえだろ」と思われる方がいるかもしれません。それは姪が現役魔法少女であるため、中学生魔法少女としてのリアルが入ってしまっているせいでしょう。中学生として不適であると思っても、中学生魔法少女ならしょうがない、と寛大な心でお許しください。

かくいう私ですが、気分は今でも中学生です。


ご指導いただきました編集部の皆様、削り取られるように時間が消費されていく中、獅子奮迅の働きで数々の問題点を解決してくださるとともに、容赦なく書いたものを闇に葬ってくださったS村さん、ありがとうございました。

マルイノ先生、素敵なイラストをありがとうございました。修正や変更のせいでゲームの差分のようにコスチュームや小物が違うバージョンが増えていきました。それらは全て私の宝物箱に入っています。悪いことをしたやつが得をする構図になってしまいましたが、魔法少女育成計画ってそういうところありますよね……いや本当にすいませんでした。

帯に素晴らしいコメントをいただきました勇気ちひろさん、森中花咲さん、ありがとうございました。バーチャルライトノベルライターえんどう☆あさりとして、先輩方からお褒めにあずかり光栄に打ち震えております。

そして読者の皆様、お待たせしました。お待ちいただきありがとうございました。可能な限り素早く続編を刊行します。あとはbreakdownの続きとか、そういったものを、そう、とにかく可能な限り素早く……頑張ります!

次はビリジアン……もとい「白」でお会いしましょう!

こんにちは
マルイノです。

今回は普通(?)の
女の子達の
学園モノの挿絵を
描いてる気分が味わえて
とても楽しかったです。

変身前って、いいな….

また次の巻で
お会いしましょう！

ありがとう
ございました！

本書に対するご意見、ご感想をお待ちしております。

|あて先| 〒102-8388　東京都千代田区一番町25番地
株式会社 宝島社　書籍局
このライトノベルがすごい!文庫　編集部
「遠藤浅蜊先生」係
「マルイノ先生」係

このライトノベルがすごい!文庫

魔法少女育成計画「黒」

(まほうしょうじょいくせいけいかく「ぶらっく」)

2019年10月24日　第1刷発行
2024年 3 月27日　第2刷発行

著　者　遠藤浅蜊《えんどうあさり》

発行人　関川 誠
発行所　株式会社 宝島社
〒102-8388　東京都千代田区一番町25番地
電話：営業 03(3234)4621/編集 03(3239)0599
https://tkj.jp

印刷・製本　株式会社広済堂ネクスト

ISBN978-4-8002-9656-6